私はホロコーストを見た

黙殺された世紀の証言 1939-43

ヤン・カルスキ

Jan Karski Mon témoignage devant le monde

訳◆吉田恒雄

上

白水社

1

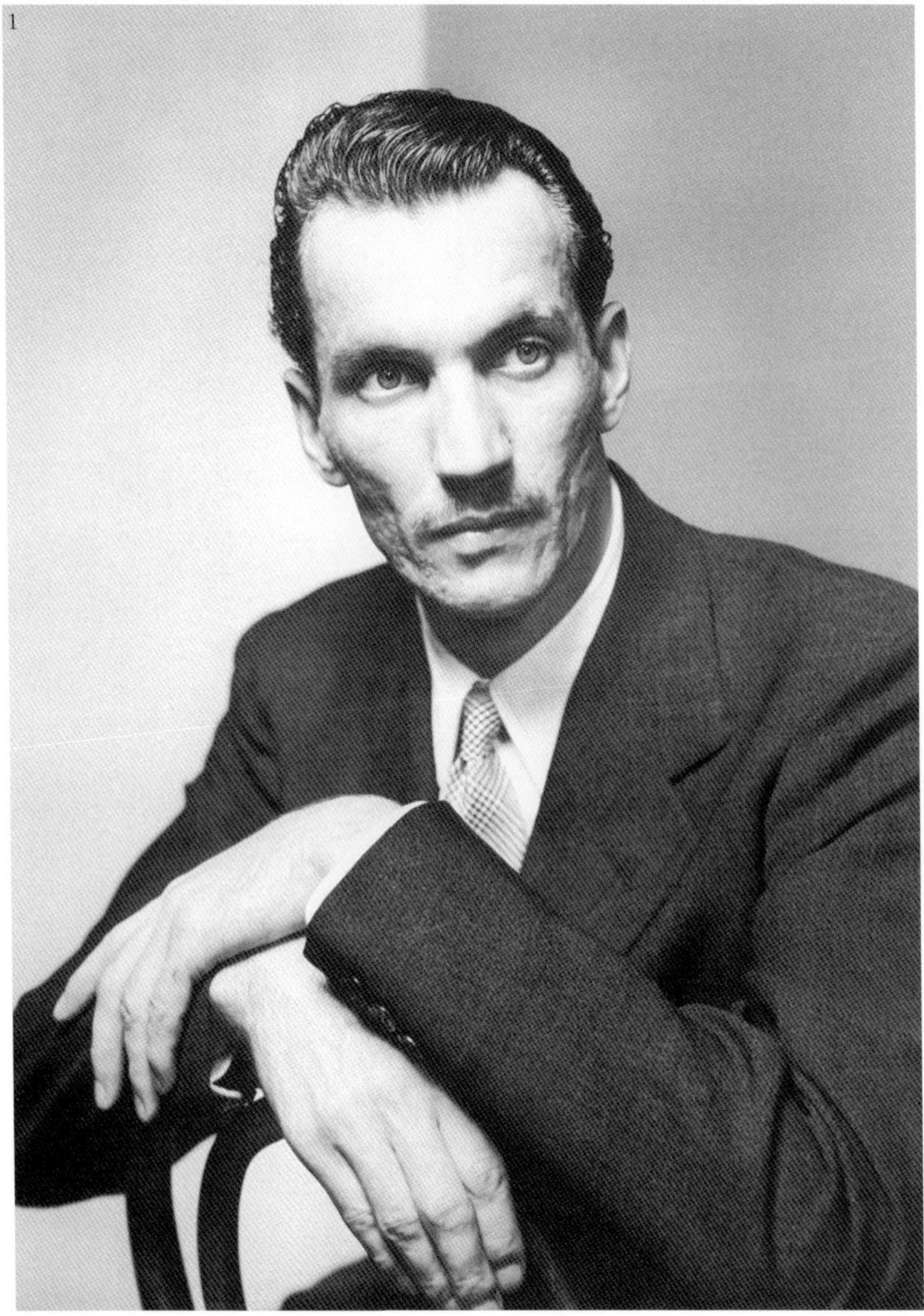

最初の任務でワシントンに滞在した当時の写真（1943年6～9月）。
1940年夏にゲシュタポから受けた拷問の傷痕は、
駐米ポーランド大使チェハノフスキの注文で、わざと修正の処理をしていない。

1936年。左が予備士官学校の制服を着た22歳のヤン・コジェレフスキ(後のカルスキ、1914-2000)、
右は軍服姿の長兄マリアン・コジェレフスキ(1897-1964)。

2

UNIWERSYTET JANA KAZIMIERZA WE LWOWIE

L. 3334 / 1935

DYPLOM

MY REKTOR I DZIEKAN WYDZIAŁU PRAWA
UNIWERSYTETU JANA KAZIMIERZA

POŚWIADCZAMY CO NASTĘPUJE:

PAN Kozielewski Jan Romuald

URODZONY dnia 24. kwietnia 1914 r. w Łodzi, rel. rz. kat.

PO ODBYCIU STUDJÓW PRAWNICZYCH W UNIWERSYTECIE JANA KAZIMIERZA WE LWOWIE

W LATACH 1931/32 – 1934/35 I ZŁOŻENIU PRZEPISANYCH EGZAMINÓW ROCZNYCH,

A MIANOWICIE:

EGZAMINU PIERWSZEGO

Z PRAWA RZYMSKIEGO, HISTORJI PRAWA POLSKIEGO, HISTORJI PRAWA NA ZACHODZIE EUROPY, TEORJI PRAWA

ZE STOPNIEM dobrym

EGZAMINU DRUGIEGO

Z PRAWA KOŚCIELNEGO, EKONOMJI POLITYCZNEJ, PRAWA POLITYCZNEGO, PRAWA NARODÓW,

ZE STOPNIEM dobrym

EGZAMINU TRZECIEGO

ZE SKARBOWOŚCI I PRAWA SKARBOWEGO, NAUKI ADMINISTRACJI I PRAWA ADMINISTRACYJNEGO, STATYSTYKI, PRAWA I POSTĘPOWANIA KARNEGO, FILOZOFJI PRAWA,

ZE STOPNIEM dostatecznym

EGZAMINU CZWARTEGO

Z PRAWA CYWILNEGO, POSTĘPOWANIA SĄDOWO-CYWILNEGO, PRAWA HANDLOWEGO I WEKSLOWEGO, PRAWA MIĘDZYNARODOWEGO PRYWATNEGO,

ZE STOPNIEM dostatecznym

OTRZYMAŁ Z DNIEM 27 września 1935 TYTUŁ

MAGISTRA PRAW

STANOWIĄCY DOWÓD UKOŃCZENIA UNIWERSYTECKICH STUDJÓW PRAWNICZYCH, UPRAWNIAJĄCY DO UBIEGANIA SIĘ O STOPIEŃ DOKTORSKI.

WYDANO WE LWOWIE, DNIA 8 października 1935 r.

REKTOR:

DZIEKAN:

3

ヤン・カジミェシュ大学(現ウクライナ国立リヴィウ大学)の
法科修士課程修了証書(1935年10月8日付)。

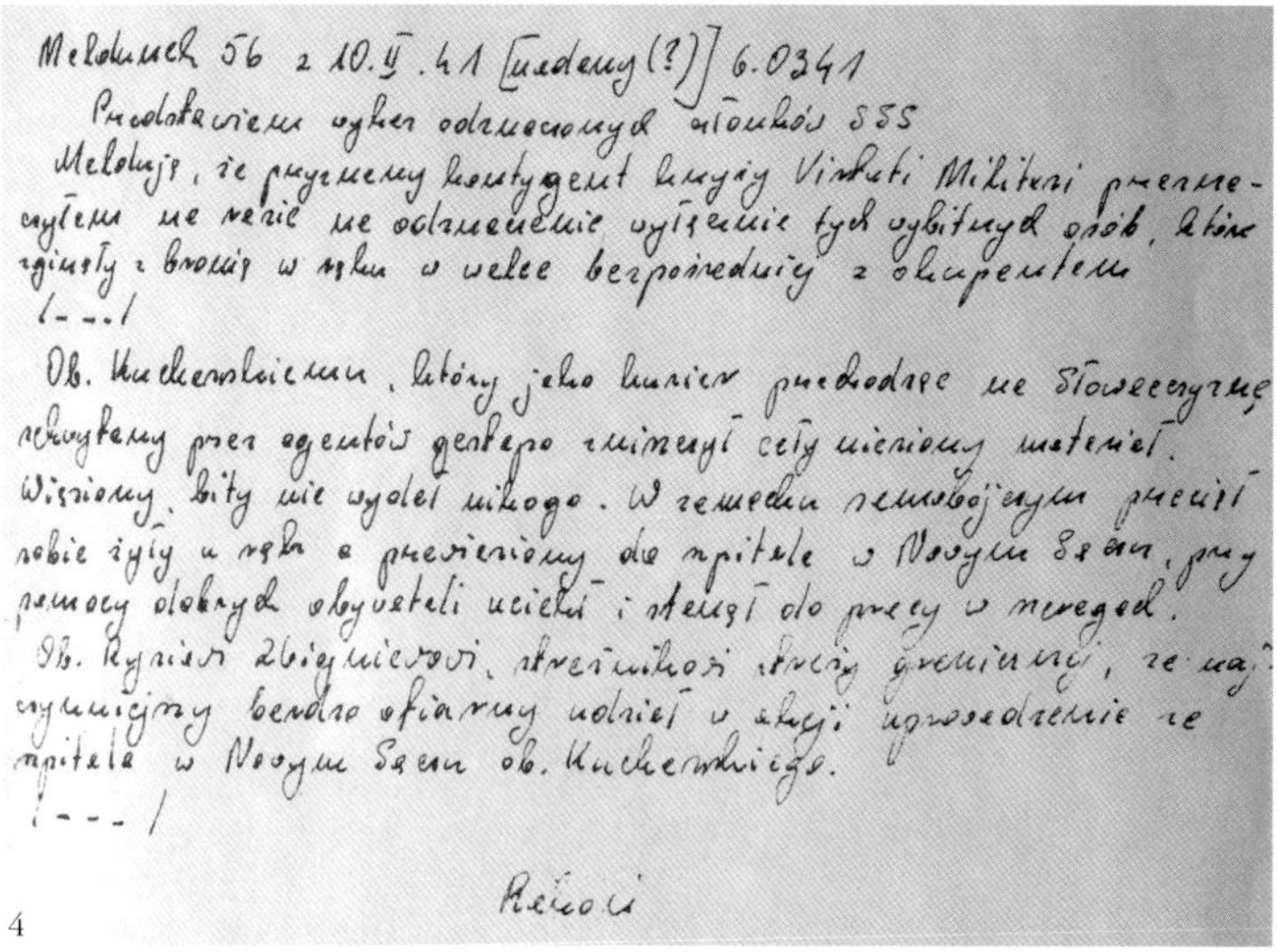
Meldunek 56 z 10.II.41 [wydany (?)] 6.0341
Przedstawiciem wykaz odznaczonych złotych SSS
Melduję, że przyznany kontygent krzyży Virtuti Militari przeznaczyłem na razie na odznaczenie wyższe tych wybitnych osób, które zginęły z bronią w ręku w walce bezpośredniej z okupantem
(...)
Ob. Kucharskiemu, który jako kurier przechodząc na Słowaczyznę schwytany przez agentów gestapo zniszczył cały niesiony materiał. Więziony, bity nie wydał nikogo. W zamiarze samobójczym przeciął sobie żyły u rąk a przewieziony do szpitala w Nowym Sączu, przy pomocy dobrych obywateli uciekł i stawił się do pracy w szeregach.
Ob. Kyrias Zbigniewowi, ... że najczynniejszy ... ofiarny udział w akcji uprowadzenia ze szpitala w Nowym Sączu ob. Kucharskiego.
(...)
Rakoń

4

〈ラコン〉ことAK(国内軍)の総司令官
ステファン・ロヴェツキ将軍が認めた
1941年2月10日付け機密報告書。
市民〈クハルスキ〉すなわちカルスキに、
ヴィルトゥーティ・ミリターリ(軍功勲章)を
授与したという内容。
ヤン・カルスキ本人は1990年まで
そのことを知らずにいた:
「本官は職権にもとづき、市民クハルスキに対し
ヴィルトゥーティ・ミリターリ十字勲章を授与した。
当人は、密使としてスロヴァキアを横断中、
ゲシュタポに捕獲されたが携行の文書を
すべて破壊。
投獄されて拷問を受けるも、黙秘を通した。
手首の血管を切って自殺を図る。
ノヴィ・ソンチの病院に搬送されたところを、
わが勇敢なる市民たちによって救出され
戦線に復帰」

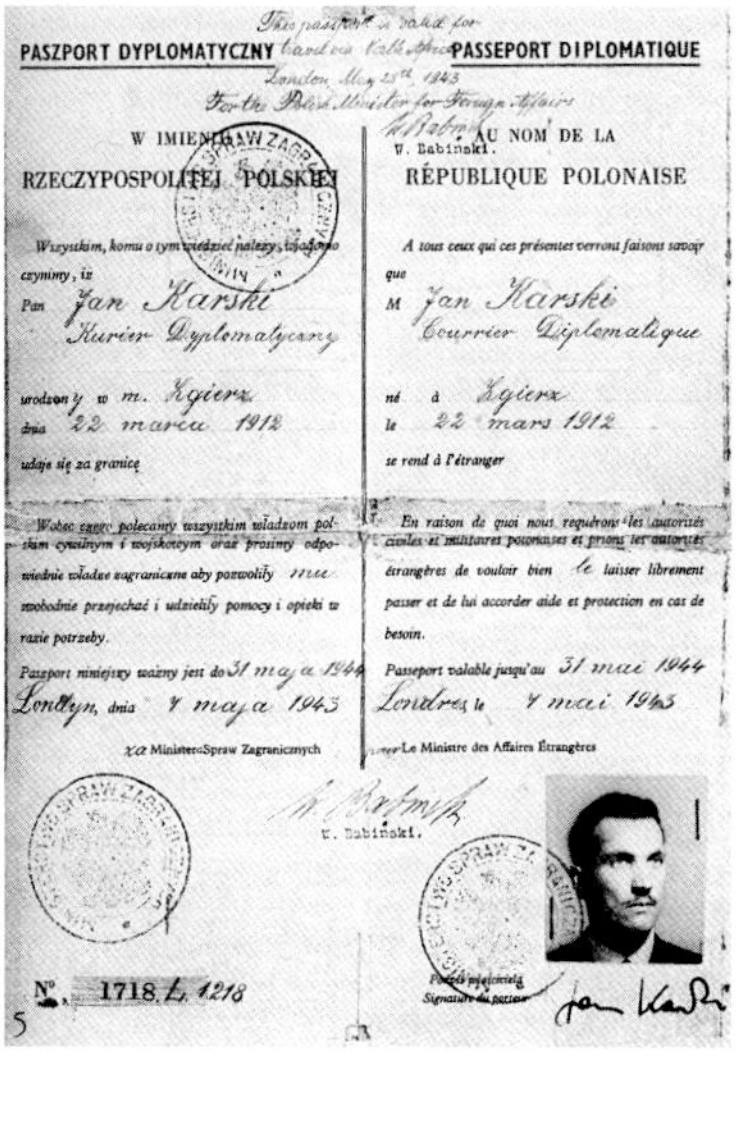
PASZPORT DYPLOMATYCZNY — PASSEPORT DIPLOMATIQUE
W IMIENIU RZECZYPOSPOLITEJ POLSKIEJ — AU NOM DE LA RÉPUBLIQUE POLONAISE
Wszystkim, komu o tym wiedzieć należy, wiadomo czynimy, iż Pan Jan Karski Kurier Dyplomatyczny urodzony w m. Zgierz dnia 22 marca 1912 udaje się za granicę.
A tous ceux qui ces présentes verront faisons savoir que M Jan Karski Courrier Diplomatique né à Zgierz le 22 mars 1912 se rend à l'étranger
Wobec czego polecamy wszystkim władzom polskim cywilnym i wojskowym oraz prosimy odpowiednie władze zagraniczne aby pozwoliły mu swobodnie przejechać i udzieliły pomocy i opieki w razie potrzeby.
En raison de quoi nous requérons les autorités civiles et militaires polonaises et prions les autorités étrangères de vouloir bien le laisser librement passer et de lui accorder aide et protection en cas de besoin.
Paszport niniejszy ważny jest do 31 maja 1944 — Passeport valable jusqu'au 31 mai 1944
Londyn, dnia 7 maja 1943 — Londres le 7 mai 1943
Za MinisteroSpraw Zagranicznych — Le Ministre des Affaires Étrangères
W. Babiński
№ 1718 L 1218
Jan Karski

上部にアメリカ合衆国への
入国ビザが書かれた
ヤン・カルスキ名義の外交旅券。
カムフラージュで氏名はもちろん、
生年月日と出生地も変えてある。5

6

1942年12月17日午前9時、
ポーランド亡命政府の
外相エドヴァルト・ラチンスキ(在任1940-43)は
BBCのラジオ番組に出演し、
密使ヤン・カルスキが前月にもたらした
最終的解決が進行中であるという内容の
報告書を読み上げた:
「わたしは、ここブリテン諸島からは遠く離れた
ヨーロッパ大陸、あのポーランドで進行中の
悲劇的な現実を、ぜひとも皆さんに
理解していただきたいと思います。[…]
今から述べる情報は、すでにポーランド政府が
連合軍の各政府に伝えたことですが、
大量虐殺についての事実であります。
それは、ポーランド国内でドイツ軍に
捕らえられたユダヤ人のみならず、
他国から移送され、
わが国各地にドイツ人が設けたゲットーに
閉じこめられた何十万人もの
ユダヤ人の虐殺の事実であります。[…]
ポーランド政府の内部報告書によれば、
総計313万人のユダヤ系ポーランド人のうち、
その三分の一がすでに殺戮されたとあります」

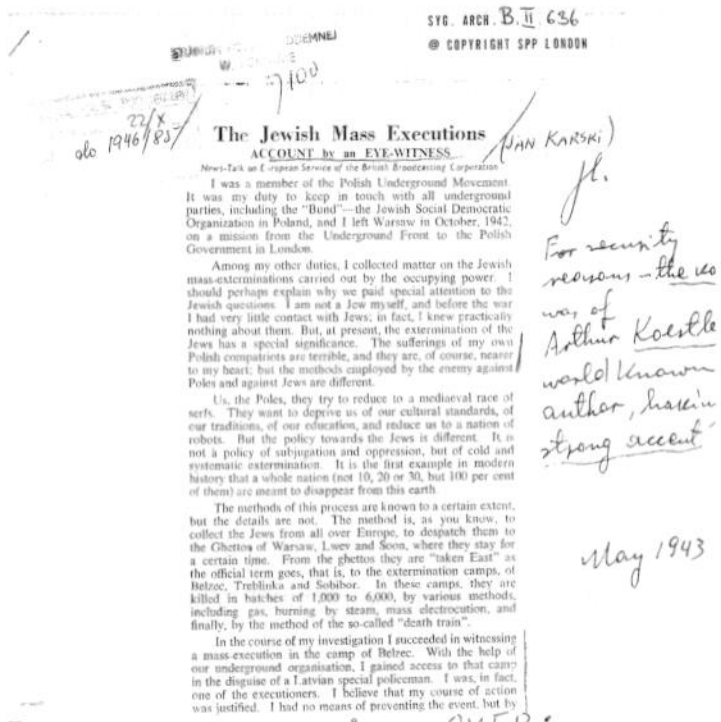
SYG. ARCH. B. II 636
© COPYRIGHT SPP LONDON

alo 1946/85 22/X

The Jewish Mass Executions (JAN KARSKI)

ACCOUNT by an EYE-WITNESS

News-Talk in European Service of the British Broadcasting Corporation

I was a member of the Polish Underground Movement. It was my duty to keep in touch with all underground parties, including the "Bund"—the Jewish Social Democratic Organization in Poland, and I left Warsaw in October, 1942, on a mission from the Underground Front to the Polish Government in London.

Among my other duties, I collected matter on the Jewish mass-exterminations carried out by the occupying power. I should perhaps explain why we paid special attention to the Jewish questions. I am not a Jew myself, and before the war I had very little contact with Jews; in fact, I knew practically nothing about them. But, at present, the extermination of the Jews has a special significance. The sufferings of my own Polish compatriots are terrible, and they are, of course, nearer to my heart; but the methods employed by the enemy against Poles and against Jews are different.

Us, the Poles, they try to reduce to a mediaeval race of serfs. They want to deprive us of our cultural standards, of our traditions, of our education, and reduce us to a nation of robots. But the policy towards the Jews is different. It is not a policy of subjugation and oppression, but of cold and systematic extermination. It is the first example in modern history that a whole nation (not 10, 20 or 30, but 100 per cent of them) are meant to disappear from this earth.

The methods of this process are known to a certain extent, but the details are not. The method is, as you know, to collect the Jews from all over Europe, to despatch them to the Ghettos of Warsaw, Lwov and Sosn, where they stay for a certain time. From the ghettos they are "taken East" as the official term goes, that is, to the extermination camps, of Belzec, Treblinka and Sobibor. In these camps, they are killed in batches of 1,000 to 6,000, by various methods, including gas, burning by steam, mass electrocution, and finally, by the method of the so-called "death train".

In the course of my investigation I succeeded in witnessing a mass-execution in the camp of Belzec. With the help of our underground organisation, I gained access to that camp in the disguise of a Latvian special policeman. I was, in fact, one of the executioners. I believe that my course of action was justified. I had no means of preventing the event, but by

9

For security reasons – the voice of Arthur Koestler world known author, having strong accent

May 1943

OVER:

7

カルスキによる
《目撃者が語るユダヤ人の大量虐殺》の朗読草稿。
1943年5月、BBCにて朗読されたものだが、
東欧訛りが顕著ということで、カルスキの肉声を
カムフラージュするため実際の朗読は
著名作家アーサー・ケストラーが引受けた。

私はホロコーストを見た［上］黙殺された世紀の証言1939-43

私はホロコーストを見た［上］黙殺された世紀の証言1939-43◆目次

私はホロコーストを見た［下］黙殺された世紀の証言1939-43◆目次

凡例

一、本書は、Jan Karski, *Mon témoignage devant le monde : Histoire d'un État clandestin*, Robert Laffont, 2010の全訳である。

底本とした原書は、一九四四年にニューヨークで刊行された*The Story of a Secret State*（「ある秘密国家の物語」）のフランス語訳（訳者不明、一九四八年刊）を、歴史家である編者セリーヌ・ジェルヴェ＝フランセルが修正・補足し、さらに詳しい注とまえがきを加えた決定版である。

翻訳にあたっては、一九四四年の英語版も適宜参照した。

一、編者による詳細な注は、本文の該当箇所に（1）（2）（3）……と注番号を付し、各章末にまとめた。

一、本文中の〔　〕は訳者による注である。

一、固有名詞・とくに地名は、できるかぎりポーランド語読みを採用した。

編者によるまえがき

セリーヌ・ジェルヴェ＝フランセル

忘却のなかに埋もれていたヤン・カルスキがそのすがたを見せたのは、一九八一年十月のことだった。ノーベル平和賞作家エリ・ヴィーゼルおよび全米ホロコースト記念会議の呼びかけで開催された〈強制収容所解放者の国際会議〉に招かれたのである。元ポーランド・レジスタンス機関の密使カルスキは、その機会に一九四五年以来ずっと守っていた沈黙をはじめて破った。

一九四二年夏、トレブリンカ絶滅収容所への大量移送後もまだワルシャワで生きのびていたユダヤ人ゲットー代表者からの要請を受け、カルスキは自分が目撃したユダヤ民族絶滅作戦の実態を連合国側首脳に伝えようと、同じ年の十一月末、ワルシャワからロンドンに到着するなり必死に動いた。そのいきさつをあらためて公の場で証言したのである。

カルスキの講演テーマは、〈最終的解決が実際に行われた事実の発見〉であった。それはつぎの三つの問いで始められた。「一、欧米諸国の首脳および世論は何を知ったのか？　またそれはいつのことか？　二、いかなる経路でその情報はもたらされたのか？　三、それに対し、いかなる対応がなされたのか？　またそれを証明するものは？　こうした点をめぐる問いに関して、わたくしヤン・カルスキはある一定の役割を果たした多くの者たちのひとりであります」

時系列を追ったその正確な報告は、一九四四年、密使カルスキがニューヨークのホテルで缶詰になって執筆した実録書 *The Story of a Secret State*（「ある秘密国家の物語」）と同じ内容だった。この著書はアメリカで発表されるとたちまち四十万部売上げ品切れとなり、すぐにイギリスでも再版され、翌年スウェーデン語、四六年ノルウェー語、四八年にはフランス語版も最終章からとった美しいタイトル *Mon témoignage devant le monde: Histoire d'un État clandestin*（「世界に向かっての証言——ある秘密国家の物語」）で、セルフ社から出版されていた。そういうわけで、会議参加者の多くはかつて読んだページの記憶をよみがえらせたのである。

この会議におけるヤン・カルスキの発言が巻きおこしたアメリカとイスラエルでの反響は、その他の国でほとんど知られていない。たとえば一九八一年十二月十五日、ニューヨーク選出の下院議員スティーヴン・J・ソラーズは、カルスキの発言全文を下院の審議議事録に記録するよう提議し、感動に満ちた声でその結びの言葉を引用した。

「戦争が終結したとき、各国政府やその指導者たち、学者、作家、だれもがユダヤ民族に何が起こっていたのか知らずにいた、このことをわたしは知りました。彼らだれもが驚いた。六百万もの罪なき人間の殺戮は秘密だったのです。ホロコースト研究の大家ウォルター・ラカーのいう「恐るべき秘密《テリブル・シークレット》」です。あの日から、わたしもユダヤ人になりました。ここで会議を傍聴しているわたしの妻、その家族と同じように。（……）わたしはクリスチャンでありながらユダヤ人になりました。でも、熱心なカトリック信者です。ですから、わたしは異端者めいたことを言いたくはないのですが、人類が第二の原罪を犯したのだと表明せざるをえません。それが上からの命令、もしくは自らの怠慢によるのか、無知であろうと自らに課したためなのか、それとも無関心からか、利己心または偽善によるのか、さらには冷たい計算があったからなのでしょうか。この原罪は、世界の終末まで人類につきまとうでしょう。わたしはそれにつきまとわれています。そして、わたしはそうあってほしいと願っています」

一九八二年六月、前年の会議に研究員を参加させていたイスラエル国立ホロコースト記念館〈ヤド・ヴァシェム〉研究所は、ヤン・カルスキを〈諸国民のなかの正義の人〉に列するという決議をした。

多くの人がカルスキを再発見、あるいはその存在をはじめて知るのは、会議から四年後の一九八五年のことで、クロード・ランズマン監督の映画『ショアー』で〈証人〉に指名された彼が、その端正な顔を涙に濡らすのを見たときである。インタビューの映像自体は七八年十月に撮られたものだ。しかしながら、《ショアー》の反響にもかかわらず──むしろそのせいで、と言うべきかもしれないが──ヤン・カルスキ本人は、第二次世界大戦中の欧州における唯一の〈秘密国家〉だったポーランドとそのレジスタンス活動同様、他国民にとってはけっして十分に知られた存在ではなかった。

二〇〇四年、わたしはカルスキの著作のフランス語版に全面的な修正と注解とを加えて再刊した。それがすぐに売切れになったのを見れば、読者の関心を引いたのはたしかだが、一部歴史家の過剰解釈や大まかな視点、そういう殻を破るまでにはまったく至らなかった。ところが、二〇〇九年度のフランスの文学賞シーズンを期に、ふたりの小説家がヤン・カルスキに着想を得た作品を発表するという状況を迎えたのである〔ヤニック・エネル著『ユダヤ人大虐殺の証人ヤン・カルスキ』（河出書房新社）とブリュノ・テサレク著『*Les Sentinelles*』（「歩哨たち」）、どちらも大いに物議をかもした〕。〈史実の蘇生〉もしくは〈フィクション〉と自ら位置づけるこの二著は、まったく異なるアプローチでありながら、それぞれカルスキの実像への関心を高める結果を招いた。それを踏まえ、今回このすばらしい著作をもう一度再刊するにあたり、わたしはカルスキの経歴にいくつかの補足をすべきだろうと考えた。

では、一九四二年まで本名ヤン・コジェレフスキを名乗っていたヤン・カルスキとはいったい何者だったのか。

ヤンは、一九一四年六月二十四日、馬具工房を営む父親の第八子としてポーランドのウッチに生まれた。彼の物腰に「貴族的雰囲気」を見いだす人々に対して本人が否定したように、貴族の紋章も居城もない生家である。強い絆で結ばれたポーランドの中流家庭、敬虔なカトリック信者だが開放的かつ寛容な精神を持ち、ユゼフ・ピウスツキ〔ポーランド共和国建国の父、軍人、現在でも信奉者が多い。日本と縁が深く、兄ブロニスワフはアイヌ研究者〕が提唱した愛国主義、すなわちいかなる排他的民族主義にも反対する立場（第23章注1参照）、それを信奉する家庭に育った。多文化主義尊重の気運あふれる町ウッチで、「誇らしさと幸せに満ちた青春時代」を謳歌したと、本人も述懐している。一九二〇年に夫を亡くした母親ヴァレンチナは、息子といっしょに一九三四年までウッチのキリンスキ街七一番地に住んだが、その建物の住民のほとんどはユダヤ人家族だった。つまり、アパートの中庭で遊ぶ年ごろから、後に彼が優秀な成績を残したピウスツキ高等学校の教室まで、同級生や親しい友人にユダヤ系の市民がいた。二〇〇〇年五月に名誉市民としてふたたびウッチを訪れた際（死の二カ月前）、カルスキはこう言った。「頭のなかでは、わたしはけっして町を離れたことがありません。当時のウッチが存在しなければ、今のわたしもなかったにちがいありません（二〇〇〇年五月十六日付『Gazeta wyborcza』紙）」

一九三一年、幸せだった少年期の思い出とカトリック教会マリアの百人隊《レジオ・マリエ》の活動家としての理想、そして外交官になろうという少年期からの夢を胸に、ウッチをあとにする〔ポーランドでは、このようなボーイスカウトに似た少年少女の集団活動が盛んだった〕。父亡きあとは彼の保護者ともなった長兄は、弟の抱負を信頼し、外国での研修の可能性が多くまた優待生奨学金が受けやすいという理由から、ヤンをルヴフ市〔現ウクライナのリヴィウ市〕にあるヤン・カジミェシュ大学〔現ウクライナ国立リヴィウ大学〕に入学させ（一九三一～五年）、優秀な成績を修めるよう要求したのだった。彼ら兄弟に見られる初期のピウスツキ主義者の多くは、徹底した能力主義と国家への犠牲的精神、危ういポーランド独立主権の護持に非常な重きをおいていた。当然ながらヤンは、ピウスツキ主義青年学団のメンバーとなった。一九九九年になってあるジャーナリストからその当時について質問をされると、カルスキは言った。「確かに、青年時代のわたしはいつも『ピウスツキ、万歳！』と叫んでいました。でも、とにかく勉強、ほんとうによく勉強していました」（クシストフ・マスロンによるカルスキのインタビュー。*Kurier czytelniczy*, n° 60, 1999）。

外交官志望だから本来ならば文官志向だが、ヤンは機動砲兵の予備士官学校に入っても優等生であろうと目指し、一九三六年期を首席で卒業、垂涎の的である〈名誉のサーベル〉を共和国大統領から直々に授与された。スタニスワフ・M・ヤンコフスキ（Stanisław M. Jankowski）の最近の著作 *Karski, Raporty tajnego emisariusza*, Poznań, Rebis, 2009（「カルスキ――ある密使の報告書」）には、学内誌編集長のヤン・コジェレフスキ見習い将校および、助手で親友のイェルズィ・レルスキ見習い将校のふたり（第9章にてその親交が語られる）が三六年期生を代表し書いた祖国への忠誠宣誓が載っている。外務省に入ったあとも、ヤンは自分のキャリアを切りひらくため、エリート養成研修課程の最優秀生にならねばならなかった（第1章注1参照）。

一九四〇年二月、陸軍少尉ヤン・コジェレフスキは、密使としての最初の任務でワルシャワからブカレスト経由でパリへ送られたとき、フランスのアンジェ市にあった亡命政府、その首相シコルスキ将軍に提出した報告書（臨時の偽名カニツキで署名）のなかで、一九三九年ポーランド敗戦後の自らの行動を詳細に語っている。「ソ連軍によって、約六週間ポルタヴァ近郊に抑留されました。捕虜交換の対象となるリッツマンシュタット（ウッチ市のドイツ名）出身の一兵士であると偽って（将校は除外されたので）、ドイツ軍に引きわたされました。ドイツ軍捕虜としてラドム収容所に十日間収容され……脱走……。地下活動……」という内容である。ヤンは、「祖国では政治活動に専念しており、ルヴフやウッチ、ヴィリニュス、ポズナン、ルブリンなどにも派遣されました。自分はM・コンラッド〈コジェレフスキ大佐、つまり長兄の偽名。第1章注5〉の弟であります。すでに一九三九年十二月から、M・コンラッドに協力し、ポーランド国民の置かれている一般状況および国民感情について、亡命政府宛の最初の報告書を作成しております〈それは近隣国の外交官の手で亡命政府にとどけられた〉」と、自分自身がすでに亡命政府の貴重な情報源であったことを明かしたのである。「パリに到着次第ただちに、まだ再編中の亡命軍に志願兵として登録しました」とも書きのこしている。しかし、「自分がポーランドにいてこそ役に立つという政府のご判断であれば、自分は祖国にもどってそこにとどまるつもりであります」、さらに「極度に困難ななかであっても、自分は祖国に貢献したいと熱望しております」と、未来のカルスキを髣髴させる宣言で報告書を結んでいる。その「困難な」という箇所に、首相シコルスキは下線を引いた。

どうせピウスツキ元帥の追随者、その〈大佐たち〉から送られた子分だろうと高をくくる首相シコルスキから〔ピウスツキは一九二六年に軍事クーデターで政権を奪回した〕、ヤンは不信に満ちた冷ややかな態度で迎えられた。また、首相の側近でひどく厳めしい大臣スタニスワフ・コット教授にも当初から面食らわせられた。とはいえ、教授はすぐにヤンのうちに稀有な才能——後にロンドンで〈逸品〉とまで評価するようになる——を見いだしていた。若きヤン・コジェレフスキ少尉のたぐいまれなる記憶力、緻密さ、分析力を見極めたうえで、教授は〈ピウスツキ神話〉について長々と講釈をし、ヤンがその虜になっていると決めつけた。にもかかわらず、彼を亡命政府の信任特使に任命しようと決めたのだ。まだそれが信じられないかのように、シコルスキ首相は「きみはあのコット教授を味方につけたのか……」となったという。コットは、国内レジスタンスに伝えるための微妙きわまりない長文の政策指令をヤンに暗記させた。

「わかったかね?」

「はい、教授。わかりました」

「わたしは秘密を守るようきみに宣誓させねばならない。だが、何の意味がある？　きみを信じているのだ。もし裏切りたいと思うなら、そうするだけの話だろうからな。きみに神のご加護があるように」

こうして、ポーランド亡命政府の〈政治密使〉が誕生した。

だからといってヤンは、いってみれば自分を密使として最初に採用してくれた法律家ボジェンツキを忘れてはいない（第8章）。民間抵抗組織も伝令《クーリエ》も、武装レジスタンスと同じくらい国家にとって役に立つ、とヤンに説いた人物である。

当初からヤン・コジェレフスキは、密使としての倫理、すなわち依頼人と宛先人にはプロ意識をもって接しなければならない、と肝に銘じていた。一九四〇年春、ヤンはアンジェからもどってクラクフ、そしてワルシャワに着くと報告を行い、それを聞いていた政治指導者たち全員に「圧倒された」と言わしめた。それについてもヤンは、「わたしはレコード盤のようなもので、録音され、送られ、その内容を聞かれるだけなのです」と謙遜して言うのが常だった。そして、宣誓――熱心なカトリック信者の自分が、神を証人に、任務を忠実かつ几帳面に全うすると誓約すること――によって大きな安心を得ていた。

ゲシュタポの拷問に遭い口を割ってしまうのを恐れ、教義に反して自殺を企てるという愛国的献身も、おそらく信仰者としての個人的葛藤の次元でとらえるべきだろう。これも後になってからわかるのだが、ヤンが一九四二年十月一日に新たなふたつの使命――第一は政府からの、第二は絶望したユダヤ人ゲットー代表からの――を帯びて出発する際、そのはなむけに、彼の友人たちはカトリックの修道者の肩布《スカプラリオ》と聖体《ホスチア》を持たせた。そんな交遊関係からも、彼の厚い信仰心がうかがわれる。教義とはまったく矛盾するが、ホスチアといっしょに致死量の青酸カリもわたされていた。ヤンはその矛盾に気づいたのか、出発前に青酸カリは捨てている。彼独特の言い回しで「わたしが目撃し語ったものは、神がわたしに試練としてお与えになり、それを証言するよう仕向けられたのです」と四十年経た一九八一年に述べるとき、わたしたちは、ふたたび悪に立ちむかっていくヤン・カルスキの高揚感をより理解できるのである。

「本隊を離脱した将校に対する動員令は解かれていない。きみをどこに配属させるかは、後日決める」とアンジェのシコルスキ首相は冷たく言い放った、と一九八七年にヤンは回顧している（前記ヤンコフスキの著作による）。ヤンは、当時まだ創設途上だった亡命軍の本国との通信連絡課に配属され、内務大臣スタニスワフ・コットの指揮下に入る。ワルシャワに帰還して政府クーリエとしての任務を完遂したヤンは、組織上は、一九四二年二月をもってＡＫ（アールミャ・クラヨーヴァ、国内軍）と名乗るようになるＺＷＺ（武装闘争連盟）の総司令官ロヴェツキの指揮下に以後ずっとおかれる。

一九四〇年から四二年、ワルシャワまたはクラクフにおいて、ヤン・コジェレフスキ少尉は〈ヴィトルド〉という偽名を使っていた。組織内においてはその偽名で知られ、ユダヤ人ゲットーの代表者が接触してきたときもその名だった。一九四〇年六月の第二のクーリエ任務遂行中、スロヴァキアで捕捉され、ゲシュタポに引きわたされて拷問を受けたときもヴィトルド・クハルスキだった。そして一九四一年二月、本人不在のままＡＫ司令官ロヴェツキ将軍から軍功勲章《ヴィルトゥーティ・ミリターリ》を授与されたときもその偽名での受勲だった。ヤンがそれを知ったのは、一九九〇年末、秘密保存文書を発見した歴史家アンジェイ・クネルトを通じてである。その顕彰報告書は現在もヤンの生地ウッチに保存され、編者はその写真を本書に収めた（口絵４）。そのことを知らなかったシコルスキ首相は、一九四三年一月のロンドンで、ふたたびヤンに銀十字軍功勲章を与えている（第32章）。

一九四二年夏、各政党指導者からの要請で、在ワルシャワ亡命政府総代表のツィリル・ラタイスキは、ふたたびヴィトルドをレジスタンス機関の政治密使としてきわめて危険な道中が予想されるロンドンまで派遣した。そのとき、在ロンドン亡命政府〔一九四〇年六月のフランス降伏以降は、ロンドンに避難〕は彼に〈ヤン・カルスキ〉という新しい偽名を与えた。以後、それがヤンの氏名となる（第33章注5参照）。

「ロンドンへ発つ前、きみにユダヤ人代表と会ってもらいたい。会ってくれるか？」

「もちろん会います」

「きみには各政党指導者からの指令を持って行ってもらうが、彼らユダヤ人は政党を代表しているわけでない。だが、ポーランド国民であることに変わりはない。彼らが何かをロンドンに伝えたいのであれば、その意見を聞くのは当然だろう」

ツィリル・ラタイスキ（第28章注3）のこの言葉は、一九八七年、カルスキが伝記作家に向かってとくに強調した点である。一九四四年に書かれた、読者に衝撃を与える本書第29章《ワルシャワ・ゲットー》の冒頭で、ユダヤ人ブント（ユダヤ人労働者総同盟）活動家レオン・ファイナーおよびその連れのシオニスト〔ユダヤ人国家建設をめざす活動家〕と出会うことになった事情が述べられる。それは公式〈ユダヤ任務〉の一部であり、亡命政府に対する彼らユダヤ人からの要請と、そして在ロンドン・ポーランド国民評議会にユダヤ系少数民族の代表として参加しているユダヤ人ブント労働者シュムエル・ズィギェルボイムとシオニストの弁護士イグナツィ・シュヴァルツバルト両人に対するゲットーからの指令伝達でもあった。すでにその時点でカルスキは知っていたのだが、ワルシャワ・ゲットーに対するナチスの〈大作戦〉と、トレブリンカ、ベウジェツ、ソビボルという名に象徴される絶滅作戦に関するすべての報告書を、AK情報部はマイクロフィルムに収めてあった。英米世論がそのすべての話を「大げさである」とまだ思っていることは、ワルシヤワでも承知していた。そういうわけでヤン・カルスキは、自分の公式任務の枠内に、別途「自発的な目撃者証言」を含めて欲しいという要請に、死の危険を覚悟で同意したのである。流布されている残虐行為のうわさが真実であり、それに救済をもたらすことは当面の急務であった……。

ヤン・カルスキが鍵のなかに隠した貴重なマイクロフィルムは、パリまで運ばれたあと、連絡網を介して一九四二年十一月十七日、ロンドンの亡命政府の手に届けられた。本人の方は、ロンドン到着後から十一日目の二十八日になってようやく、イギリス情報部からポーランド亡命政府に身柄が引き渡された。そのとき、ポーランドにおけるユダヤ民族絶滅作戦がもはや紛れもない事実であるという、マイクロフィルムを総括した二ページの報告書要約が数日前、つまり十一月二十五日の時点で、連合国首脳およびロンドンのユダヤ系著名人や団体宛に配布済みであると亡命政府から知らされ、カルスキは安堵したのである。ユダヤ人問題の権威リチャード・ブライトマンらは、〈カルスキ報告書〉は一九四二年八月にスイスで開催された世界ユダヤ人会議において、スイス代表ゲルハルト・リーグナーからすでに伝えられていた情報〔七ヵ月前のヴァンゼー会議での議決内容。国際赤十字社にも同じ電文を送った〕――だが米国ではまだ疑いを持たれていた――に、信憑性を付与する決定的な資料である、と断言した。

一九四二年十二月二日になって、カルスキはユダヤ人ゲットー代表からの口頭による要請および緊急アピールを在ロンドン国民評議会のユダヤ人代表二名に伝えはじめた。同じく亡命政府の閣議でも聴取され、なかでも英国政府と国民向けに〈カルスキ報告〉を伝える役目を負う外務大臣エドヴァルド・ラチンスキからは、長々と報告させられる。十二月十七日夜のBBCラジオ放送で、ラチンスキは〈カルスキ報告〉に基づく談話を発表した（口絵6参照）。

一九四三年二月初旬、カルスキは英国外務大臣アンソニー・イーデンと二回会っている。ポーランド・

英国首脳会談、すなわちチャーチル首相に会わせることを頑なに阻むイーデンに対し、ポーランド政府はひどく失望させられていた。同年五月末に亡命政府がカルスキを米国へ派遣しようと決めたのも、英国との外交関係が悪化したからである（〈カティンの森事件〉が表沙汰になり、ソ連に曖昧な態度をとりつづける英国に対し、ポーランドは態度を硬化させた）。

米国では、大統領ルーズヴェルトに会ってもらえるよう、それまでとまったく異なるアプローチがなされた。駐米ポーランド大使チェハノフスキは、四三年七月から米国政府の要人をつぎつぎと招くようになり、そのなかには大統領の側近で合衆国最高裁判所の判事フェリックス・フランクファーターもいた。ユダヤ人の悲劇をつぶさに目撃した本人、ポーランド政府の密使カルスキがもたらした情報の重要さを知ってもらうためだった。こういういきさつがあって七月二十八日、大使は若き密使カルスキを伴って午前十一時ルーズヴェルト大統領を訪れた。それについてカルスキが残した報告書には、ルーズヴェルトがポーランド国内および国境地帯の状況（「二度とポーランド回廊を許してはならない」と大統領は言ったとある）と、ソ連との妥協の必要性、その二点をとくに重視していた、と強調されている。どのようなメッセージをポーランド国民に伝えたいか、とカルスキが問うと、ルーズヴェルトは「こう伝えて欲しい。われわれは、ともにこの戦争に勝ちぬこう」と言い、「こうも言って欲しい、彼らにはホワイトハウスにひとりの友人がいる」とつけ加えた。カルスキは、執務机越しに自分に向けて差しだされた〈皇帝の手〉についても触れている。ルーズヴェルトに体現されている権力というものに、カルスキは非常に強い印象を受け、それを随所で述べるようになるのだが、その日ホワイトハウスを出るとすぐ、チェハノフスキ大使がもらした言葉「というわけだが、大統領はたいしたことを言わなかったな」に思いを巡らせるのだった。

アメリカをあとにして、一九四三年九月十九日、ロンドンに着いたとき、ヤン・カルスキはすぐにでもポーランドへもどれるものと大いに期待していた。しかし、シコルスキ将軍の後任スタニスワフ・ミコワイチク首相は「まったく問題外、しかもそうとう長期間そのままだろう」と、言下にカルスキの願いをはねつけた。用心していたにもかかわらず、カルスキの正体は見破られてしまったようだった。というのは、ナチスのラジオ放送が「ヤン・カルスキなる人物がアメリカを舞台に暗躍している。（……）ソ連共産党の手先であり、アメリカのユダヤ人一味に買収されたその人物は……」と攻撃していたのである。そこでカルスキは在英ポーランド亡命軍に入ろうと画策したのだが、それも許されなかった。ロンドン市内にとどまって、首相の指揮下、「反動政府」と攻撃される亡命政府の正当性や、さらには国内軍ＡＫの忠誠にまでも疑義を言いたてる激越なイギリスの親ソヴィエト新聞各紙に対し、カルスキはまったく翳りを見せない自分の評判を有効に用いて反撃するよう命じられた。おまけに四三年十月五日、イーデン外相は、東プロイセンとシレジアにおいてポーランドへの代償が確保される場合は、ただちにスターリンの領土要求に応じるべきだろう、とミコワイチク首相に迫った。そういうわけで、カルスキは〈共通の敵と戦うポーランド〉のイメージを英国世論に浸透させるべく、講演を続けるようになり、その場を借りて英国の暗号学校があるので名高いブレッチリー市に設けられた秘密のラジオ放送局〈シュヴィート（夜明け）〉が流す最新のポーランド情報を広め、後に自らもその放送に協力するようになる。〈秘密国家〉という言葉を彼が意識的に用いるようになったのは一九四三年秋からで、《ポーランド秘密国家》というタイトルで最初の記事を、一九四三年十二月二日付けのポーランド政府情報宣伝省の機関誌『ポリッシュ・フォートナイトリー・レビュー』に書いている。

その時期（一九四三年十一月二十八日〜十二月二日）に開かれたテヘラン会談において、チャーチルとルーズヴェルトは、ポーランドはじめ、中央・東ヨーロッパに関連するスターリンの要求事項をすべて受け入れてしまっていた。それが暴露されると、十二月十五日、イーデン英国外相が英国下院で、翌年一月十一日にはルーズヴェルトも米国下院でそれを否定する。一方、ポーランドのミコワイチク首相は米国の要請による米大統領との会談日程が決まるのを待っていた。ミコワイチクはその会談にカルスキを同伴させようと決めた。それを踏まえ、カルスキは情報宣伝相スタニスワフ・コット教授の下で、アメリカ世論向けに、ポーランド支援の気運を盛りたてるプロパガンダの準備に余念がなかった。そういった状況で、前年の夏、カルスキが提案していたポーランドの抵抗運動を題材にした映画制作の話が、あらためて浮上してきた。シナリオはカルスキが書き、そのためのしっかりとした裏づけ資料も用意された。

しかしその具体化を待つことなく、一九四四年二月二十日、カルスキは単身ワシントンに派遣されると、大使チェハノフスキの庇護下におかれた。「このたびカルスキ氏は、貴殿の援助を得て、わが国の抵抗運動を題材にした映画制作を具体化する任務を負っており、わが政府は本計画に多大なる期待を寄せている」と、新任の外務大臣T・ロメルは大使に書きおくった。とはいえ、そのための予算はまったくつけられず、カルスキ自身が「私的な活動として本計画を実現させなければならない。(……)このため、カルスキ氏は多くの講演を行う一方、ポーランドおよび米国シカゴ地域、西側同盟諸国の新聞に記事を寄稿することになろう」という首相の方針も、外相ロメルはつけ加えた(ヤンコフスキの著書による)。それを受けると大使は、戦争終結までカルスキのポーランド帰国は不可能でアメリカにとどまることになるだろう、という情報を米国側に流すようにした。

実際、ワシントンに着いてから、カルスキは映画制作の実現がまったく望み薄であることを思い知らされる。ハリウッドには「ポーランド問題を扱う気がまったくない」からだった。とはいうものの、アメリカ国民は彼の名を忘れていなかったから、まだ有望株であることに変わりはなく、つぎつぎに講演依頼が入ってきた。大使チェハノフスキは、彼に本の出版を勧め、大使館の報道官にも出版エージェントを見つけるよう命じた。そして、エージェントとしてエマリー・リーヴス社が選ばれた。

一九四四年三月二十三日付けの電報で、カルスキは「チャーチルやイーデン、英国の保守政治家ダフ・クーパーの出版エージェントであるエマリー・リーヴス社は、わたしの体験をもとにしたポーランドの抵抗運動に関する本の刊行を切望しています。彼らの予測では、一大旋風を巻きおこすことまちがいないとのことです。そのような本なので、わたしは今その資料を準備しているところです。数百ページになるでしょう。それがうまくいけば、多大な情宣効果をもたらすはずです。首相閣下ならびに教授殿、許可をいただけましょうか?」と直接の上司スタニスワフ・コット情報宣伝相に書きおくっている。すぐに許可は出た。ポーランド大使館がマンハッタンのホテルに一室をとってそこをオフィスとし、バイリンガルの秘書を用意すると、カルスキはエマリー・リーヴス社の要求に応じて休みなしの執筆にとりかかった（下巻収録の口絵10参照）。リーヴス社の出した条件は厳しく、まずはスピード感のある文体を要求のうえ、プロパガンダや反ソ連的あるいは論争的表現はご法度というものだった。「スターリンとあなたたちとの言い争いを聞いたところで、おもしろくもありません」というわけである。加えてリーヴス社は、原稿を必要とあらば「読者をより強く惹きつける」ためにリライトする権利と、著者印税の半分を受けとる、という目茶苦茶な条件を出して譲らなかった。

カルスキが一九四五年一月十五日に書いた〈本の刊行に関する報告書〉には、「千ページに近いポーランド語原稿の整理に八週間も費やしました」とか、「翻訳と、四百ページに短縮する作業でさらに八週間、脱稿したのは一九四四年七月末です」とあった。同年六月三十日付けスタニスワフ・コット教授宛の私信で、食事と睡眠以外は日夜ぶっとおしで書きつづけた、と打ち明けている。

間もなくその結果は出た。カルスキは誇らかにロンドンの亡命政府へ報告する。リーヴス社とその編集者ウィリアム・ポスターは「わたしの原稿を読んで、新鮮ですばらしい構成を持つ美しい文体であり、訳文を少し練って、何カ所か編集するだけでそのまま出版できる、という評価を下しました」とある。

カルスキは、「編集する」という意味が持つ柔軟性を理解するまで、それほど時間を必要としなかったから、エージェントとは議論を通りこし、喧嘩腰になることもあった。「いつもアメリカ人は、わたしの役割を誇張しようとするばかりでなく、あるテーマのセンセーショナルな部分を強調することで、政治思想に関わる面を抑えようとします」と書いている。リーヴス社はいくつか劇的な場面の信憑性に関し疑義を抱いたようで、カルスキは誇りを傷つけられるように感じた。両者の対立を収めるため、首相ミコワイチクはポーランド政府の名において、「宣誓した密使による事実の証言である」という内容の書簡をわざわざ送らねばならなかった。そして最後に、〈東方の隣人〉ソ連と、国内抵抗運動内の共産党系勢力の取扱いが問題となる。これは折り合いがつかなかった。リーヴス社が、関連する章をすべてはねつけ、いっさいの妥協を拒んだ。カルスキは、遠くのコット教授に本の構成を詳細に説明しながら、自分が伝えたいことと、問題になっている部分についての意見を求めた。「教授殿、あなたのご指摘、ためらわれる点、ご提案を、ぜひともご教示ください。わたしはいかなる誤りも犯したくないのです」と。

さて、映画で当初用いようとしたシナリオが、各章の構成とそこに含まれる数多くの会話に影響を与えていたのは当然であった。本は、一九三九年八月二十四日、つまりポーランドの国民総動員令から一九四三年初頭までの著者の実体験を描く予定だった。ところが実際の最終章は、四三年初頭ではなく、同年七月二十八日のホワイトハウスでの会見の日までずれこみ、それが密使ヴィトルドの任務終了であり、ラファイエット広場にあるジョージ・ワシントンのポーランド人副官コシチュシュコ大佐の像を前に、彼が苦い思いをかみしめるところで終わる。

カルスキは「自分が体験し、目撃し、耳で聞いたことしか本書で語っていない」と強調する。語る内容、あるいは証言が誠実に綴られたものであることを、機会あるごとに訴える。たとえば一九八二年、ポーランド人作家ギェドロイツが、自分の主宰するクルトゥラ書店の叢書でポーランド語訳を出したいと提案したとき、「ポーランドの抵抗運動について、一九四三年から四五年まで、いかにわたしが事実に即した情報を、どれだけ誠実に一般読者へ提供していたのか、きっとわかっていただけるでしょう。ここに書かれたすべての人物、すべての出来事は、真実以外の何ものでもありません。戦争が終わりしだい、わたしはあなたといっしょに祖国にもどり、そこでわたしの著作がポーランド語で出版され、戦争中に抵抗運動の指導者たちだった人たちがそれを批判的に読んでくれるよう期待するものです」と手紙で回答した（クルトゥラ書店資料より）。そして一九九九年、やっとポーランド語初版がアンジェイ・ロスネルによって刊行されたときも、晩年を迎えていたカルスキは「一九四四年、本書を執筆するにあたり、わたしは忠実に、正直に自分の記憶をたどりました。しかしながら当時の状況から、書ける内容にはおのずから制限がありました」という書き出しで序文を書いた。

秘密活動というものは、人の素性を、ときには偽装身分さえも秘匿するよう要求し、同じく地名や隠れ家、検問所のない国境についても特定されぬよう、カムフラージュを施さなければならない。そんな理由があって、一九四四年六月、カルスキは多くの固有名を著作のなかで挙げねばならなかった事情をコット教授に伝え、「著作の信憑性を損なわぬためには不可欠でした。もちろん、地下活動に関連しないものしか挙げておりません。氏名および地名、抵抗運動がおかれている状況については、すべてカムフラージュしてあります」と釈明する。一九八二年の友人ギェドロイツ宛の手紙（既述）では、「自分で照合表を用意した。それにしたがえば、偽名の第一文字はいつも本物にしてある」と書いている。それゆえに、ポーランド語版の刊行に際しては、「記載されている人物と出来事とを特定できるよう、多くの注解をつける」点にこだわったのである。読者は気づかれると思うが、この版においてもわたしたちはカルスキの意向を尊重し、注解を編纂するにあたっては、カルスキがギェドロイツに明かした照合表をかならず参照するようにした。

カルスキ——国内レジスタンス内ではヴィトルド中尉と一階級特進——には、まず連合国、つぎは世界に対し、ほかに例を見ないポーランドの秘密国家とその特色を知らしめたいという切実な願いがあった。それを報告のなかで要約しているので、読者にも理解いただけるよう、つぎに挙げておく。

・ポーランドにおけるレジスタンス運動とは、占領者に抵抗する戦闘軍団であるだけでなく、通常の一国家であり、権威ある民主国家としての特性と制度、機構をすべて備える。
・その合法的国家の政府は、社会総体の支持を得ており、暫定的にその本拠をロンドンに置く。
・ポーランドは、いかなる時点においてもけっして連合国を裏切らず、またドイツ人ともいかなる妥協もしない唯一の国家であり、ノルウェーの売国奴クヴィスリングのような人物が不在の国である。
・ポーランド国民は、民主主義と自由、発展を志向し、それを活力とする。

カルスキの著作には、その構成を決めるときに彼が多くを割きたかった題材——ページ数はかならずしも重要度を反映しないが——の「ユダヤ民族の耐えがたい悲劇と、彼らが世界に救いを求めながらも、救いがもたされなかった事実」が述べられている。一九四二年八月末にワルシャワのユダヤ人ゲットーの代表二名から頼まれ、密使ヴィトルドが私人としても引きうけた特別任務のことである。その部分の「ユダヤ人問題の重要度」について、カルスキは「わたしが祖国の悲劇から離れている時間が長ければ長いほど、前線から遠く離れていればいるほど、わたしはさらにポーランドのユダヤ人の耐えがたい悲劇に強く心を動かされるのです」と私情を訴えた。

そんな理由があって、「ユダヤ人関連の部分をとくに詳述」し、「全体構成からあまり関連性はないが、ワルシャワ・ゲットーでの抵抗について書く」よう強く求める編集者の意向を受け入れたのである。その結果、読者は第29章で〈ワルシャワ・ゲットー蜂起〉の準備が進行中であると暗示する言葉を目にすることになるのだが、それは時期的に合致しない〔カルスキのゲットー侵入は一九四二年夏、蜂起は四三年春だから、まったく可能性がなかったとは言いきれない〕。ほかにカルスキがとくに強調したテーマとは、彼から「ポーランドに関しての報告を受けた英国と米国の政治家の反応」であり、どうしても「ドイツの野獣性」も挙げておきたかったようだ。

一九九九年のポーランドで、本書がひどく反ドイツ的だと指摘した者たちへ、カルスキはこれが一九四四年に書かれ、当時の自分は「ドイツ人への憎悪、ソ連軍への憎悪のかたまりだったのです。当時のわたしは病んだ精神そのものでした」と打ち明けた。

最後に、カルスキにはどうしても政府からはっきりと承認を得ておきたい件があった。それは、当初予定されていた《東方の隣人》と《パルチザンとポーランド労働党の活動》の二章を削除し、その代わりに《追記》を入れようという編集側からの提案というか、妥協案だった。ここで思い起こさねばならないのは、当時のポーランドで何が起こりつつあったかであり、アメリカの新聞はそれを知りながらも楽観的な解説を述べていたが、カルスキと大使チェハノフスキはそれを座視しているほかなかったという事情である……。一九四四年七月二十二から二十五日にかけて、国内軍AKは、ソ連赤軍ならびに地下活動から表に出てきた亡命政府国内代表部《デレガトゥーラ》とともにルブリン地域を解放した。ところが、七月二十七日、ともに戦ったポーランド人すべてをNKVD〔ソ連内務人民委員部、秘密警察〕が逮捕した。モスクワの肩入れで、〈合法的政府〉樹立のためルブリンに居すわったPKWN（ポーランド国民解放委員会）は、〈解放〉されて対独戦の〈銃後〉となった地域の司法権を、ソ連赤軍（つまり、NKVD）へ委任した。しかもドイツ軍の手で建設されたマイダネク強制収容所が、新たな囚人——罠にはまって武装解除されたAKの兵士たち、それと、追われて捕まったデレガトゥーラの幹部たち——を収容するため、ふたたびその扉を開いた。そんな状況においてでも、四四年八月一日、ワルシャワで市民がドイツ軍に対して蜂起し、AKは十月二日まで持ちこたえた。

　ところが出版エージェントのエマリー・リーヴス社と出版社ホートン・ミフリンは、モスクワでポーランド首相とスターリンがルブリン市に樹立された親ソ政権の承認妥結に向け交渉中という点を突いてきた。「出版社はつぎの妥協案をわたしに提案してきました。わたしが書く〈追記〉で、ポーランドにおける共産主義者たちの活動に触れないのは、『彼らも行動を起こしていたが、わたしは彼らの組織のメンバーではないし、まったく接点がないので、それについては何も書けない』と宣言すべきだと言うのです。わたしは草案を見せられました。わたしは、それは政治的判断だからわが国の大使に読ませて承認を得ねばならない、ときっぱり言ったのです。大使は政治上・文体上の修正を加えてからわたしに草案を送り返し、それは出版社から全面的な賛同を得て、本の最終ページに《追記》ということで印刷されることになりました」

一九四四年の初版でイズビツァ・ルベルスカ収容所（カルスキはベウジェッツ絶滅収容所と思いこんでいた）への侵入について語るとき、カルスキはエストニア人の看守に案内され、自身もエストニア人看守に変装したと書いている。それはありえないことではないが、この場合正しくない。この収容所の看守はウクライナ人であって、カルスキは亡命政府の指示で文章にカムフラージュを施しているのだ。というのは、英国のイーデン外相が約束したこと、すなわち亡命政府はまだルヴフ（現ウクライナ共和国のリヴィウ市）をポーランド領土内にとっておけると期待していたため、国内にいる多数のウクライナ人移民の感情を配慮したのである。この版では、カルスキが一九九九年のポーランド語版で手を加えたのと同じように、この部分を修正した。

さて、表紙にポーランド国章の白鷲をあしらい、一九四四年十一月二十八日に刊行されることになった『ある秘密国家の物語』*The Story of a Secret State* は、エマリー・リーヴス社による販売作戦で、すでに九月から前宣伝用に二つの章が新聞や雑誌に紹介された。『コリアーズ』と『アメリカン・マーキュリー』の両誌はユダヤ人の悲劇をとりあげ、『ハーパース・バザー』はレジスタンスにおける女性の活躍が語られる章を掲載、読者数六十万人を誇って書籍を通信販売する『ブック・オブ・ザ・マンス・クラブ』誌は、四四年十二月号で、取り上げれば二十五万部売れると言われる〈今月の本〉にカルスキの本を選んだ。米国での売り上げ部数は、すでに述べたとおり四十万部を超える。半年間、著者カルスキは読書クラブや協会の招きで引っ張り凧となり、一連の講演をこなすため、アメリカじゅうを駆けめぐった。チェハノフスキ大使は十二月二十日、ルーズヴェルト大統領宛に「一九四三年七月二十八日にヤン・カルスキ中尉を接見いただきましたこと、感謝いたします」と手紙を添えて献本を行っている。

一九四五年三月、アメリカで大きな販売部数を誇る『ソヴィエト・ロシア・トゥデー』誌は、イーヴ・グロットなる女性の署名で《すべては語られていない》という記事を掲載、在ロンドンのポーランド亡命政府および国内レジスタンスのみならず、ヤン・カルスキをも名指しで容赦ない批判を展開した。それによると、カルスキは勤勉な労働者をまったく理解しない貴族であり、連合軍の支援努力をけなし、ヤルタ会談を「第二のミュンヘン協定」だと貶めて（確かにカルスキは、ふだんの控え目な口調を離れ、このように公言することがあった）はばからない「扇動分子」であり、「ポーランド民族主義者たちとつるんだユダヤ人排斥論者」である、と断定されている。カルスキによれば、その記事のせいで本の販売に大きな支障が生じたという。

それから間もなくすると、連合軍勝利の熱狂、勇敢なるソヴィエトを賛美する世論の渦のなか、カルスキの本は時宜にかなわない書とみなされてしまう。したがって一部の例外を除くと、翻訳および準備がすでに整っていたスペイン語、ポルトガル語、中国語、ヘブライ語、アラブ語の各版は各国の出版社が刊行を断念した結果、日の目を見ることはなかった。

一九四四年末の情勢を見て、自著の成功がポーランドおよびその政府にもたらす効果について、カルスキはもはや幻想など抱いていなかった。「ここでふたたび言っておきたいのですが、わたしの著作が成功を収めるのはいわば当然でした。『ブック・オブ・ザ・マンス・クラブ』誌とホートン・ミフリン社は、本とわたし自身の宣伝のために数万ドルも注ぎこみましたから、その結果だったわけです」と自嘲ぎみに明かしている。

カルスキは疲れきっていたし、健康もひどく衰えていた。コット教授宛の手紙のなかで、著作刊行の準備と執筆にあてた四カ月（一九四四年四月から七月）、その宣伝活動に邁進し、ラジオ放送が六回、二十回の講演のほか、政治集会のため、デトロイトへの出張を六回もこなしたと述べている。「今後の状況について予測のうえ、わたしは警告を発せねばならないと考えます。任務は日ごとに困難になり、講演のテーマおよび意味づけ、そして質疑応答におけるわたしの回答がますます好まれなくなり、不信感さえ生ぜしめる傾向になりつつあります。もちろんこれは、一般的な政治状況からくるものです。またときどきですが、糾弾されることもあり、わたしが思うに、今後はおそらくわたし自身と講演テーマに対する攻撃が始まるでしょう」（ヤンコフスキの著作より）

そういう事情があり、カルスキは自分にとって代わるべき新顔として、親友レルスキ――ポーランドへの任務を終えたばかりでロンドンにいた密使〈ユル〉――を強く推薦する。だが、亡命政府の路線に絶対忠誠を誓い、国家への貢献を第一義にするカルスキは、レルスキが現首相の現実主義を公然と批判している事実を知らなかった。ロンドンにいる一部の者はカルスキを〈親ソ派〉と呼ぶほどで、それで彼はひどく傷ついた。それを知ったとき眠れない夜が続いた、と書いている〔亡命政府、国内レジスタンス、国内軍のそれぞれ内部で、ソ連を対独戦争の潜在的同盟国と見るか、もしくは第二の敵とみなすかで激論が続いていた〕。だが実のところ、カルスキは〈がちがちの教条主義者〉などとはほど遠く、要するに、祖国にふたたび芽を出してくれるだろう国家の片鱗を残さねばならないという必要性を痛切に感じていただけである。もうひとりの密使ノヴァク＝イェジョランスキは、終戦前の一九四四年一月、二度目にアメリカへ発つ直前のカルスキとロンドンで最後に会ったとき、「実際、ポーランドはすでにテヘラン会談の時点で戦争に負けている。わが国の指導者たちは、ひたすら信仰じみた希望にすがるのではなく、いかにこの戦争を負けるべきか考えるべきである。（……）どのように国民に覚悟させ、来るべきことからいかに彼らを守ってあげるかを」とカルスキに言われたことを自著 *Courrier de Varsovie*, Paris, Gallimard, 1978（『ワルシャワの伝令《クーリエ》』）で述べている。

一九四五年七月五日、英米両国は、在ロンドン・ポーランド亡命政府に対する国家承認をとり消し、親スターリン派によってワルシャワに樹立されたポーランド人民共和国政府との国交を結んだ（フランスは、すでに六月二十九日の時点でそれを行っていた）。カルスキにとってその衝撃は、四カ月にわたる最後の任務（一九四五年七月から十月）の多忙さに紛れて当面は和らげられた。その任務とは、米国からの要請でヨーロッパにもどり、占領された各国亡命政府およびその各種機関を説得し、第二次世界大戦に関する記録と文書類をカリフォルニア州のスタンフォード大学内に創立された〈フーヴァー戦争・革命・平和研究所〉へ提供させる仕事だった。任務がロンドンとパリ、ローマとで成功を収めたのは当然だったにしても、カルスキはラトビア、エストニア、リトアニアでも無事にその任務をなし遂げた。

アメリカにもどったカルスキは、自分の存在がまったく忘れられていることを知る。市民でもないただの外国人、無数いるヨーロッパ人移民のひとり……。

「わたしは世界を憎みました。ひとりきりになりたかった」

忘れよう、戦争の地獄を忘れよう、それについてだれともう話さないようにしよう、ユダヤ人の悲劇を目撃したことさえだれにも明かさずに。

移民手続きの煩雑さを避けるため、彼はふたたび本名コジェレフスキの姓を名乗るのはあきらめ、そのままヤン・カルスキで通すことにした。

家庭を持ってふつうの生活を見つけようと思ったのに、結婚はわずか二年で終わりを告げ、夫婦は離婚する。愛する長兄マリアンとその妻ヤドヴィガのふたりをポーランドから脱出させる企てには成功した。一九四九年、まだ残っていた印税収入の蓄えで、カナダのモントリオール近郊に小さな農場を買い、いずれ兄夫婦が米国に入国が許可されるのを待って、そこに住まわせた。

戦争前の夢だった外交官としてのキャリアが不可能であると思い知らされた。米国国務省への就職は、彼が共産党政権下にある国家の出身者であり、元外交官であっても駆け出しのままだったという理由で認められず、発足したばかりの国際連合も、ワルシャワの共産党政府のみを承認するという立場だったので、カルスキとしてはとても承服できるものでなかった。

残された道は、似たような境遇の人間が当時選んでいた、大学などの教育機関にしかなかった。ワシントンにあるイエズス会創設によるジョージタウン大学、そこには国際関係学部長でカトリック司祭でもあるエドマンド・ウォルシュがいて、厳めしさと同時に温かみを感じさせる態度でカルスキを迎えた。その師の尽力で、政治学博士号をとるための奨学金を与えられる。そして一九五二年、博士号を手にすると、こんどは教職を提案された。ヤン・カルスキは、こうしてジョージタウン大学に三十年以上も勤めることになる。

一九五四年、アメリカ国籍を得てからは、ひたむきにすぐれた大学人、ヤン・カルスキ教授になりきろうと努めた。広範な資料を用いたカルスキの共産主義研究はアメリカ政府の知るところとなり、頻繁に戦略分析や外交交渉に利用された。ほぼ二十年間にわたって、カルスキは自分でつくったカリキュラムによる研修プログラムを用いてペンタゴンで講義するほか、国務省の要請でアジアやアフリカ、中東に派遣されて講演を行った。一九四三年の初渡米以来の知合いウォルシュ学部長をのぞけば、ジョージタウン大学の同僚や学生たちでカルスキの過去を知る者は皆無で、ただ教授の「気品」と「説得力ある論証」でなされる厳しいけれど中身の濃い講義を高く評価していたのである。そんな一九六八年度生のなかに、ビル・クリントンもいた。

一九五四年、ワシントンのシナゴーグで開かれた現代舞踏を観に行って、一九三八年すでにロンドンで会ったことのある舞踏家ポーラ・ニレンスカ（一九一〇～一九九二。本名ニレンシュタイン。ワルシャワのユダヤ人家庭に生まれる）と再会する。ふたりは一九六五年六月に結婚。ポーラの両親はワルシャワを逃れ、パレスチナに移住できたが、残りの家族はことごとく殺されていて、彼女はその後カトリックに改宗した。ふたりのあいだでは、過去をけっして話題にしないよう決めてあったという。

ヤン・カルスキ教授は、大学での講義を続ける傍ら、以前からずっと温めていた著作を準備していた。それは、列強の対ポーランド政策をテーマにした七百ページもの著作で、***The Great Powers and Poland, 1919-1945. From Versailles to Yalta***（「列強諸国とポーランド　一九一九～四五年、ヴェルサイユからヤルタまで」）というタイトルで一九八五年に出版される。「悲しい本です」彼は言った。膨大な量の記録文書を調べたのだから許されるだろう、と前置きしたうえでつけ加えた。ポーランドを巡ってのシニカルなゲームにおいて「チャーチルにはより罪がある。だがルーズヴェルトはより害になる」と。

「ここ三十年以上、戦時中の自分の行動について、わたしはただひとつの記事さえ書いたことがありません。ところが、その過去にわたしは捕まってしまったのです。一九七七年、フランスの映画監督クロード・ランズマンが会いに来ました。そのあとは、エリ・ヴィーゼル〔ルーマニア出身のユダヤ人作家。ノーベル平和賞受賞〕、ギデオン・ハウスナー〔アイヒマン裁判の検事のひとり〕と続き、それからヤド・ヴァシェム・インスティチュート、映画、インタビュー、新聞……」と、八七年に伝記の取材をしたヤンコフスキに述べている。

七八年から八五年にかけて、元ポーランド・レジスタンスの密使〈ヴィトルド〉は、一九四二年十一月にユダヤ系同国人の信任を受けて遂行した特別任務の倫理的・歴史的意味を新たに証言し、誤解を訂正し、明らかにする。その間、〈証人〉として、また一九九四年に出版されたE・T・ウッドとヤンコフスキ共著による伝記 ***How one man tried to stop the Holocaust***（「いかにひとりの男がホロコーストを止めようとしたか」）のタイトルが要約するひとつの政治的立場――ある者にとっては迷惑でしかない――の論者として、カルスキの顔と言葉は人々の記憶のなかに定着していった。だが、「それに耳を傾ける者はいなかった」と歴史学者ブロニワフ・ゲレメクは言い、かたやエリ・ヴィーゼルにとっては、カルスキは「一九四四年夏になってようやく、はじめて連合国側に、ブダペストのユダヤ人への意識を目覚めさせた人物」であった。

七七年から七八年にかけて、カルスキに執拗に迫り、その記憶の扉を開かせたのはクロード・ランズマン監督である。カルスキは、一九八一年の〈強制収容所解放者の国際会議〉で衝撃の証言を行い、八五年春に映画『ショアー』が公開されるまでのあいだに、何度も同じような発言の機会を与えられた。パリでようやく封切りになった『ショアー』を観て、友人ギェドロイツは、彼のポーランド語文芸誌『クルトゥーラ』に映画の復習的な批評記事を書くよう、カルスキに提案した。記事は一九八五年十一月号に載り、英語訳が翌年七月の『トゥギャザー』誌に、フランス語訳が同年十一月の『エスプリ』誌に掲載された。そのなかで、「率直に映画そのものには感嘆させられた。しかし、八時間もカメラを回したというのに、結局四十分しかとりあげられず、そのほかの部分、つまり自分がワルシャワ・ゲットーのユダヤ人からの緊急アピールを忠実に伝え、それを欧米諸国が聞かぬふりしたという〈自分にしか言えなかった〉ところ、そこに焦点が向けられていない点を残念に思う」と表明する。

同時にそのころからカルスキは、『ショアー』を補完するような映画の制作に向けて尽力するようになる。それは同世代と来るべき世代を絶望させぬため、少数民族ユダヤ人が生き残るよう救援の手をさしのべた幾千の人々がいた事実があり、そのおかげで大惨禍のなかにおいても人類から人間性は失われなかった、と知らせる意図があった。《世界の視線のもとで》と題する同じ主旨の文章を、一九九三年一月のワルシャワ・ゲットー蜂起五十周年記念式典にも寄せている。そのなかで、すでに一九四二年十一月二十五日の時点でポーランド亡命政府が英国政府に提供し、後に公文書館に収められてあった文書類のなかから、マーティン・ギルバート（*Auschwitz and the Allies*〔「アウシュヴィッツと連合国」〕の著者）をはじめとする歴史学者たちが発掘した〈カルスキ報告書〉に言及している。というのは、当時カルスキは種々の論争に巻きこまれていたからで、したがってその機会に「在英ポーランド亡命政府は、ユダヤ系国民を救うため、その権限が許すかぎり、あらゆる手段を講じました。しかしながら、ユダヤ系同胞を救済することはおろか、国自体の独立を護持することにさえ、当時の亡命政府は無力だったのです」と背景説明をあらためて試みた。

映画『ショアー』は、それなりの影響をポーランド人民共和国大統領ヤルゼルスキにも及ぼす。それまでタブーであったヤン・カルスキの名前が国内で部分的に浸透するようになり、だがその著作は依然として禁止されたままだった。そして、第二次大戦の終結後から四十余年を経た一九八七年四月、ようやくレジスタンス闘士ヤン・カルスキの写真は、新聞で、それから間もなく〈パリからの密使〉と銘打った展示会で、ポーランド国民の目に供された。展示会は、ヤンコフスキが調査をしてルポルタージュふうにまとめあげたもので、ノヴィ・ソンチの町でゲシュタポの手からカルスキを奪回した一九四二年の救出作戦と、それを遂行した無名のレジスタンス闘士たちをメインテーマにしたものである。こうして、密使ヴィトルドと独立を果たして主権国家となった祖国との再会の糸口は徐々にほぐれ、ヤンコフスキによる最初の伝記 *Emizariusz Witold*（「密使ヴィトルド」）が刊行された一九九一年、カルスキは祖国に温かく迎えられた。そして一九九五年には、ウッドとヤンコフスキ共著の『いかにひとりの男がホロコーストを止めようとしたか』のポーランド語版も刊行される。それは、時をさかのぼって一九八七年十二月、カルスキが私蔵の歴史資料を保存してあった〈鉄の書庫〉をヤンコフスキに開放し、ワシントン郊外ベセスダの自宅で長時間の取材に応じたことがきっかけとなっている。

九〇年代を通じ、多くの大学がカルスキに名誉教授の称号を与えた。一九九四年イスラエルが彼に名誉国民の称号を贈り、翌年ポーランド共和国大統領レフ・ヴァウェンサ〔ワレサ〕からも白鷲勲章が授与された。九八年、イスラエルは独立五十周年を記念してカルスキをノーベル平和賞に推薦した〔二〇一二年には、アメリカ合衆国で大統領自由勲章が没後叙勲された〕。連帯《ソリダルノシュチュ》世代のふたりの歴史学者アンジェイ・ロスネルとアンジェイ・クネルトに説得され、カルスキは本書 *The Story of a Secret State* ポーランド語版の刊行を決め、それは九九年十二月、祖国の店頭に並んだ。著者まえがきは、米語原本の刊行から五十年ということで九九年九月一日の日付になっている。元ポーランド秘密国家の兵士カルスキは、ポーランド語初版につぎのように献辞を書いた。

自由・独立のポーランドのために戦った
秘密国家の兵士とその成員に捧げる。

自らの命をなげうったすべての人に、
生きのびることができた人に、
そして、あの戦争のあいだ、わたしと出会った
すべての人に捧げる。

第1章 敗北

一九三九年八月二十三日、わたしはとても愉快な夜会に招かれていた。ワルシャワ駐在ポルトガル大使の息子スーザ・デ・メンデスの主催だった。歳はわたしとほぼ同じの二十五、仲のよい友人同士である。彼には五人の姉妹がいて、みな美人でたいへん魅力的だ。そのひとりとはかなり頻繁に会っていたから、その晩も彼女に会えるのが楽しみだった。

わたしがポーランドにもどってきてからまだ間もない時期だった。一九三五年にルヴフのヤン・カジミェシュ大学を卒業してから、機動砲兵予備士官学校で一年、そのあとはスイスとドイツ、最後にイギリスに研修留学していた。わたしは人口問題に関心があった。三年間、ヨーロッパ各地の図書館に通ってその学位論文の準備をしながら、フランス語、ドイツ語、英語に磨きをかけ、それらの国の習慣になじもうとしていたところで父が亡くなり、ワルシャワにもどっていたのだった。(1)

人口学がわたしの好きな研究課題であり、またずっとそうでありつづけたが、自分に科学的な著作を書く能力がまるっきりないということが日ごとに明らかになった。博士論文を書きおえるのにもたついて、その大部分が突き返されてしまった。未来に向かって開かれた地平線は澄みわたり陽に輝いていたが、ひとつ雲がかかっているとするならば——わたしはあまり気にしていなかったけれども——その点だった(2)。

不安など何もない若者たちの陽気な夜会だった。大使館の大広間は、いくらか少女趣味にすぎるきらいがあったけれど、優雅に飾りつけられている。参会者はだれも感じがよかった。そのうちに、あちこちで熱気をおびた議論が始まった。記憶に残っているそんな話題のいくつかは、ワルシャワの植物園の美しさをヨーロッパ各地のものと比較して前者の優位性を熱烈に弁護するとか、サルドゥ作の喜劇《マダム・サン゠ジェーヌ（無遠慮夫人）》再演の是非についてのちょっとした言い争いとか、要するにいつもの座興であり、そんなときだれかが、わたしと親しいステファン・レチェフスキとマルセル・ガロパン嬢のふたりが雲隠れ——だれも慣れっこになっていた——したことに気づいた。政治については、ほとんどだれも話題にしなかった。

おいしいワインを飲んで、西ヨーロッパではやっているワルツやタンゴを際限なく踊りつづけた。そして最後に、招待客のため、エレーヌ・スーザ・デ・メンデスが兄と組んでひどく複雑なポルトガル・タンゴを披露した。

夜会は遅くまで続いた。別れの挨拶は長引き、表に出てもたがいに挨拶をくり返し、週末前にまた会おうと約束するのだった。くたびれきって家にもどったが、楽しい計画が目白押しなことに興奮してしまい、なかなか眠られずにいた。

目を閉じるなり、玄関の扉をドンドンと叩く音が聞こえた。ベッドから起きあがって階段を下りはじめ、ますます激しくなる扉の音を腹立たしく思いながら急いだ。扉を開けた。すると目の前に警官が立っていて、待たされたせいで不機嫌な顔をしていた。わたしに赤い紙片を手渡すと、何かつぶやいてから逃げるように立ち去った。

秘密の動員命令書だった。四時間以内にワルシャワを発って、所属部隊に集結せよという内容である。わたしは機動砲兵隊の予備役少尉であり、所属連隊はドイツとの国境に近いオシフィエンチム〔ドイツ名はアウシュヴィッツ〕にあった[3]。召集状がとどけられた方法、あるいはその時刻のせいかもしれないし、さらにはそれで将来の計画が台無しになってしまうかもしれないという不安からか、わたしはたちまち深刻というか、暗い気分になってしまった。

兄夫婦を起こしに部屋まで行った。ふたりはまったく驚かないし、あわててもいないので、わたしは自分の大仰さがちょっとおろかしく感じたほどだった。

わたしは服を着て支度をしながら、兄夫婦と話しあった。結論としては、これはかなり限定的な動員であるのはまちがいなく、ごく一部の予備役将校を対象に、常日頃の準備が肝要であると喚起するのが狙いだろう、というところに落ち着いた。だから、なんでもかんでも持っていく必要はないと言われ、わたしが冬物の下着を荷物に入れようとすると、義姉《あね》に止められたほどである。

「シベリアに行くのではないでしょう。一カ月もすればもどって来られるのよ」と、まるで冒険小説でも読みすぎた小学生を諭しているような口調だった。

わたしの気分は軽くなっていた。むしろ、おもしろくなるぞ、とまで思いはじめていた。オシフィエンチムが美しい平野部にあったことも思いだした。わたしは乗馬が大好きだから、軍服すがたで連隊の立派な馬を走らせられると思うと楽しみだった。いちばん上等の長靴を荷物に入れた。連隊パレードに出かけるような気分になっていたのである。意気揚々とも言えるくらいに上機嫌で荷物を詰めおえた。兄に向かって、今のところ軍はまだ〈年寄り〉は必要としてないようだね、と皮肉まじりに同情してやったほどだ。兄は怒ってみせ、悪い冗談をやめないとこらしめるぞ、と応じた。義姉が子どもじみた兄弟喧嘩はよしなさいとたしなめた。わたしは急いで支度を終えた。

駅に着いてみると、ワルシャワじゅうの男ぜんぶがかき集められたのではないかと思うほどの混雑ぶりだった。瞬時にわたしは、動員命令が〈秘密〉だったのは、要するに、掲示も公布もなかったというだけのことだと悟った。おそらく数十万の男が動員されたのだろう。

二、三日前に聞いたうわさを思いだした。それによれば、政府はドイツの脅威を前にして総動員令を出す意向だったのだが、フランスとイギリスが警告を発してそれを阻止したという。ヒトラーを挑発してはならなかったからだ。当時のヨーロッパは、状況の沈静化と当事国による関係修復の可能性をまだ信じていたのだ。結局、〈秘密裡〉ならば動員令もしかたないという承認がポーランド政府に与えられたのは、ドイツがほとんどあからさまに侵攻準備を進めたからである(4)。

わたしがその全容を知ったのは、ずいぶん時が経ってからである。動員されてみて、当のうわさを思いだしたけれど、最初に聞いたときと同じように、わたしはほとんど不安を感じなかった。駅構内には列車を待って数千もの人が群れていたが、動員された者は軍隊用行李ですぐそれとわかった。人群れのなかでも優雅な軍服すがたで簡単に見分けのつく予備役将校たちは、たがいに合図を交わしたり、大声で呼びあったりしていた。わたしも知った顔を見つけようとしたが見つからず、人混みを割って先に進んだ。それがまた一苦労だった。どの客車もいっぱいで、空いた席など見つからない。通路もいっぱい、洗面所にまで人があふれていた。どの顔も元気潑剌といった感じで士気に満ちあふれ、まるで楽しんでいるかのようにさえ見えるのだった。

　列車が走っているあいだに、わたしはだんだん状況の深刻さを認識しはじめた。武力紛争が間近に迫っているとはまだ思ってもみなかったが、それでも遠足に出かけるのではなく、正真正銘の総動員令だということは理解した。停車するたび、大部分が農民らしい召集兵を乗せるため、追加の客車が連結されていった。男たちはだれも自信に満ち、闘志に燃えているようだが、駅のホームに押しよせた女たち――妻や姉妹、母親なのだろう――はまさにギリシア神話のニオベ〔子だくさんなのを女神から嫉妬され、子どもをぜんぶ殺される女〕そのもので、嘆き悲しみ、両手を組んではねじり、あるいは召集兵を抱いて引きとめようとしていた。きまり悪そうに、青年たちは母親の腕を邪険に振りきる。今でも覚えているのは、ある駅で二十歳くらいの若者が「母さん、手を離してくれよ。もうすぐしたらベルリンで会えるんだから、来ればいいじゃないか！」と母親をなだめる光景である。

　停車駅で客車を連結してはまた召集兵を乗せるので、そのたびに信じられないくらい長く待たされ、ふだんオシフィエンチムへ行く所要時間の倍はかかった。兵営にたどり着いたのはもうだいぶ夜もふけた時刻で、立ちっぱなしの長旅の疲れに加え、暑さのせいで、出発時の威勢はだいぶしぼんでしまっていた。到着した時刻を考えれば、覚悟していたよりもずっとおいしい夕食のあと元気をとりもどし、わたしは食堂で知りあった一団の将校といっしょに指定の兵舎に向かった。師団の仲間全員とは会えなかった。機動砲兵隊の二中隊がすでに前線に送られていたからだ。兵営には予備役の第三・四中隊だけがまだ残っていた。

なぜかと説明するのはむずかしいが、夜になって将校クラブに顔を出しても、議論になりそうだとか深刻すぎると思われる話題は、みんなが暗黙のうちに避けようと努めていた。でも話が時局や自分たちの将来のことに向かってしまうと、どんな場合でも一様な楽観論に落ち着くのが常で、すると迷いや危惧、複雑に変化するヨーロッパ政治情勢を冷静に思考する必要性からみごとに逃れられるのだった。その情勢だが、あまりに進展が速すぎて、わたしたちには理解できなかったし、しようとも思わなかった。わたし個人に関して言うなら、自分でもわかっているが、当時起こりつつあった恐るべき大変動について、理解する努力を脳が拒んでいた。過去・現在の自分の生き方があまりにも深刻な脅威にさらされていたからだと思う。

動員令を受けとってからの数時間、兄から聞かされた意見も影響していた。二十ちかく歳の離れた長兄は、政府で重要なポストに就いていて、わたしの記憶をどこまでたどっても、いつでも〈内情に詳しい関係者〉のひとりだったように思う(5)。

兄の言った意見に、友人や知人たちの見解や推論が重なっていった。そのすべてを結びつけると、動員はナチス・ドイツがしかけた神経戦への対抗措置であるとの結論しか導かれなかった。ドイツは弱国であり、ヒトラーがはったりをかけているだけだ。ポーランドが〈強国で、一致団結して軍備をしている〉と見れば、ヒトラーは引きさがり、わたしたちはすぐに家にもどれる。そうしなければ、あの狂信的で滑稽な小男は、英国とフランスの支援を得たポーランドからこっぴどい制裁を受けるだろう、と。

ある晩、中隊の指揮官はつぎのように言いきったものだ。

「今回は英国やフランスの支援など必要ない。わが国だけで決着をつけてやるのだ」

わたしと同期の下士官は冷ややかに言い返した。

「少佐殿、そうでありますか。わが軍が精強であるのはたしかです。しかし……しかしですね、いっしょにいる仲間がいた方がいいのではないですか」


九月一日の明け方、五時少し前、わが機動砲兵師団の兵士たちがまだ気持ちよく眠っている時刻、ドイツ空軍《ルフトヴァッフェ》は察知されることなくオシフィエンチムまで飛来し、兵営の上をかすめてから地域一帯に焼夷弾の雨を降らせた。同時刻、強力なドイツ軍の新型戦車数百輛が国境を越え、その砲弾ですべてを炎の廃墟にしてとどめを刺した。

三時間もかけずにその連携作戦が死者および破壊や混乱をもたらした事実は、想像外のことだった。状況判断ができるくらいなんとか思考力をとりもどした時点で、わが師団が有効な反撃を組織できるような状態にないことが明らかとなった。それでも奇跡的に、いくつかの砲台はまだしばらく持ちこたえ、突撃してくるかもしれない敵軍の戦車に反撃できるかのように見えた。正午になると、そのふたつの砲台もなくなっていた。兵舎はほぼ壊滅状態、鉄道駅は跡形もなくなっていた。

ドイツ軍の攻撃を食いとめられないのが明らかになると、退却命令が出て、わたしたちの予備役中隊は大砲と弾薬、糧食を持って戦闘態勢を保ちつつオシフィエンチムを離れ、東のクラクフ方面に向かわねばならなかった。駅に向かってオシフィエンチムの街路を進んでいるとき、いくつかの窓から狙撃してくる者がいて、わたしたちは愕然とさせられた。彼らはドイツ系ポーランド《フォルクスドイチェ》国民〔ナチス台頭に呼応した在外ドイツ人、ライヒスドイチェ（本国人）の同胞であると主張した〕でナチス・ドイツの〈第五列〉、つまりポーランド国内の利敵集団として彼らなりに父祖の国に忠誠を示そうとしていたのだった。(6) わが隊兵士の多くは、すぐに怪しい建物に反撃を加えようとして、上官に制止された。そんなことをしていればわが隊の移動に支障を来し、それこそ〈第五列〉の思うつぼである。そればかりか、同じ建物にはわたしたちの同胞ポーランド人も住んでいるのだ、献身的で、愛国的な……。

駅には着いたけれど、線路の修理を待たなければならなかった。焼けつくような太陽の下、わたしたちは地面に尻をついて待った。延焼を続ける建物群、あわてふためく人々のすがた、そして油断を許さない窓を見つめているうち、やっと汽車の出発準備が整った。重苦しい沈黙のなか、わたしたちは列車に乗りこみ、クラクフに向けて出発した。

夜間、列車は遅れに遅れを重ねた。ときには居眠りし、ときには目を開き、自分たちに何が起こったのか、とわたしたちは思いを巡らした。こんどこそ戦ってやろうという意気込みでは全員が一致していた。夜明け前、ハインケル爆撃機が十五機ほど現れ、一時間近く爆弾と機銃掃射でもって列車を攻撃した。半分以上の客車がやられて、そこに乗っていた兵士のほとんどが死ぬか負傷を負った。わたしの乗っていた車輌は無事だった。わたしたち生存者は破壊された列車を捨て、規律もなく隊列も組まずに東へ向かって歩きだした。

わたしたちは、もはや軍隊あるいはその分遣隊、機動砲兵中隊でもなく、まったく未知の目的地へ向かっていっしょに歩く個人集団だった。街道は、数十万もの避難者や指揮官を捜す兵士たち、そしてその波に押し流される人々であふれていた。その大集団がゆっくりと東に向かう状況は二週間も続くことになる。そう言うわたし自身も、なんとかまだ軍隊らしき形骸を残している一団のひとりだった。どこかでわたしたちを受け入れてくれる防衛線と出会い、ふたたびそこで戦闘に加われるという希望を捨てていなかったのだ。ところが、これならいいだろうと思える防衛線に出会っても、そのたびに撤退を続けるようにとの命令がとどき、中隊長は悲しげに肩をすくめ、わたしたちに東の方角を指さすのだった。

悪い知らせはまるで禿鷹のようにわたしたちを追いつづけ、最後の望みまで貪ってしまう。ドイツ軍がポズナン、それからウッチ、キェルツェ、クラクフを占領したとか、ポーランド空軍の飛行機も対空砲も壊滅させられたとかいううわさである。煙をたてる無人の町や村、駅の残骸を否応なく目にすることで、その不吉な知らせを信じるほかなかった。[7]

十五日間も歩きつづけ、消耗して汗まみれ、茫然自失といったありさまで、わたしたちはタルノーポル[8]〔現在はウクライナ共和国のテルノーピリ〕に近づいていた。九月十七日、この日をわたしは死ぬまで忘れない。タルノーポルの街道は焼けるように熱く、連日連夜の行軍でぼろぼろになった靴と足、わたしたちは熱く乾いた道を歩けなくなり、歩行速度が遅くなるのはわかりながら、道から下りてその脇を進んでいた。

そうやってとくに急がずに歩いているうち、というのは、どこに向かって進んでいるのかもあやふやだったからで、わたしは人声が大きくなるのを耳にし、グループのあいだを走りまわる人影を認めた。ふつう、重要な知らせとか妙なうわさが流れたときにしかないことだった。そのときわたしは、かかとに貼る絆創膏が必要で、八名の軍医グループのひとりを呼びとめ、彼らといっしょにいた。わたしたちのだれもが、何か重大なことが起こりつつあるのだとわかっていた。

「ちょっと聞いてきます。いい知らせかもしれないです、たまにはね」と、いつも身だしなみをくずさぬようにがんばっていることで、わたしたちの称賛を得ている青年軍医が申しでた。

「そうだろうとも。ヒトラーが降伏を決意したっていうんだろう」と、もうひとりの軍医が皮肉った。

「では、それを確かめてきますよ」若い軍医は言い、わたしたちから数十メートル後ろで立ちどまり、何やら興奮ぎみに言いあっている歩兵グループに近づいていった。

わたしたちは志願の伝令を待つため、しなびたような老木の木陰に入った。数分後、青年軍医は息を切らせてもどりながら、待ちきれずにこちらに向かって叫んだ。

「ロシア人が国境を越えてきたんです。国境を越えてきたんですよ。聞こえますか！」

たちまち若い伝令は、皆に囲まれ、質問攻めになった。

「信頼できる情報か？」

「ラジオ放送を聴いたという民間の者からの情報だそうですが、どういうことでしょうね」

「ソ連もわが国に宣戦布告をしたということか？」

「敵なのか味方なのか」

「信憑性は保証できませんが、自分の意見では……」

若い軍医はほかの者たちにさえぎられ、穏やかにだが、彼の個人的な意見が当面は意味を持たないとたしなめられた。われわれが必要としていたのは事実のみだった。

うわさの張本人は、その近辺のどこかで、たまたまソ連がポーランド放送局の周波数で放送を流しているのを聴いたそうである。長い通告文の朗読がロシア語とポーランド語、ウクライナ語で流され、ポーランド国民に対しては、ソ連兵が国境を越えても敵としてではなく、解放軍として迎えるよう要求したという。「ウクライナおよびベラルーシ国籍の住民を保護する」ために来たのだから、と。

保護という言葉は不吉である。だれもが思いうかべるのは、スペインおよびオーストリア、チェコスロヴァキアが〈保護〉されていた事実である。

必要とあらば、ロシア人はドイツを相手に戦う用意があるのか……。ならば、独ソ不可侵条約は破棄されたのか(9)……。

われらが伝令には答えようがなかった。それ以上を知らない歩兵たちから聞いただけなのだから。それでも伝令が言い足したのは、ソ連の放送局がそれらの点について詳しい情報を与えなかったという点だけだった。とはいえ、「姉妹国ウクライナとベラルーシ」への充分なる配慮と、「全スラヴ民族の団結」が急務であるとの言及があったそうである。

しかし、炎天下にとどまってその議論をするのはまったく意味がなかった。賢明なのは、タルノーポルになるべく早く着き、情報を集めることだった。

タルノーポルの町はずれまではほんの十五キロメートルしかない。少し無理をすれば、数時間で着けるはずだった。いくらか元気をとりもどし、わたしたちはつらい行軍を続けた。少なくとも目的が与えられたおかげで、自然と歩調は速まった。陽気になれたと言ってもいいくらいだった。

歩きながら、うわさをどのように解釈すべきなのかと考えつづけていたから、自分たちの惨めな境遇とか暑さを忘れることができた。ドイツ軍占領地域が拡大しつつあるという暗い話題以外の、恰好の話題が見つかったということでもある。

タルノーポルにまだ着かないうちに、わたしたちの疑問への回答がもたらされた。町の三キロ手前で、拡声器をとおした大音声が響いてきたのだ。何か言っていた。音源は曲がった街道の向こうなので、どこからなのかよくわからなかったし、拡声器の声もひずみがひどくて言葉の断片しか伝わってこなかった。何を言っているのかわからないのだ。だが、たいへんな事が起こりつつあると感じ、疲れきっていたけれど、わたしたちは走りだした。曲がり道を過ぎると、街道は一直線に伸びていて、こちら側からほぼ二百メートル先の道まではまったく何もない。いつもわたしたちの前方をばらばらになって進んでいたグループのいくつかが街道脇でひとかたまりになっていた。その向こう、軍用トラックと戦車が街道に長い列をつくっていたが、遠すぎてどこの国の軍隊なのかわからなかった。

ひどく興奮した兵士の何人かがわたしたちグループを追いぬいて走っていき、そのひとりはおそらく鷲のような視力の持ち主だったのだろう、後ろのわたしたちに向かって叫んだ。

「ロシア人だ、ロシア人だ！　あれは鎌と槌《つち》〔共産党のシンボル〕だぞ！」

しばらく行くと、もう抜群の視力もいらなくなり、兵士の言ったことが事実だとわかった。一歩ずつ音源に近づくたび、言葉は明瞭になった。ポーランド語だった。ロシア人がポーランド語を話すときの歌うような抑揚がある。わたしのグループも兵士たちをかき分け、できるだけ近づこうとしたが、とつぜん声はやんでしまった。わが軍の兵士は、今ははっきりソ連軍のトラックだとわかるその音源を囲むように集まって、自分たちが耳にした内容について話しあっていた。

たいていの車輌や戦車には鎌と槌をあしらった赤い星がついていて、トラックには厳重に武装したソ連兵がこぼれるくらい乗っていた。拡声器がしゃべっていた内容は、あのうわさを裏づけていた。ポーランド兵に対し、〈兄弟〉であるソ連軍に合流するよう呼びかけていた。

ポーランド人としてなすべきことについて、それぞれ意見を言いあっていると、拡声器からいらだったような大音声が響きわたって、わたしたちの口を封じた。

「さあ、どうするんだね！　われわれの側につくのかつかないのか、はっきりしたまえ。きみたちが決断するのを待って、ずっと街道の真ん中で待っているわけにはいかないのだ。なにも心配はいらない。われわれはきみたちと同じスラヴ民族で、ドイツ人ではない。きみたちの敵ではない。わたしはこの分遣隊の指揮官である。きみたちの代表として、将校数名をこちらに送りなさい」

ポーランド側で混乱したざわめきが起こる。何百もの異なる意見と講釈が飛びかい、それぞれが思う存分言いたてる。おおむね、兵士たちは陰気な表情になりソ連軍の提案には反対で、将校たちは迷い、いかなる結論にも、というか自分自身にも不服なようだった。わたし自身も途方に暮れ、鼓動がひどく速まってしまったせいか、いくつか質問をされたのに聞きとれないほどだった。

交渉を有利に進めるには、もう少し軍隊らしき体裁が必要だと判断したのだろう。若干名の将校の命令で、下士官たちが兵士のあいだを縫っては隊列を整えるよう指示を出す。まったくむだな試みだった。なぜかといえば、わたしたちは、将校や兵士、その他の者が入りまじったグループの寄せ集めであり、全員が同じ隊所属の者からなるグループなど一ダースもないような現状だったからだ。兵士のほとんどは小銃さえ持たず、もう大砲も機関銃もなくなっていた。わたしたちは優柔不断な状態に陥ったままでいて、それが永遠に続くかと思われた。

集団のなかに大佐がふたりいた。両人はしばらく話しあって、とるべき行動案でなんとか一致を見たようだった。年長の将校たちに近づくよう合図し、小声で彼らと協議をした。結局、ひとりの大尉がその一団を離れ、ポケットから汚れた白のハンカチを引っぱりだして頭上で振ると、用心深くソ連軍の戦車の方に歩いていった。

ポーランド人の集団が劇でも見ているように目をこらし、悲愴な場面で主役が舞台をよこぎっていくようすを見つめた。だれも身動きひとつしないでいる。重苦しい沈黙、全員注視のなか、やっと戦車のあいだから赤軍の将校がすがたを現した。ふたりの将校はたがいに歩を進めて近づき、すばやく敬礼を交わしてから紳士的に話しあうように見えた。赤軍将校は、少し前に演説した指揮官の搭乗戦車の方に合図を送り、ポーランド人大尉を伴ってそちらに向かった。わずかながらも示された友好的な出方にほっとして、ポーランド側にため息が流れた。

それでもわたしたちはまだ落ち着けなかった。二週間半も続いた緊張で心底参っていたのだ。感情も理性もさんざん痛めつけられていたから、もうそれ以上耐えられなかった。肉体的には無事ですんだ。けれども、ドイツ軍の電撃戦《ブリッツクリーク》によって徹底的に混乱させられ、その衝撃で虚脱状態に陥ったままでいたから、わたしたちは何が起こっているのかほとんどわかっていなかったし、負傷こそしていなかったものの、立ち直るだけの気力も体力もなくなっていたのである。

ポーランド人大尉は十五分ほどすがたを消していた。その間、わたしたちは戸惑いと不安に駆られながら待っているほかなかった。

眼前で起こっていることが現実のものとは思えず、自分たちが知っていること、想像していたことからあまりにかけ離れているので、話をする気にさえならなかった。重苦しい沈黙は、赤軍指揮官が乗る戦車の拡声器から、訛りのないなめらかなポーランド語の自信に満ちた声が聞こえてきて破られた。

「士官各位ならびに下士官、兵士諸君に告げる」と、まるで決戦を前にした将軍の訓辞のような口調で始まった。「こちらはヴィエルショルスキ大尉である。十分ほど前、小官はソヴィエト軍の指揮官と話しあうため、わが軍から派遣され、ここに来ている。ただいまから重大な発表をする」

そこで大尉は言葉を切った。わたしたちはつぎに来る言葉を待って身体を硬くした。

「ソヴィエト軍は、スラヴ民族および人類全体にとって不倶戴天の敵ドイツ軍との戦いで、わが軍に合流するため国境を通過した。われわれはポーランド軍最高司令部の指令を待つことはできない。もはやポーランド軍最高司令部もポーランド政府も存在しないからである。わが軍はソヴィエト軍と合体しなければならない。ここにおられるソ連赤軍分遣隊プラスコフ指揮官は、ただちにわれわれが武器を引きわたした後、同指揮官の隊に合流するよう要求している。武器は後に返却されるとのことである。小官は、わが師団の全士官各位に以上を報告すると同時に、下士官および兵士にプラスコフ指揮官の要求に従うよう命じるものである。ドイツに死を！　ポーランド共和国ならびにソヴィエト連邦、万歳！[10]」

　演説は完璧な沈黙で迎えられた。事件は理解の限度を超えていて、わたしたちから意思というものをすべて奪ってしまった。わたしたちは麻痺したように、無言のままそこに立ちつくしていた。囁き声もなく、だれも微動だにしなかった。わたし自身も魔術にかけられてしまったようだった。麻酔薬を打たれたときのようで、息苦しく感じた。

　集団のなかから嗚咽が聞こえて、魔術が解けた。一瞬、わたしは幻聴だと思い、するとまた、喉から絞りだすような絶望の嗚咽が聞こえてきた。嗚咽はしだいに大きくなり、甲高い叫びに変わった。

「同胞兄弟たちよ、これは四度目のポーランド分割じゃないか！　神よ、われに哀れみをかけたまえ！」

　一発の銃声が鳴りわたり、動揺と混乱を引きおこした。みんなが銃声の聞こえた場所に殺到しようとする。ひとりの下士官が自殺したのだった。銃弾は頭部を貫通し、即死だった。だれも名前を知らなかったし、着衣を探ってそれを調べようとする者さえいなかった。

　その悲しい事件をだれも説明できなかったし、それが絶望的行為の連鎖を起こす引き金になるようなこともなかった。むしろ逆に、みんなが口を開き、大きな身振りをまじえて近くの者と何か議論しはじめた。緞帳が下りた数分後の劇場の客席のようだ、わたしは思った。将校たちは混乱に拍車をかけるだけ、兵士たちにつぎつぎと走りよっては武装解除をするよう迫る。抵抗する者には説得を試み、小銃を放したがらない者からは銃を奪おうとする。すると力ずくになり、罵倒や呪いの言葉、非礼な言葉も飛びかった。

抑揚の強いポーランド語がまた司令戦車の拡声器から聞こえた。

「ポーランド軍の兵士、士官諸君！ 各員が持つ武器を、街道前方の左側、白い藁屋のそばにあるカラマツの根元に置きなさい。機関銃、軽機関銃、小銃、すべての武器が対象である。将校にはサーベルの着用が許されるが、兵士は銃剣と弾倉帯も差しだすように。武器を隠し持つことは敵対行為と見なす」

わたしたちはまるでたったひとりの人間のように、一斉にカラマツに囲まれた藁屋を見た。ほんの三十歩のところで陽の光を浴びている家の両側、カラマツ木立のあいだに、銃口をこちらに向けた機関銃が並んでいるのが見えているので、まったく疑いの余地もないような状況だった。わたしたちがどうしていいか決めかね、率先して行動を起こせないでいると、ふたりの大佐は思いつめたように前に出て、短銃をはずし、それを大きな身振りで藁屋の方に向かって放った。

ふたりの大尉がそれに続いた。こうして端緒が開かれた。将校が順繰りに同じ行為をくり返すのを、兵士たちは呆れた顔でそれを見まもる。順番が回ってきたとき、わたしはすべてが現実のこととは信じられず、催眠術をかけられたように感じていた。藁屋の前まで進み、山のように積まれた短銃を見て唖然とさせられた。手入れに時間をかけた割にほとんど使うことがなかった短銃、不本意ながらもわたしはそれを抜いた。よく磨かれ、まだ美しく光っていた。わたしは短銃を投げ、ふいに肌寒くなったように感じながら隊列にもどった。将校たちのあと、兵士たちが不満を露わに見せて続いた。想像していたより大量の武器が出てきた。驚いたことに、数人の兵士の手で機関銃が運ばれてきたその向こうには、砲兵師団の馬六頭に引かれた野戦砲まで現れた。今日になってもまだわからないのは、どのようにしてそこまで運んでこられたのかという点である。

最後の大砲と銃剣が大きな武器の山に加えられた瞬間、ソ連兵がトラックから飛びおり、軽機関銃でわたしたちを狙いながら街道の両側に駆け足で散開するのを見て、わたしたちは言葉を失った。

拡声器から、タルノーポルの方角を向いて隊列を組むよう命令が出された。わたしたちが行動に移しているあいだに、戦車の一小隊が急にエンジンをかけて動きだし、街道の両側と後方から戦車砲でわたしたちを狙える位置に着いた。同時に、前方に位置を決めた戦車も砲台をこちらに回して照準を定めた。最初はゆっくりと、それからだんだん行進の歩調に速め、わたしたちの隊列はタルノーポルに向かって行軍を開始した。

わたしたちは赤軍の捕虜だった。わたしは、奇妙なことに、ドイツ人を相手に戦闘をする機会さえ与えられなかった。

---

(1) ヤン・コジェレフスキ（一九四二年以降はヤン・カルスキと名乗る）は、一九一四年六月二十四日ポーランド中部の大都市ウッチに生まれ、一九二〇年、六歳で父親を亡くしている。母親ヴァレンチナ（一九三五年に

死去）と、学資から進路のことまで彼の面倒を見るようになる長兄マリアンとに育てられた（本章注5を参照）。戦火激しい一九四四年の夏に執筆された本章の自伝的な書き出しは、密使カルスキの身元が特定されぬようカムフラージュが施され、ポーランドにとどまっている家族を保護するため、たくみに虚実がとりまぜてある。ルヴフ（現ウクライナのリヴィウ市）にあるヤン・カジミェシュ大学で法学と外交学を専攻して優秀な成績を収めたこと（一九三一〜五）、機動砲兵隊の予備士官学校（現ウクライナのヴォルィーニ地方ヴウォージミェシュにあった）を首席で修了、そのあと留学および研修で外国へ出かけていたというのも事実であるが、三年間ではなく、ジュネーヴのＩＬＯ（国際労働機関）にて八カ月、在ロンドン・ポーランド領事館で十一カ月、合計十九カ月（一九三六〜八）である。外務省の入省内定者のなかでも俊才向け特別研修に選抜され、三八年二月、ワルシャワの本省へもどり、翌年二月一日同期二十人のトップで、将来を約束された第一級公務員として正式採用される。最初は移民政策課の主任検査官、半年後にはもう昇格して諜報専門家として名高いトーミル・ドリンメルのもと、人事局秘書官となった。以上の出典は、Stanisław M. Jankowski（スタニスワフ・M・ヤンコフスキ）著 *Karski, Raporty tajnego emisariusza*, Poznań, Rebis, 2009（「カルスキ――ある密使の報告書」）に収録されている、一九四〇年三月にフランスのアンジェ市で本人が作成した報告書に添付された肉筆〈報告者個人資料〉の写し。

（2）　両大戦間期における移民労働者の動きを調べる応用人口学が、ヤン・コジェレフスキの興味の対象であり、博士論文およびジュネーヴでのＩＬＯ研修テーマでもあって、それはフランス語で書かれた一四七ページの論文「ポーランドにおける人口・移民問題の日本およびイタリア、ドイツ、フランス、イギリスとの比較」の題からも明らかである。論文オリジナルは、最近になってポーランド外務省近代文書館で発見され（資料番号 MSZ9878）、二〇〇九年六月、パリのポーランド図書館で開催されたポーランド歴史・文学学会でイェルズィ・トマシェフスキ教授により公表された。

（3）　一九一八年以前のオシフィエンチムは、中世からのオシフィエンチム公国が一四五四年にクラクフ宮中伯領に併合され、さらに一七九五年の第三次ポーランド分割でハプスブルク帝国の領土となった、いわゆる〈東ガリツィア〉の最南東に位置していた。プロイセン王フリードリヒ二世がオーストリアから奪った上シレジアとの境界に位置する町であり、十八世紀から軍の駐屯地、十九世紀半ばには鉄道の要所となり近代産業で栄えた。一九一八年、ポーランド共和国が再生されると、歴史的に帰属のあいまいな〈小ポーランド〉ことマウォポルスカ地方、とりわけこのオシフィエンチムにはユダヤ系ポーランド人が多く住むようになり（一九三九年には人口の五〇パーセント以上、約七千人のユダヤ系市民がいた）、〈過越祭《ペサハ》ウォッカ〉で名高いヤクブ・ハーベルフェルトや、〈アグロヘミア〉肥料工場のシェンカー家などの企業家を輩出した。元オーストリア軍の駐屯地は、一九三九年八月の動員でヤン・コジェレフスキが召集されたとするポーランド陸軍第五機動砲兵師団の兵営となっていた。そしてオシフィエンチムは、やがてドイツ名アウシュヴィッツで知られるようになる。

（4）　外務省に勤務しているおかげでヤンは、とくにフランス大使レオン・ノエルがポーランド政府に圧力を加え、単なる〈うわさ〉ではない最善の情報源による一九三九年八月二十三日付けの秘密動員令に関する詳細を知りたがっているらしい、という情報を得ていた。動員令の対象は、主に空軍と対空砲火であり、六軍区におよび、十八個師団、七騎兵旅団、予備役三個師団に対し戦闘準備態勢に入るよう指示していた。これは今日になってわかっていることだが、英国は直前の八月二十五日に締結した相互援助条約によってポーランドに対する安全保障を強化することで、一九二一年締結のフランス・ポーランド同盟条約を無効化しようと画策するフランス外相ジョルジュ・ボネの動きを頓挫させた。しかしながら英仏両国は、グダニスクとその〈回廊〉に関するドイツ・ポーランド二国間交渉につぎつぎと提案を行い、「いかなる代償を払っても」平和的解決を見いだそうとまだ奔走していた。八月二十九日午後、ポーランド政府が総動員令を公布せざるをえない状況に追いつめられているのを知ると、フランス大使レオン・ノエルは、ただちに英国大使の同意を得たうえで、ポーランド政府に対し、「ヒトラーの術策に陥らずにすむ期間」だけ公布をくり延べ、同時に〈動員令〉という言葉も避けるよう要請した。ノエル大使は、ポーランド外相ユゼフ・ベックに自分の見解の正当性を主張して譲ろうとしなかった。こうしてポーランドは、貴重な二十四時間をむだに費やしてしまったのである。八月三十日、モヴィチツキ大統領はついに動員令を布告した。編者はその経緯を知るが故に、フランス史の権威 **Jean-Baptiste Duroselle** がその著作 ***La Politique étrangère de la France. L'abîme 1939-1945***, Paris, Seuil, 1990, p.25（『フランス外交史　苦境　一九三九〜四五年』）の〈ポーランドを救えるか?〉という段落で、「ポーランド外相ユゼフ・ベック大尉の錯覚によって、総動員令は八月三十日にしか実行に移されなかった。絶妙なるドイツの空爆がその総動員態勢さえもずたずたに引き裂いた」

と断定しているのを読むと、驚きを禁じえないのである。

（5）　マリアン・コジェレフスキ（一八九七〜一九六四）は、末弟ヤンと十八も歳の差があった。一八九七年九月六日ウッチでソヴィエト国籍を持って生まれ、父親は馬具と革製品の工房を営むポーランド人だった。一九一四年九月、ガリツィア地方でユゼフ・ピウスツキが結成した私設のポーランド人軍団〔ポーランド国軍の前身〕に加わるためウッチを逃げだしたときはまだ高校生で、対ロシア戦線の第一旅団（第三大隊）に入隊して戦闘に参加、翌年八月、負傷を負っている。退院できたとき、こんどはドイツ占領下のポーランド王国出身者という出自に変わってしまい、元の隊に復帰できず、ザクセンの炭鉱で働くことを余儀なくされた（一九一六年三〜十二月）。反連合国同盟〔第一次大戦のドイツ、オーストリア、ハンガリー〕が一九一六年十一月六日付けで発表したポーランド人の扱いに関する新たな政策により、一九一七年初頭、マリアンは同盟軍第一砲兵連隊の砲手として軍隊に復帰した。同年七月、〈司令官〉ピウスツキに忠実な仲間たちともに同盟軍への忠誠を拒んで投獄され、そこで健康を害し、釈放されたのは翌年三月だった。ウッチにもどるとすぐに、秘密組織ＰＯＷ（ポーランド軍事機構）に加わり、その幹部として、同年十一月に独立を果たしたポーランド共和国における国内鉄道拠点の管理機構を確立。一九年に軍を除隊して創立途上の警察に入り、二〇年の対ソ戦争では警察志願兵からなる第二一三中隊を指揮する。二一年以後も将校身分のまま警察にとどまり、そのときの上司には、本書第8章で語られるボジェンツキ（Borzęcki）がいた。三一年、ルヴフの地方警察本部長に任命される。そこに母親と末弟ヤンを伴って赴任、弟がヤン・カジミェシュ大学に入学するというのは前述のとおり。三四年秋、国政の実権を握るピウスツキ元帥は、マリアンをワルシャワに呼びもどし、首都警察本部長に任じた。三九年九月、警察組織を国内東部に後退させよとの命令に従わず、少数派の部下たちを、ピウスツキ軍団時代からの古い友人で予備役上級将校のワルシャワ市長ステファン・スタジンスキの指揮下、首都防衛市民委員会（第8章注3）に組み入れた。今日明らかになっているのが、ワルシャワにとどまったその少数派は、オスタシュコフ特別収容所に送られてソ連内務人民委員部《NKVD》に虐殺されるという多数の警官や捕虜のたどる運命を免れた事実である。こうして三九年九月六日、マリアンの協力があって、市長スタジンスキは市民警備隊《ストラーシュ・オビヴァテルスカ》を組織した。対ドイツ軍徹底抗戦後の九月二十八日、ワルシャワは陥落する。スタジンスキとともに三度目の勇士十字勲章を与えられる。降伏協定に基づき、マリアンはポーランド警察の最高責任者として現職にとどまることを承諾、だがそれは、ただちにレジスタンスを支援する目的のためであった。以上の出典は、*Andrzej Kumar, Słownik biograficzny konspiracji Warszawskiej, 1939-1944*, Warszawa, 1999, tome III, p98-101（『一九三九～四四年のワルシャワにおけるレジスタンスの伝記辞典』）。さらに詳細なマリアン・コジェレフスキの生涯については、第7章と、第21章の注1と2を参照されたい。

（6）〈第五列〉という言葉は、一九三六年のスペイン市民戦争中はじめて使われた。一九三七年と翌年のズデーテン地方帰属問題およびミュンヘン会談当時、ヴェルサイユ条約に反して本国帰還を要求する中央ヨーロッパのドイツ系住民、フォルクスドイチェ Volksdeutche を意味するようになった。三一年の調査によると、ポーランドにおけるフォルクスドイチェは、人口の二・三パーセント、八十万人を数え、とくにドイツと国境を接する北西部ポメラニアと、チェコとの国境沿い上シレジアに集中して住んでいた。これらの住民にナチズムを浸透させたのは、とくに中南部ビェルスコで活動していたドイツ青年党（Jungdeutsche Partei）のほか、非合法のポーランド州軍団 Landesgruppe-Polen である。すでに三九年八月三十日の時点で、ポーランド動員令を混乱させるために国内破壊活動を矢継ぎ早に起こしたのは、落下傘で降下したドイツ軍特殊部隊に支援されたフォルクスドイチェであった。カトヴィツェやプシュチナ、ビェルスコ＝ビャワではフォルクスドイチェ住民が武装蜂起を試み、それは九月二日にオシフィエンチムの窓から銃撃があったような事件よりもはるかに深刻だった。一九四一年、その件につき、在ロンドン・ポーランド亡命政府は、『The German Fifth Column in Poland（ポーランドにおけるドイツ軍の第五列）』（London, 1941）という公式文書を出した。

（7）一九三九年九月一日未明、宣戦布告の代わりに、ドイツ空軍はウッチ県西部ののどかな田舎町ヴィエルンをわざわざ第一の標的に選んで、シュトゥーカ〔ユンカース急降下爆撃機〕による恐るべき空爆を実施した。綿密な作戦に則った空襲は、戦略的にまったく無意味な標的、屋根に大きく赤十字の描かれた病院しかない場所に四十六トンもの爆弾を投下した。民間人の犠牲者千二百名には病人と子どもが含まれており、町の七割、中心部にいたっては九割が破壊された。Joachim Trenkner,《Wieluń 1939》in *Tygodnik powszechny*, n.36, 5 septembre 1999）参照。

（8）タルノーポルは、北ウクライナのポジーリャ地方、ドニエストル川の支流セレトの左岸に位置し、一五四〇年にポーランド王家の軍総司令官《ヘトマン》ヤン・タルノフスキが興した町である。最初のポーランド分割

（一七七二年）によって、一九一八年までガリツィア・ロドメリア王国の町、つまりハプスブルク家の領地となった。第一次大戦の直前、一九一四年には三万三千人の人口を数え、多文化主義の伝統と古い町並み、強い相互扶助の精神を誇り、〈小さなウッチ〉と呼ばれていた。隣国ウクライナの台頭もあり、ロシア帝国との国境沿いで最後の砦としてポーランド的風土を守った。第一次大戦の六年間、町はつぎつぎにドイツ兵、オーストリア兵、ロシア兵による蛮行の舞台となり、その終局は共産主義者によって樹立された束の間の政権、西ウクライナ・ソヴィエト社会主義共和国（一九二〇年七月二十六日〜九月十九日）の〈流血の五十日〉で知られる。反ソ民族主義のシモン・ペトリュラを担ぐウクライナ軍部に助けられたポーランド軍によってふたたび町は解放され、東ガリツィアとともに再興ポーランドに組みこまれた結果、ソヴィエト連邦と国境を接しながら、昔と同じようにポーランドの砦でありつづけた。一九三一年の国勢調査によれば、六六パーセントの住民がポーランド語の話者であると申告し、ウクライナ語を話す者は二九・八パーセント、イディッシュ語が四・一パーセントであった。信仰に関しては、ローマ・カトリック教徒が四四・五パーセント、東方カトリックが四二・八、ユダヤ教が一二・四パーセントである。以上の出典は、一九九一年三月刊の『Karta』誌第三号《Polski Tarnopol》掲載の資料と、Piotr Eberhardt, *Przemiany narodowościowe na Ukrainie XX wieku*, Warszawa, Biblioteka Obozu, 1994（「二十世紀におけるウクライナ国家の変貌」）。

（9）　ポーランド（政府および国民）は、一九三九年九月十七日まで、自国に関する独ソ不可侵条約の秘密条項についてまったく知らずにいた。各国の首脳でさえ、伝え聞くのはバルト諸国もしくはルーマニアに関する憶測だけだった。ポーランド外相ベックは、少なくとも戦争の初段階では、フランスと英国の〈断固たる態度〉が多大なる影響力を振るうから、ソ連は中立的立場を守るだろう、という自説をかたく信じていたのである。背後から襲いかかるような赤軍の介入があるなどと、ポーランド人で危惧する者はひとりもいなかった。反対に、一九九〇年以降、若いポーランド人歴史研究者らがフランス外交文書のなかから発掘した資料から、フランス外務省と大統領ダラディエは、機密漏洩や在外公館が情報提供者から得た話——モスクワ駐在のナジャールとパヤール両フランス大使、駐ベルリンのクーロンドル大使、ハンブルグ総領事のロジェ・ガローなど——から、かなり以前（三九年六月十一日）に秘密議定書の内容を知っていたという事実が明らかになった。しかしフランスは、同盟国ポーランドが降伏を選択してしまうのではないかという危惧から、その情報を伝えぬようにしていた。自国が軍備増強を完了させるまでのあいだ、東部戦線にドイツを引きつけておく必要があったのである。Malgorzata Wrońska, *Polska-niepotrzebny aliant Francji? 1939-1944*, Warszawa, Neriton, 2003（「ポーランドはフランスにとっては無用の同盟国か？　一九三九〜四四年」）と、Marek Kornat, *Polska roku 1939 wobec paktu Ribbentrop-Molotov*, Warszawa, 2002（「リッベントロップ＝モロトフ協定を突きつけられた一九三九年のポーランド」）参照。

（10）ポーランド侵攻を正当化する赤軍のくどくどした釈明は、タルノーポル（テルノーピリ）街道で、コジエレフスキたちポーランド兵もソ連ウクライナ戦線第六軍の機甲部隊から聞かされたのだが、それは赤軍情宣局が綿密に準備してあったものであり、すでに九月十四日の時点で、十七日早朝の侵攻を担うベラルーシとウクライナ戦線の全部隊に向け、K・ヴォロシーロフとB・シャポシニコフの署名入り指令書一六六三三号および一六六三四号にてはっきり指示されてあった。これは、N. Lebedievaほかによる著作 *Katyń: Plenniki neobiavlennoj vojny*, Moscou, Demokratia, 1997（「カティン、宣戦布告されなかった戦争の捕虜」）の資料3と4として公表された。秘密の軍事指令には、赤軍が「電光石火でポーランド軍を壊滅」させ、「最も正当なる革命戦争」のため、「手榴弾と銃剣でもって前進する」よう命じていた。以上の引用は、ロシアの歴史家 V. A. Nieviejin, *Propaganda sowiecka w przededniu wojny z trzecią Rzeszą, 1939-1941*, Kraków, Arkana, 2001, p.81-90（「ナチス・ドイツとの開戦前夜におけるソヴィエト連邦のプロパガンダ、一九三九〜四一年」）からである。しかしながら、けっして「侵略者と見られてはなりません」と、九月十日、ソ連外相モロトフはドイツ大使フォン＝シューレンブルクに明言し、ドイツの脅威に対する〈スラヴ民族の団結〉という〈不愉快〉な言い方についても、「数年来続けてきたプロパガンダの言い回しで、ソヴィエト国民に受け入れられやすいからです」と事前の釈明をしている。その一方で、外交政策とポーランド人への対応については、ポーランド国家が〈崩壊〉し〈消滅〉するからには、混乱に〈巻きこまれた〉ベラルーシとウクライナ系住民に〈友愛的支援〉を与えるという大義を前面に出し、当のポーランド人に対しては、赤軍政治将校から「ソヴィエトがポーランド人領主や資本家たちの軛から彼らを解放しに来た」と喧伝するようにしてあるのだそうだ。この〈友愛的支援〉の手は、ポーランド軍の一般兵士に対しても差しのべられ、それはつたないポーランド語で書かれたチラシや布告文を配ることだった。それら文書には、方面によって、たとえばベラルーシ戦線ならば大将《コマンダルム》ミハイル・コワリョフ、あるいはウクライナ戦線だとコマンダルム・セミョン・チモシェンコの署名が入っていた。チラシは、ポーランド軍兵士に「武器を捨てる」か、あるいは武器を「彼ら兵士たちの血を吸う者たち」や「貴族階級のポーランド将校たち」に向けるよう呼びかけていた。このようなチラシの二例がつぎの著作に収録されている。Jan T. Gross, *Revolution from Abroad. The Soviet Conquest of Poland's Western Ukraine and Western's Bielorussia,* Princeton, Princeton University Press, 1988（『外国からの革命。ソヴィエトによるポーランド領、西ウクライナとベラルーシ西部の征服』）参照。

第2章 ソ連抑留

タルノーポルの町に入ったときはもう夜だった。(1) 住民の大部分がわたしたちを見ようと表に出ていたが、とくに多いのは女たちと年寄り、子どもたちで、あきらめたような視線を向けてくるのだが、そこには何の感情を読みとれない。二週間前、ドイツ人たちをベルリンに追いかえすつもりで家を出てきた二千人以上のポーランドの男が、今やソ連軍の機関銃に脅かされながら見知らぬ目的地に向かって歩いていた。

ここに来るまでは無気力に足を引きずっていただけだが、今この人々の視線を浴びて、わたしたちは自分が全うすべきだった役割と、それがいかに惨めな結果を迎えたのか思い知らされた。その瞬間、わたしははじめて脱走することを考えた。不運な仲間たちに目をやると、多くが同じ思いでいるのがわかった。地面を見つめながら歩くのをやめ、周囲に視線を投げている。わたしたちを監視する赤軍兵士たちの目を盗んで逃げだし、群衆に紛れこむような機会がないかとうかがっているのだ。わたしたちは隙間のない十列縦隊で進んでいた。わたしは左から三列目にいた。おおよそ五人目ごとに軽機関銃を構えたロシア兵が隊列の横を歩いていて、運悪くそのひとりがわたしから一メートルと離れていない場所にいる。そのロシア兵をよく観察し、どれくらいチャンスがあるか見ようと目を向けたら、たちまち相手は気づいて、わたしをにらんだ。その瞬間、視界の隅、わたしの四人ほど手前でかすかな動きがあった。わたしの鼓動は速まった。息を呑んで何が起こるのか見まもる。隊列のいちばん左側を歩いていたポーランド兵がべつの警備兵の背後で列から離れ、見物の人混みのなかに飛びこんだ。その警備兵は何も気づかず、そのまま歩いていく。わたしのすぐ横にいる警備兵にもまったく見えなかったようだ。というより、自分の持ち場の捕虜にしか注意を払っていなかった。度胸のすわったポーランド兵はたちまち群れのなかに呑みこまれ、空いてしまった場所は右側の兵士が列を詰めた。隊列を組んでいるといっても、ある程度いい加減だから、みんながひとつずつ場所をずらせば簡単に覆い隠せるのだった。

あっという間に逃亡事件は終わってしまった。捕虜たちの態度に、なんとはなしに変化が現れたようだ。それまでとまったく違う、ほんとうに意味あることを、仲間のひとりがやり遂げたのだ。脱走がまちがいなく成功したとわかった時点で、わたしはちょっとだけ首をかしげ、聞こえるか聞こえないかくらいの声で右隣の男に言った。

「見たか?」

答える代わりに、相手はかすかにうなずいた。それと同時に、横を歩いていた例のロシア兵が上体を傾けるようにしてわたしに怒りの視線を向けてきた。ほんとうについていない。そのロシア兵は特別に警戒心が強いだけでなく、わたしを要注意人物と決めてしまった。軽機関銃を振りまわしてから構えたところを見ると、引き金を押したいのを我慢しているのが明らかだった。

夕闇のなかを行進しながら、なんとか逃げられないかと機会をうかがったが、そんな奇跡は起こらない。いろいろ想像して興奮していたせいか、どっちを向いてもすばしっこい影を見るような気がした。ぼやけて見える人影のいくつかは現実のものだったかもしれないし、ますます暗くなるなか、わたしは確信を持てずにいた。戦車の轟音、月の光に反射する銃身、その闇のなかに目を泳がせていると、いつしか奇妙な遊びに参加しているような気分になった。そして、近くに鉄道駅が見えてきたとき、哀れな仲間たちの運命がどんなものであるにせよ、わたしも同じ境遇なのだぞと自分を納得させなければならなかった。

すべてあきらめたようなタルノーポルの人々の表情を見れば、彼らがわたしたちの悲惨な運命を知っているのは明らかだった。だから、わたしは動転した。人々はポーランドが壊滅させられたのを知っていた。ワルシャワにいるインテリゲンチャなどよりもその事実をよく理解していた。情報に通じているわたしの友人たちよりも、わたしの教養ある同僚将校たちよりも、彼らはそれが何を意味し、もうポーランドが存在しない事実をずっとよくわかっていた。わたしたちに近づいてきたのは、まだ戦えるポーランドの息子たちを脱走させたいと思っているからなのだ。

わたしたちの未知への悲しい行進が終わりを告げ、そこには女たちが古着を抱えて集まっていた。女のひとりは、ロシア警備兵たちの前を進まざるをえないポーランド兵士に向かって上着を差しだした、脱走に不可欠な私服……。確かにロシア兵たちの監視もかなりゆるくなってはいた。その女性たちを見ていて、わたしはポーランド人としての誇らしさに感銘して、思わず涙を流してしまった。わたしは、ポケットからお金と父がくれた金時計を入れた財布を出した。ロシア兵に気づかれぬよう前方を見つめたまま、左手で財布を女たちの方へ投げた。もう使うこともないだろうし、タルノーポル住民の勇気に較べれば恥ずかしいくらいのものだった。自分用の現金少しと身分証明書、それに〈オストラ・ブラマの聖母〉の小さな金メダル(2)は服に縫いこんである。

そのすぐあと、わたしたちは駅の暗い構内に追いこまれた。

壁に囲まれ、もはや脱走などできそうもないとわかったとたん、タルノーポルまで歩く気力を支えてくれていた望みまでかき消えてしまった。ぎゅう詰めで不快なにおいのなかにいると、この数週間の身体の疲れと空しさがどっと押しよせてきた。男たちはなかに閉じこめられるとベンチや階段、床に直接座るか横になり、憔悴のあまりそのまま眠ってしまった。床に尻をついたわたしも、三人の将校が並んでいびきをかいているベンチによりかかって眠った。

二、三時間後に目が覚めた。身体じゅうの骨が悲鳴をあげる。喉はからから、空腹、こんな惨めな気分になったことはない。ベンチの三人が上体を起こし、小声で話を始めた。ひとりが、数日前から皆がそうしていたように、ポーランド軍の実態と反撃能力についての議論をふっかけたのだった。穏やかな声のまじめそうな大尉が悲しげに答えた。

「ロシア人の言っていることはほんとうだろう。もうポーランド軍は存在していないのさ。ドイツの戦車と爆撃機に対し、われわれには見せかけの反撃能力さえなかった。だが、ほかの隊ならば充分な装備を持っているはずだ、きみはそう言いたいのだろう」

悲観論は続く。

「確かに準備を怠っていたから、われわれには抵抗する術がなかった。現代戦においては勇気だけで勝てない。飛行機と戦車が不可欠なんだ。わが空軍の機影でも見たか？　わが軍の一機に対し彼らは千機持っている。同じことがわが隊に、そしてほかの隊にも起こっている。われわれは数日前から最高司令部からの命令を受けていない。なぜだと思う。もう最高司令部がなくなっているからさ」

「まあ、そうだが」三人目が口を挟む。「ふたりとも悲観的にすぎるんじゃないか。多少運の悪さがあったにしても、たいした意味はないだろう。軍の主力との連絡が途絶えているだけのことで、おれはいずれ接触があったとしても驚かないね。一息ついている間もなく、われわれは戦線にもどり、ドイツ兵はポーランドに入ってきたときと同じように、すぐ追いだされるだろう」

「なるほど」ペシミストのひとりが言った。「勝利を信じることでよく眠れるのなら、それでけっこう。ぼくは、これ以上きみの幻想を打ち砕くつもりはない」

大尉の穏やかだが断固とした口調には説得力があった。わたしはまず彼の意見が正しいと思ったけれど、お先真っ暗なその筋書きに嫌悪感を覚えてしまい、信じたくはなかった。ほんの三週間足らずでポーランド全軍が壊滅してしまった！　途方もない話だった。どちらにしても、ドイツ人たちが魔法使いでないことだけはたしかである。おまけにワルシャワでは抵抗しているはずだし、国内のほかの拠点でも戦闘が続いていることはわかっていた。

翌日の午前中、駅に長い貨物列車が着いた。わたしたちはロシア兵に追われて貨車に押しこまれた。証明書を見て身分を確認するといった手続きはいっさいない。貨車に追いこむ人数だけを数え、六十人に達すると満載ということのようだった。長旅になるというのははっきりしていた。赤軍将校がわれわれに駅構内の水道であらゆる容器を満たすよう命じたからだ。そんなあいだにも、新たにポーランド兵捕虜の一団が到着して、ますます混乱はひどくなった。その機会（これはあとになって知ったことだが）を利用して、いくつか脱走が試みられて成功を収めたという。警備の手薄な場所から駅の外に抜けでて、タルノーポルの住人たち、ことに女たちからの助けを得たのだ。

わたしは駅に並んだ六十輌の貨車のほぼ先頭に入れられた。ほかの貨車がいっぱいになるまで二時間あまりも待たされた。貨車内の中央には鉄製のストーブ、脇に数キロの石炭が置いてあった。ということは、かなり寒い地方、北の果てに向かうのだろうと、わたしたちは結論した。全員にそれぞれ五百グラムほどの干し魚と一キロ半のパンが配られた。

移動は永遠に続くかと思われ、四日四晩もかかった。毎日一度、三十分だけ列車は停まった。六十人分の黒パンと干し魚が配給される。それが配られ、一部を食べおえると、残された十五分で列車から降りる。ホームの上をすばやく行ったり来たりして新鮮な空気を吸い、気持ちよく手足を伸ばすのだ。それはまた、地元の人々を目にする機会でもあった。

旅の二日目、住民の着ている服がだいぶ変わり、言葉も外国語になっているのに気づいた。われわれの最後の疑問は解けた。ロシア国内にいるのだけはまちがいなかった。ロシア人の小さな一団――見慣れないしぐさを見せる女と子どもたちが多いのだが――がこれといった感情や敵意も見せずにわたしたちを観察していた。わたしたちは近づくのをためらっていたが、そのうち幾人かがそばまで行った。ロシア人たちは逃げるようすもなく、わたしたちをじっと見つめていて、ときおり笑い顔まで見せた。わたしたちに水をくれて、なかには貴重なタバコまでくれる女もいた。わたしたちの前にも捕虜がここを通ったのは明らかだった。でなければ、用意していたようにわたしたちが来るのを待っているはずもなかった。

ほかの場所で停まったとき、われわれに対するロシア人たちの態度をより理解できる機会があった。われわれのなかにロシア語をしゃべれる将校が数人いて、仲介役と通訳とを引きうけてくれたのだ。そのひとり――いくらか服装の乱れがあってもまだ将校を思わせる三十代の巨漢だった――が、かなりみすぼらしい格好をした暗い顔つきの女から水筒に水を入れてもらった。大男は礼を言ってから、熱っぽくつけ加えた。

「あんたたちはわれわれの友人です。ドイツの野蛮人どもを相手に、いっしょに戦って勝ちましょう」

その若い女は全身をこわばらせ、吐き捨てるように言った。

「あたしたちといっしょにですって！　あんたたちポーランドの貴族はファシストよ。ここソヴィエトで働くということを覚えるといいわ。働く分の体力はあっても、貧しい人民を抑圧する元気はないでしょうからね」

わたしたち全員が冷や水を浴びせられたような気分になった。将校はその場に釘づけになってしまい、一方で女の方は冷ややかな視線をじっとそらさずにいた。女は自分の放った言葉を金科玉条のように信じていた。彼女にとって、ポーランド人捕虜は――人道的観点から――水を与えてやってもよい相手だが、ロシア人が〈連帯〉するに値する存在ではなかった。そのときわたしは、地理的、言語的、国の由来から言ってもこれほど近いのに、歴史と政治体制があまりにもかけ離れた両国、そのあいだに横たわる偏見という溝を理解したのである。そして、わたしたちポーランド軍将校に水を分けてくれるこれらの人々は、両国関係の現状に関する責任をわれわれに帰していた。彼らにとって、わたしたちは領主や怠け者の貴族、救いようのない社会の寄生虫集団でしかなかった。

五日目、いつもの時刻ではない時刻に列車が停まった。目的地に着いたのだった。扉が開けられ、警備兵はわたしたちに降りるよう命じて、八列縦隊を組ませた。わびしい村の近くに列車は停まっていたが、村が小さすぎて駅舎もない。ホームがひとつあるだけだった。いくつか小さな民家があちこちにあり、それが集落の全体である。

貨車から降ろされた瞬間からロシアで過ごした全期間を通じ、すべてに優先してわたしの頭を占めていた考えは、脱走することだった。郷愁が募り、わたしは幸運に見放されてしまったように感じて途方に暮れていたけれど、だれが何と言おうと、わたしの思い描くポーランド軍はまだ過酷な戦いを繰り広げているのであり、だから帰国して軍に復帰、我慢ならない九月一日のオシフィエンチム空襲に反撃を加える作戦にどうしても加わりたかった。

前進せよとの命令が下った。風に叩かれ、つらい前進を続けながら、わたしたちは状況について意見を言いあった。いつもと同じで年長者の方がへこたれず、不運な境遇を毅然として受け入れていた。われわれ若い捕虜はといえば、不平を言っては嘆き、反乱を企ててみたり、脱走のすきをうかがったりしていた。

何時間もの強行軍は、われわれから反抗心も脱走計画も奪ってしまった。ここではじめてわたしたちは、ひどく惨めな境遇の深刻さと、たったの三週間で、平穏無事だった暮らしからどれほど遠ざけられてしまったかをひしひしと感じさせられた。それまでは、自分を友人や家族たちと結びつけていた絆——すべての希望——から、そこまで断たれてしまうなどと思ってもみなかったのだ。今後はちょっとしたこと、足を一歩踏みだすたびに、わたしはさらに遠ざけられてしまうと感じるだろう。足が痛むので屈みこんだとき、みごとななめし革の長靴がどれだけロシアの乾いて固まった泥道とちぐはぐなのかと思った。ワルシャワでいちばん高級な靴屋〈ヒシュパンスキ〉であつらえた長靴だった。手に入れるまでずいぶん待たされた品物だったっけ！　喉がからからで、するとポルトガル大使館で出されたワインと音楽、デ・メンデス姉妹のことが頭に浮かんだ……。二十日間でこの変わりようは！

わたしたちが停止を命じられたのは森のなかの広大な原っぱで、周りには高く生い茂る深い森も見えている。中央に元僧院を思わせるような礼拝堂や住居、納屋、家畜小屋の建物群がある(3)。

拡声器から強いロシア訛りのポーランド語で、わたしたちの守るべき今後の生活規則についての指示が伝えられた。

まず、将校と兵士が別々に分けられる。それがすむとこんどは、四十人ずつのグループを組まされた。われわれポーランド人みんなが驚いたのだが、将校たちより一般兵士の方がよい待遇をされるのだった。最初からロシア人は、わたしたちを階級に応じて扱うというのを——もちろん上下は逆で——露骨に見せた。

警備兵に宿舎の建物まで連れて行かれた。一般兵が石造りの元僧院と礼拝堂をあてがわれたのに比し、われわれ将校は木造の家畜小屋や納屋を改造した十棟の仮宿舎、その各棟に四十名が押しこまれた。捕虜となった警官、あるいは予備役将校でふだん司法官や弁護士、官僚だった者にはもっと苛酷な待遇が用意されていた。彼らは拡声器から「ポーランドで共産主義者と勤労階級を弾圧した者たち」と決めつけられ、ほかの捕虜たちの手で僧院中庭の中央に建てられた特別の木造掘建て小屋に入れられたのだった。(4)

いちばんつらい仕事に回されるのも、わたしたち将校グループである。森の木を切りだし、それを鉄道貨車に積む作業。いずれにせよわたしは、自分に与えられた運命が公平であるかないかなどを問題にするつもりはなかった。可能なかぎり自分を順応させようと思ったし、ある意味でそれは救いでもあった。「労働は不名誉なことではない」というのがソヴィエト国民のあいだに行きわたっている原則であるが、それがわたしたち〈退化したポーランド貴族〉に特別の方法でもうたたき込まれてしまったのだろうか。

共産党員《ボリシエヴィキ》たちは、われわれの食事を鉄製の大鍋で料理する。その鍋をひとつひとつ洗うというのが最悪の仕事で、ひどく体力を要するだけでなく、全員がかならずと言っていいほど短期間のうちに爪をはがし、手も傷だらけになる。

ロシア人が言うには、彼らボリシェヴィキの兵士たちには大鍋を洗うような時間がなく、だからわれわれが自分でやればいいのだそうだ。この作業を志願する者への報酬は、鍋の内側にこびりついた残りをはがして食べてもいいという特典である。

将校用のバラック群から志願したのはたった三人で、そのひとりがわたしだった。いやな仕事だし汚れるのもわかっていたが、それを続けた六週間、わたしはほかの捕虜たちより充分に食べられ、ある種、奇妙な満足感さえ味わっていたのだ。必要性が生じれば、ふだんほかの者が殊勝にやっているような家事を、自分も立派にやり遂げられるのだと証明したいという気持ちがあった。

同じ捕虜のなかに、若くて短気、だがとても機転が利くし、機会さえあれば命をかけて脱走するつもりでいるクルピオスという中尉がいて、わたしは自由時間のほとんどを彼と脱走の機会を見いだす議論に費やした。捕虜収容所から逃げだすのはそれほど困難ではないが、列車に乗れないという難関にいつも阻まれてしまう。駅は収容所から徒歩で数時間のところにあるが、そこへ着くまでに捕まってしまうのはほぼ確実だった。おまけに、列車は厳しい監視下にあった。非友好的な住民の暮らす寒冷な土地を徒歩でよこぎっていくにも、言葉がわからずポーランド軍の軍服というのでは、予想される困難を克服できそうもない。そうこうしながら好機が訪れてくれるのを待った。中尉がとんでもない計画をわたしに打ち明けたのはそんなときだった。

ある日食事が終わって鍋洗いに向かおうとしていたわたしは、肩を叩かれ引きとめられた。それは興奮のあまり息も切らさんばかりに顔を紅潮させたクルピオス中尉で、わたしの耳に顔を寄せ、陰謀めいた口調で言った。

「いい考えがわいた。うまくいくと思う」

「どういうことだ」わたしも声を落として聞いた。

三十歩ほど向こうからソ連兵がこっちを疑わしそうに見ていたので、わたしは歩きつづけながら、ふつうの口調に変えて言った。

「ちょっと頼むから、落ち着いてくれ。これではまるで収容所の爆破計画でも企んでいるように見えてしまうぞ」とにかく不自然に見えぬよう努力しながらわたしは言って、それとなくロシア兵の方に中尉の目を向けさせた。クルピオスは気づいて、すぐにわたしと肩を並べてふつうに歩きだした。するととたんにわれわれふたりは、何かの理由があってどこかに向かうふたりの捕虜にしか見えなくなった。

中尉によれば、独ソ不可侵条約の取り決めにより、捕虜交換が間もなく実施に移されるらしい。条約の一文は、捕虜交換の対象となるのは一般兵士に限られると明記してあった。ドイツ軍は、該当するウクライナ人とベラルーシ人すべてをロシアに送り返さなければならない。対するロシア軍は、ドイツ系ポーランド人およびナチス・ドイツに併合された地域で生まれたポーランド人兵士すべて、つまり〈ゲルマン民族古来の土地の出身者〉(5)という理由で、ドイツに返さねばならない。

「そいつはすばらしい、一週間後にはワルシャワのパーティーに出られるな！」わたしは皮肉をこめて言う。「やるべきことは、一兵卒に変身して出生証明書の記述内容を変え、ソ連兵を納得させてから、ゲシュタポの毒牙からうまく逃げる。あまり簡単すぎて、どうして今まで自分が気づかなかったんだろうと思うよ」

「カルスキ、カルスキ、きみの知能程度を疑うね。急いでここから逃げださなければいけないんだぞ」

「いいだろう、その新情報から何かしら得るものがあるというのは認めよう。ドイツ人が言うナチス・ドイツに併合された地域というのは、正確にどこなんだ。ウッチも含まれるのかね」

「そう。その点については、話は単純なんだ。地域内で生まれたことを証明できるものを何か持っているか?」

「ああ、出生証明書は持っている。しわくちゃになっているが、正真正銘の本物だ。きみはどうなんだ?」

「ぼくの出生地は、ナチス・ドイツに併合されるという幸運に預かれなかった。だが、それはあとでなんとかするつもりだよ。ひとつずつ片づけていこうじゃないか。きみについて言えば、一兵卒になるだけのことだろう、簡単さ。そもそも、どうやってきみが将校になれたのか不思議でならない」

「どうやって一兵士になりすませるんだ? きみが簡単そうに言うのが不思議でならないな。軍服を直すわけにはいかんし、べつの服を持っているわけでもない。盗めと言うつもりか?」

「なぜ盗む必要がある。借りればいいんだよ! 捕虜交換されないか、されたくない兵士を見つければいいだろう。当人に多少の愛国心か博愛心があれば、相手がきみに軍服を交換してくれるよう説得すればいい。それは森で伐採作業中にやれ。そうして相手のグループといっしょに兵士用宿舎に帰る。それで問題は解決する」

その考えは完璧であるように思われた——少なくともロシアから脱出するには。ソ連兵は捕虜の氏名や証明書を調べたことがまったくない。われわれ捕虜の数を単純に数えるだけだ。もし軍服と身分まで交換してくれる兵士がいれば——きっと見つかると思うが——ソ連兵たちに発見される恐れはまずない。ポーランドへもどれるのならば、わたしはどんな危険でも受け入れる覚悟だった。結局のところ、戦闘を続けるポーランド軍とうまく合流するのがじつに確かなように思えてきて、すんでのところでわたしは歓声をあげてしまうところだった。

「こんどはきみの問題を解決する番だ」わたしは言った。「ドイツに併合された土地で生まれたという証明書を手に入れなければならない。それを人に譲るような捕虜は、そう簡単に見つからないだろう。どうしよう……」

「方法はひとつしかない」中尉は答える。「書類を手に入れるか、あるいは書類なしでソ連側に承知させるかだよ。きみが何を思っているかわかっている。でも出られる機会があるのなら、ぼくなしでも発つべきだ。いいか、きみにやってもらいたいことをこれから言う。軍衣を交換したら、事務室に行ってドイツへの送還を申し込んだ。そのとき、係員が書類などを細かく調べるかどうか、よく観察してもらいたい。その結果を見て、ぼくは方針を決めようと思うんだ」

ふたりは将校用バラックのそばまで来ていて、わたしは厨房へ、クルピオス中尉は森での作業に出かける前、自分のバラックに寄らなければならなかった。

「では、仕事してくるよ」わたしは不安な面持ちで言い、いとも簡単に望みが叶ってしまいそうだという負い目を感じながら、こうつけ加えた。「きみのための正確な情報を、今晩には持ってでどれるといいんだが……」

中尉は笑みを浮かべ、手を振りながら遠ざかかった。

厨房では、わたしより年長だが、とても気の合う農夫出身の太ったウクライナ系の兵士パラディシュといっしょに鍋洗いをすることになっていた。彼は、すぐにわたしの浮かれているようすに気づき、どうして興奮しているのかとその理由を聞いてきた。わたしは、彼の助けがどうしても必要で、それはとても重要なのだと言ってから、大鍋をこすりながら、何をやってもらいたいのかすべて説明した。話の内容に引きずり込まれ、すぐにパラディシュはわたしの頼みを聞きいれた。彼は、ドイツ軍の提案など信用していなかったから、条件を満たしていたにもかかわらずそれを呑むつもりはなく、何よりも、わたしを助けたかったのだ。将校と兵隊たちが両方とも伐採作業で森に入るその日の午後にも、わたしたちは行動を起こさねばならなかった。

午後、森に向かって足を進めながら、旧礼拝堂から出てくる兵隊たちといちばん接近して歩く将校グループにわたしは交じった。監視はかなりいい加減だから、だれかが脱走してはじめてソ連兵はそれに気づくのだろうが、いずれにせよ脱走者はそう遠くまでは逃げられない。

森に入ってすぐ、パラディシュがわたしたちといちばん近くの兵隊グループにうまく紛れこんでいるのを確認した。ふたりのあいだの距離は約二十メートル、あいだにだれもいない。ひときわ大きな木の前を通りながら、パラディシュが一本の立ち木を示すため、わたしにうなずいて見せた。わたしもうなずき返した。

三十歩ほど先に行ったところで、わたしのグループは作業することになった。わたしは、斧を手にとって目の前に横たわる木の幹に振りおろし、また斧を上にかざして振り落とすかのように構えながら、辺りをうかがった。いちばん近くの監視兵でさえ、わたしの前方百メートルも離れた場所にいた。わたしは斧を手放すと、爪先立ってパラディシュが指定した大木に向かって走った。彼はもう四分の三ほど裸になって待っていた。その横に倒れこむと、わたしは急いで軍衣を脱ぎはじめた。

「どれだけ感謝しているか、とても言いつくせない」上着とシャツを脱ごうと引っぱりながら、わたしはぎこちなく言った。

「礼などいらんし、心配することもないさ」パラディシュは笑いながら言った。「おれはあんたのお仲間の将校たちのそばへ行くこともない。あんたはおれの服を着て、おれたちといっしょに来るんだ。礼拝堂の入り口で人数を数えられるとき、あんたはなかに入り、おれはしばらく待ってる。おれは、あとで監視兵の目を盗んで紛れこむ。おれには証明書があるから問題ない。だから軍服の名札をとっちまえば、そのまま着てもいられる」

「なるほど。しかしだね、将校というのはそれほど悪い連中でもないと思うが……」

「そんなこと言ってないさ」

「とにかくありがとう」

ふたりは交換したばかりの軍服を整えた。兵士パラディシュは、わたしの制服の肩章をもぎとり、すぐにそれを石の下に埋めてしまった。それから、ふたりは同じ作業の持ち場に急いだ。わたしは興奮を鎮めるため、斧を振るって猛烈に働いた。宿舎にもどる時刻になったとき、わたしは左に行って一般兵士グループに加わった。だれもがわたしの来るのを知らされていて、いっさい質問などしなかった。旧礼拝堂の入り口で、監視兵はわたしたちの番号で点呼するだけだった。わが友人パラディシュは、ずっと後ろの方にいて、監視の目のとどかない小さな窓をよじ上ってなかに入ってしまった。すべて順調に運んだ。わたしは一兵卒だった。

翌朝を待って、わたしは収容所所長との面会許可を警備兵に頼んだ。わたしの要求内容を聞いてから、警備兵はわたしを旧礼拝堂のなかに設けた事務室の一室に連れて行った。

中年の将校が事務机で書き物をしていた。わたしが入室するとこちらに視線を向け、あくびと伸びをし、わたしの書類に目を通してから言った。

「氏名、用件は？」

「兵士コジェレフスキ、元工員、ウッチの生まれであります」

「で、用件は何だ」

「祖国への帰還であります、司令官殿」

「よし、では記入しておこう」

わたしを早く追いだそうとしたところで、所長は何を思ったか、何気ないそぶりで言い足した。

「証明書、戸籍謄本はあるのか？」

わたしは出生証明書を見せた。所長はさらっと見て、一枚の用紙に何か書きこみ、面倒くさそうに用紙を元の場所にもどした。また、あくびと伸び、そしてまぶたをこすった。変にゆがんだ顔を見て、きっと生意気にもわたしが笑い顔を見せたからだろう、所長はふいに動作を中断して吠えた。

「まだ何かあるのか!?」

わたしは宿舎に連れもどされた。平静さを装い、狂喜を抑え、体裁をつくるのにひどく苦労した。午後の作業時間中、森でクルピオス中尉を見つけて経緯を伝え、こう言った。

「ということで、書類なしで所長を信じさせるのは簡単だろう。やつらには帰国の権利を持つ者をここに引きとめておくつもりなど毛頭ない、というのがぼくの感触だ」

クルピオスも同意見だった。

「とはいえ、書類を手に入れる努力をこの数日やってみようと思う。むだな危険を冒す必要はないからな」

「ぼくとしては、きみといっしょに発ちたいと思っている」わたしは主張した。

「そうだな、間に合うだろう。それが無理ならば、ワルシャワで会おう。きみは今のうちに出ておいた方がいい。もし出発前にまた会えなかったときのためだ。さらばだ、幸運を祈る！」

「いっしょに発つんだ。きみの幸運を祈る！　慎重に行動してくれよ」

彼と二度と会うことはなかった。翌朝わたしは、六週間前に通った線路を二千名の兵士といっしょに逆方向に向かっており、ドイツ軍によって同人数のウクライナ人およびベラルーシ人捕虜と交換されるはずだった。

その後、捕虜交換の対象となった人物から、クルピオスもいっしょだったということは耳にした。それ以上の情報は得られなかった。わたしたちふたりの道が交差することは、二度となかった。

（1）一九三九年九月十七日、タルノーポル県知事は接近しつつあったソ連赤軍に対して友好的な態度をとるよう、拡声器で県民に呼びかけた。ソ連軍を最初に〈迎えた〉町のいくつかは、歓迎および必要な支援の約束をしたことを知事に知らせてあったのだ。「戦火から町を防衛する」ため侵攻してきた赤軍ウクライナ戦線第六大隊は、〈防衛〉が何を意味するのかそれほど待たずに明らかにする。制服あるいはバッジ着用者（つまり公務員）たちの徹底尋問と、警官やボーイスカウト、学生、高校生をすべて厳重に拘禁し、翌日を待って町の外に連行、閉めだした。

（2）オストラ・ブラマは〈尖った門〉という意味で、現リトアニアの古都ヴィリニュスにある中世からの門を兼ねた小塔のこと。尖った屋根がある。内部の礼拝堂に豪華に飾られた十六世紀の聖母画《イコン》がある。聖母信仰の厚い国民意識を反映し、この聖母は〈ポーランドの女王〉と崇められている。愛国主義の定着は、十九世紀の帝政ロシアによる偏狭な迫害に遭って先鋭化した。十八世紀ポーランドの国民的詩人ミツキェヴィチの叙事詩『パン・タデウシュ』にある祈りが世代を超えて唱えられているのは、それと無関係ではあるまい。「尖った門の上、母よ、わが聖母よ、あなたの放つ光が……」一九二七年七月二日、守護神として君臨する聖母を新たにポーランドの象徴とするための戴冠式が執り行われた。当時のヤン・コジェレフスキは十三歳、たいへんに信仰が厚い彼のメダルは、おそらくその戴冠式にちなんだものと思われる。

（3）これはコジェルシュチナ修道院跡のことで、中央ウクライナのキエフ南東、タルノーポルから六百キロメートル東に行った現在のルハーンシク、旧ヴァロシロヴグラード区にある。一九三九年九月十九日の時点ですでに、ＮＫＶＤ（内部人民委員部）の議長ラヴレンチー・ベリヤの秘密指令書〇三〇八号にて、わずか十日間の準備でコジェルシュチナは九月十七日以降、捕虜にした対ポーランド戦での囚人十二万六千名を収容するほか八カ所ある収容所（コジェルシュチナのほか、オスタシュコフ、ユシュノフ、コジェルスク、プーティヴル、スタロビェルスク、ユズ・ヴァズニキ、オラン・ズナミェンカ）のひとつとなっていた。第一段階でコジェルシュチナ収容所は、五千名を収容し、十月一日までには一万名とするよう指示されていた。スタロビェルスク収容所については、ジョゼフ・チャプスキによる一九四五年の証言で明らかになった。*Souvenirs de Starobielsk*, 1945, rééd. Paris, Noir sur Blanc, 1987（「スタロビェルスクについての回想」）および *Terre inhumaine*, Paris, Les Îles d'or, 1949, rééd. Lausanne, L'Âge d'homme, 1978（「非人間的な土地」）。同じ指令書によって、ＮＫＶＤの収容所管理本部内にＧＵＰＶ（戦争捕虜対策部）が組織され、ピョトル・ソプルニエンコが指揮官となる。この決定内容は、戦争捕虜取扱いに規定するすべての国際条約に違反するものであった。ＮＫＶＤ指導部内におけるＧＵＰＶに関する責任者は、ベリヤの補佐クグロフである。指令書〇三〇八号は、一九九〇年にカティンの虐殺を調査していたＡ・コクリムによってソ連崩壊後の記録文書のなかから発掘された十一種の文書のひとつであり、これはピョトル・ミツナーにより出版社 Karta から、ソ連崩壊後の記録文書特別収録による証言としてはじめて公開された。*Rosja a Katyń*, Warszawa, Karta, 1994, p.91-93（「カティン事件と向きあうロシア」）。

（４）予備役やポーランドの上級国家公務員、民間企業の管理職、警察官を差別する政策は、一九三九年九月十四日の『プラウダ』紙に載った〈貴族と資本主義者たちのファシスト国家ポーランド〉に対する過激なプロパガンダのスローガンのほか、〈社会的正義をもたらす解放者の行進〉を続ける赤軍への政治指令をそのまま適用したものである。Andrzej Paczkowski, *La Pologne, la « Nation ennemie »*（〈敵国〉ポーランド）は、Stéphane Courtois 監修 *Le Livre noir du communisme*, Paris, Robert Laffont, 1997（「共産主義黒書」）に収録。

ラヴレンチー・ベリヤ署名による一九三九年十月三日付け最高機密指令〇〇一一七七号は、その前日のソ連共産党政治局による決定にしたがい、「すべての将軍、将校、上級公務員」はスタロビェルスク特別収容所（後にコジェリスク収容所）へ、「すべての憲兵、警察官、刑務所看守、情報局員」六、一九二名はカリーニン地方のオスタシュコフ収容所に集められた。一九四三年四月十三日、スモレンスクに近いカティンの森で、一九四〇年春を境にぷっつり消息がとだえていたポーランド軍将校四、一二三名の遺体が共同墓穴にて発見、とドイツのラジオ放送は伝えた。ドイツ政府はそれをソ連の仕業と断じた。そして、ポーランド首相シコルスキが国際赤十字社による調査を要求すると、スターリンはそれを口実にポーランド亡命政府との国交断絶を宣言、さらに西側諸国に向けてシコルスキが「ゲッベルスの仲間で従僕」だとの非難キャンペーンを開始した。ここで再度確認しておくと、ソ連の欺瞞は一九八九年以降も続き、ペレストロイカの動きや側近の忠告があったにもかかわらず、ミハイル・

ゴルバチョフも事実を認めることに長いあいだ消極的であった。一九九二年十月十四日になってようやく、ソ連共産党保存文書の〈特別書類〉、つまり一九四〇年三月五日付け処刑命令書の写しがボリス・エリツィンからポーランド大統領レフ・ヴァウェンサ〔ワレサ〕にわたされた。その命令書は、スタロビェルスクとコジェルスク、オスタシュコフの三収容所の一万四、五六八名の戦争捕虜、またベラルーシとウクライナの各地に収容されていた一万千名のポーランド人、合計二万五、五六八名の処刑を命じるもので、スターリンおよび政治局員の署名があった。**Alexandra Viatteau, *Katyń. La vérité sur un crime de guerre*, Paris, André Versaille éditeur, 2009**（「カティン。ある戦争犯罪の真実」）および、**Victor Zaslavsky, *Le Massacre de Katyń: crime et mensonge*, Paris, Perrin, 2007**（「カティンの虐殺、犯罪と欺瞞」）の章《Le mensonge soviétique et la complicité occidentale》（ソ連の嘘、西欧の加担）。

（5）実際のところ、独ソ不可侵条約と呼ばれるモロトフ＝リッベントロップ協定には、その性質上、捕虜に関する定義がまったく含まれていなかった。一九三九年九月二十八日に締結された独ソ境界友好条約と呼ばれる第二条約は、八月二十三日の第一条約の秘密議定書にある独ソ境界を「最終的」なものとして修正し、さらに「ソヴィエト連邦はドイツ国民もしくはドイツ出身者（……）がドイツ本国に移住を望む場合、これを阻まない」と明記してあった。それは、バルト諸国のドイツ系住民および、新規に〈植民〉した者や亡命したドイツ人が対象である。ポーランド人捕虜の交換は、ドイツ国防軍上層部と、ソ連側はスターリンの補佐役ヴォロシーロフならびにNKVD（内部人民委員部）の主導で取り交わされた協定に基づき、実施された。十月十一日、ヴォロシーロフはドイツ陸軍の第四軍司令部より二万名のベラルーシならびにウクライナ国籍の捕虜を返還され、一方NKVDの議長ベリヤは、モロトフ宛に「ドイツ領となった旧ポーランド地域の出身者である捕虜三万名ほどを、可及的速やかにドイツ当局に引きわたすのが望ましい」と書き送り、その方向にて協議を始めるよう勧めた。十月十八日、モスクワ駐在のドイツ陸軍武官コストリンク将軍が〈捕虜交換〉を提案する。最初は、三カ所でそれが実施されるはずだった。ソ連に帰る捕虜の受け入れはブレスト＝リトフスク〔現ベラルーシのブレスト〕とヘウム〔東ポーランド〕にて、ドイツ側に引きわたすドイツ国籍の捕虜たちはドロフースクに集められた。つぎに決められた場所は、西ウクライナとの国境に近いプシェムィシルである。捕虜交換は十月二十日に始まる予定だった。しかし、〈自国〉の捕虜を引きとるのに熱心でないドイツは実施を遅らせ、結局十月二十四日から十一月十五日まで続いた。総数にして、ソ連が四万三千から四万四千五百名をドイツ側に送ったのに対し、ドイツが引きわたしたのは約一万七千名であった。未発表資料 *Rosja a Katyń*（前出の「カティン事件と向きあうロシア」）および、Slawomir Dębski, *Między Berlinem a Moskwą, 1939-1941*, Warszawa, PISM, 2003, p.203-210（「ベルリンとモスクワのあいだ、一九三九～一九四一年」）を参照。

第3章　捕虜交換と脱走

捕虜の交換は、独ソ不可侵条約で定められた独ソ国境に接する元ポーランドの町プシェムィシル(1)の近くで行われた(2)。指定の場所には明け方に着き、町はずれの野原で一列十二名になるよう急ぎ整列させられた。十一月初旬の寒い、風の強い日だった。朝からとぎれとぎれに霧雨が降っていて、それが一日中続いた。

夏用の薄い軍衣をまとったわたしたちは、ぼろ切れの集合にしか見えない。悪い天気に備え、それぞれが奇妙な装備をしていた。野ざらしでぬかるみのなか五時間も待たされているうち、兵隊の多くはしゃがみ込んで、葦をひもで束ねたすのこのようなものにくるまっている。

われわれを見張っているソ連兵は、いつものように軍紀すれすれ、大目に見てくれていた。ロシア兵が捕虜を罵倒したり殴ったりするのを、わたしはいちども見たことがない。どんなに怒ったときでさえ。われわれに対する最大の脅かしは、「静かにしろ。なんならシベリアに送ってやってもいいんだぞ！」と昔ながらの台詞である。ポーランド人にとってシベリアがどれほど恐ろしい場所か、彼らはよくわかっていた〔帝政ロシア期に多数のポーランド人政治犯が抑留されていた〕。

ロシア人兵士の多くはわれわれポーランド人捕虜と話をしたがった。わたしはソ連兵グループとつぎつぎに接触し、戦局とわれわれ捕虜の前途について情報を得ようとした。会話は言葉の問題が多すぎて、あまり収穫はなかった。ソ連警備兵が全員一致していたのは、ドイツ軍側の統制下に入るというわれわれの選択に気を悪くしており、そんな無分別がもたらす恐ろしい結果をわからせようとするのだった。くり返し聞かされたから、まるでことわざかスローガンのように頭のなかに響いている。「ウ・ナース・ヴスヨー・ハラショー、ゲルマンツァム・フズヘー・ブディエット（こっちにいりゃあ万事うまくいくのに、ドイツ人のところに行きゃあひどい目に遭うだけだ）」ドイツ人はわたしたちをどうするのか、とだれかがソ連兵に聞くたび、いつも同じ答えしか返ってこなかった。

「わが軍の上層部はドイツ人に、あんたたちを帰還させたら釈放するよう要求したんだ。やつらは承諾したよ。だがな、あんたたちをまずとことん働かせ、しごいてやってからだ、とつけ加えたそうだ」

わたしたちの大部分はソ連の捕虜収容所から出られるので喜んでいたが、例外なくだれもドイツ人を疫病神のように怖がっていた。わたし自身もドイツ人支配下で生きるのをとても恐ろしく感じていて、けれどもポーランド軍に加わるために脱走するという原則は忘れなかった。少なくとも、果敢に戦うゲリラ戦軍団がどこかにいるはずだ、とかたく信じていたのだ(3)。

一台の軍用自動車の音が聞こえて、わたしたちは議論するのを中断した。車には運転手のほか、二名のソ連軍将校と二名のドイツ人将校が乗っていた。将校たちは行儀よく、たがいに先に降りるよう譲りあった。結局、ロシア人二名が誇らしげに一歩あとから降りた。その洗練された優雅さは将校たちの育ちのよさの見せどころであり、しかし捕虜たちの利益に大いに関わるため、見逃す者はだれもいなかった。

わたしの左隣が辛辣に嘲笑した。

「いやにお行儀がいいじゃないか、あのろくでもない連中同士。どっちもくたばってしまえ!」

危険きわまりないその言葉は聞かれてしまう可能性があった。わたしは、隣の捕虜のすねを足で蹴った。将校たちはわたしたちの目の前を何も言わずに通りすぎた。軍隊の規律がわたしたちには適用されない。単なる捕虜、交換材料でしかなかったのだから。ドイツ将校は、傲岸きわまる態度でわたしたちを観察した。そのひとりが、裸足で身体にわらをまとっていかにも汚らしい、寒さに震えている捕虜を指さして、ほかの三人に向かって何か冗談を言った。とても気が利いていたのだろう、四人全員が大笑いした。

彼らが前までやって来たとき、わたしは怒りを抑えかねている隣の男の顔を見た。二十歳そこそこの若者で、背の高さはわたしと同じくらい、飛びでた目、骨ばって青白い顔に黒い長髪を垂らしていた。身体は痩せ、軍衣がだぶついている、帽子はもうかぶっていなかった。

「気をつけろ。そうしないと、銃殺隊の前に立たされてしまうぞ」わたしは言った。

「ぼくはどっちでもいいと思っています」若者は怒りを含んだ声で言う。「人生は複雑すぎるし、世界は卑劣すぎる」

きれいなポーランド語を聞いて、わたしは驚かされた。ほかの兵士たちが百姓訛りか下町の俗語しかしゃべっていなかったからだ。ようすから判断すると、危険なくらい参っているようだった。

「いっしょに行動しよう」しばらく経ってから、わたしは言った。

「はい、そうさせていただきます」

思わず、わたしはほほえんだ。そんな風に丁寧に話されたのは数週間ぶりだった。いつもは、たがいに罵倒めいた言葉でやりとりするのがふつうだったから。

わたしたちは身体検査されてから、濁った川に渡された橋に向かい、二、三キロメートル歩いていった。(4) 橋の向こう側の端、まるで景色の中央に鏡が置かれたかのように、わたしたちにそっくり、身なりも雑多な集団が現れた。ただし、彼らはドイツ兵に見張られていた。それを見て、わたしたちはもうひとつ異なる、否が応でもドイツ人支配下での生活が待ちうけているのだと理解した。

捕虜交換の対象になるというのは、多くの場合、恵まれた処遇であると考えられているものだ。ところが、それが行われようとする今、捕虜たちは後悔と恐れ、交換相手への羨望や敵意で頭がいっぱいになっている。

最初のウクライナ人とベラルーシ人の捕虜グループがすぐわたしたちの横のグループに近づいてきたとき、そんな思いが相手を茶化すような言葉になった。ウクライナ人の巨漢が吠えるように応じた。

「見ろよ、あのまぬけな連中を！　どこに連れて行かれるのかほんとにわかっていたらなあ」

驚くばかりの巨体にポーランド人捕虜たちはしばらく圧倒されていたが、ひとりが勇気を振りしぼって言い返した。

「こっちの心配までするなって。やることはわかっているんだ。こっちがあんたたちの心配してやっているんじゃないか(5)」

ドイツ兵は、すぐさまわたしたちに隊列を組ませた。閲兵のまねごとをした将校のひとりが演説を始め、それが訳された。わたしたちはちゃんとした待遇を受け、充分に食事と仕事が与えられる、と言明した。駅に向かって歩きながら、下士官たちもそれを請けあった。

乗せられる前、水を飲んだり水筒や瓶に水を入れたりする時間を一分だけ与えられた。貨車に入れられると、監視兵が黒パンと缶入り糖蜜を投げてきて、それが二日分の食料のすべてだ、と怒鳴って説明をした。貨車一輌あたり六十人の捕虜が乗せられていた。パンは三十個。ふたりずつ等分に分けた。

移動はきっかり四十八時間かかった。何がわれわれを待ちかまえているのかが議論のたねだった。大多数は釈放されるものと信じていて、どうやって暮らしていくかということしか頭にないようだった。そんな幻想を抱いていたわたしたちは、ポーランド中央部の町ラドムで列車から降ろされた。ドイツ兵は、怒鳴ったり小突いたりしてわたしたちに列を組ませた。指揮をすることになった将校たちは乱暴で、約束など無視して、それとなくわたしたちを脅かした。変に感じはしたものの、勝手なわたしたちの思い込みがくずれることはなかった。しかしながら、釈放されるという思いがわたしたちから脱走するという考えを遠ざけていて、国境を越えてプシェムィシルの町を過ぎてからもそれはずっと続き、手薄い警備の下、中継収容所であるラドムに向かっているあいだも、わたしたちの意識はそっちに向けられていたのである。だが、疲れでぼーっとして泥まみれ、わたしたちは歩きながら、ようやく猜疑心が頭をもたげてくるのを感じていた。

その疑いは、陰鬱で広大な収容所を囲むみごとな有刺鉄線による警備を目にすることで確認された。

連れて行かれた収容所の中央で、わたしたちを安心させるための演説を聞かされ、それによると、いずれ釈放されることになるが、それまでは作業に従事、規律違反者は即刻厳重に処罰される。脱走を図る者はその場で銃殺されるとのことだ。

その脅迫は、至急に脱走を試みるべきであるとの決断をわたしに迫った。それほど明快な警告を与えるというのは、捕虜を苛酷な条件のもとに拘留しつづけるという意志以外の意味はない。周囲に視線を巡らしてみて、脱走がほぼ不可能だとわかった。ラドム収容所は厳重に見張られている。有刺鉄線を越えるのはむずかしいし、遠くを一望できる場所に見張りが立っていた。

それからのラドムでの日々で、わたしは目新しい精神構造のようなもの、こう言ってよければ、まったく新しい倫理規範、あまりに奇妙なのでよく理解できないものを知るようになった。生まれてはじめて、それまで目にしてきたものとはまったく次元の違う、比較にならないほどの残忍さ、非人間性と出会って、そのことで自分が生きている世界について抱いていた思いをほんとうに見なおすようになった。

生活環境は滑稽を通りこしていた。一日に二度だけ与えられる白湯のようなスープはひどい味で、わたしも含めて大多数がどうしても呑みこめないような代物だったが、そんな食事でも何か胃に入れるほかなかった。それに添えられるのが、毎日約二十グラムの固くなったパンである。宿舎は古い建物のなかにあり、おんぼろさ加減ときたら、それが元の兵舎だったとは考えられないほどだ。寝るのは、薄くわらを敷いただけの土間、戦争開始以来いちどもわらは変えてなかったにちがいない。毛布とか外套、とにかく十一月の雨模様の天気からわたしたちが身を守れるようなものは何ひとつ与えられなかった。医療など不在だった。それを見てわたしは、死がどれほどとるに足らないものと考えられているのか知った。あるいは避けられたかもしれない凍死や餓死、疲労、収容所の規律違反のせいで虐待された結果の死——実際にあったか、想像の産物であったかも含めて——もあったのだろうし、ありつづけるのだろう、とわたしは思った。

しかし、ラドム収容所でわたしがいちばん我慢ならなかったのは、日々の苛酷さと看手たちが振るう暴力そのものでなく、それがあまりに理不尽だったことだ。わたしたちに規律を叩きこみたいとか服従させたいとか、あるいは脱走を警戒しようという動機ではなさそうであり、屈辱感を味わわせてあざけり、弱らせようとするのでもない。もちろん結果は、ある程度そのようになったのだが、どうも看手や役人たちが、自らの個人的嗜好に合う、ある信じがたい残虐性のコードに従っているように思えたのだ。

いかなる命令もしくは連絡が「ポーランドのブタども」という接頭辞なしで伝えられることはなかった。看手たちも、わたしたちの下腹を蹴ったり、顔を殴ったりする機会をたえずうかがっているようなのだ。ほとんど反抗とか違反に思われなさそうな些細なことでも、ただちにむごい処罰の対象となった。わたしの短かった拘留期間だけでも、有刺鉄線を越えようとしたという名目で殺された、少なくとも六人の蜂の巣のようになった死体を見た。(6)

ラドムに送られる列車のなかで、わたしは兵士三人と知りあった。最初の眠れぬ夜、われわれ四人は、機会さえ与えられれば、すぐにでも脱走するつもりでいることがおたがいにわかって絆が強まり、各人の才能と持ち物、知識を寄せあうという一種の秘密結社を構成するようになった。兵士たちのうち二名は農家の出で、落ち着きがあって信頼もおけ、あんなひどい境遇にあってもへこたれない勇気ある男たちだった。三人目は、あの戦争のあいだに何度か出会ったような途方もない人間のひとりで、そばにいるだけで周囲に明かりをもたらし、絶望的な悲しい時期を忘れさせてくれる存在だった。名前をフラネク・マチャグといい、戦前はキェルツェの町で自動車整備工をしていた。歳は三十前後、ずんぐりと頑丈な体格で、ブラシのような黒い髪の毛はまるで鋼のようにこわく硬いから、皆にからかわれる材料になっていた。賢くて有能、自分が徹底して憎み、軽蔑するドイツ人を丸めこむのに自信を持っていた。何よりも代えがたい陽気で温厚な性格を、ほとんど変わらずに持ちつづけていた。

四人がそれぞれ持ち物を確かめてみると、ずいぶん役に立ちそうな物があった。農民ふたりは新品の靴下とゲートルを何足か隠してあり、ひとりは父親が第一次大戦中に使ったという料理道具まで持っていた。フラネクには、剃刀にナイフ、それと服の裏地に縫いこんだ百ズウォティがあった。われわれにとってそれはありがたいことだった。というのは、途中駅ルブリンの駅員から聞いたのだが、ポーランド通貨は、価値がだいぶ下がったとはいえ、まだ通用しているとのことだった。わたしはといえば、オストラ・ブラマの聖母の小さな金メダルを首にかけていたし、靴のかかとには二百ズウォティ隠してあった。温かい心を持つ献身的な三人の仲間の勇気、それと天才的な要領のよさを、わたしは大いに活用することにした。その代わり、わたしがある程度の教養とドイツ語の知識を持っているのを知って、三人はわたしからの忠告と指導をあてにするようになった。おそらく、ほんとうはわたしが将校なのを見破っていたのだと思う。でも、けっしてそれは質問されなかった。すぐにフラネクがわたしに〈教授〉というあだ名をつけ、それがそのまま通用するようになった。この小さな運命共同体はたいへんに満足すべきものであることが明らかになる。

同じように、わたしたちはひとりだけが四人分の食事をとりに行くことも決めた。そうすれば、規律を正すとかいう理由で、あるいはそんな理由もなしに、鞭を威嚇的に振りまわすドイツ人下士官がよく顔を出す〈厨房〉まで、わざわざ四人そろって行くこともなかった。わたしたちが定刻に起床しているか確かめるのもその同じ下士官で、ひどく威嚇的な鞭と鉄鋲だらけの軍靴でもって任務を遂行していた。収容所に着いた三日目から、わたしたちは食料を見つけだすことでも助けあった。

収容所は町はずれにあって、有刺鉄線の向こう側に見える手が、場所をそのたびに変えて、塀の内側に紙包みを投げこんでくれるのだった。たいてい包みのなかには、パンと果物、時にはベーコンとか金銭、まだ履ける古い靴まであって、捕虜にとってかけがいのない貴重な資源となった。収容所内にその知らせは電光石火のごとく伝わって、毎日、塀の内側の茂みに押しかけ、宝物を見つけようとする一団が見られるようになった。

それを見つける方法だが、たいへんな妙案を発見したと、わたしは威張れるだろう。包みがよく投げこまれる場所は、交換された捕虜だけが来られて、ドイツ軍が捕虜にした者はそこまで行けない。わたしたちの便所の裏、草が茂っている場所である。なるべく頻繁に行ってみるようにしているうち、わたしの期待は実を結んだ。ベーコンで味をつけたパン、小さな紙に包んだ塩、そして吐き気を催すような液体の入った瓶があったが、わたしには何に使うのかわからなかった。

わたしは意気揚々と紙包みを仲間のところに持っていった。フラネクは謎の瓶詰めを開け、喜びの叫びをあげた。それは黄金にも等しい貴重品、つまりシラミや疥癬の特効薬だった。わたしたちの身体や髪の毛、下着、服、どこもシラミや南京虫だらけになっていたのだ。

その三日後、こんども紙包み三つを同じ場所で見つけた。たいへん先見の明があると思われる恩人との連絡手段が確立されたのだ。包みの紙を小さく切り、わたしはそこに鉛筆で「衣服を入手できないでしょうか？　どうしても脱走したい者が四名いますので」と書いた。

翌日の明け方、わたしはいつもの茂みへ急ぎ、すぐに紙包みを見つけた。いつもより食料品はたくさん入っていて、紙片が添えてあった。「服を持ってくることはできません。見つかってしまいます。強制労働のため、あなたたちは数日後に収容所から出されます。途中で脱走するように試みてください」

わたしと仲間たちはそれに備える決意をした。

それから五日目、わたしたちはいつもより早く起こされた。鞭を手にした例の下士官が一段と乱暴にそれを振りまわす。朝の陰気な光のなか、わたしたち捕虜は集められ、何の説明もなしに最寄りの駅まで連れて行かれた。そこに向かう途中、仲間とわたしは小さな声でやりとりしていたが、見張りが厳重で、列から離れる可能性は見つけられない。理論上、列車からの方が多くの機会があるだろうと考え、わたしたちはそれまで待つことにした。

駅には長い貨物列車が待っていた。看守たちは「ポーランドのブタども」と叫びながら銃剣で突いて追いたて、貨車一輌にわたしたちを六十名から六十五名押しこんだ。ふだんは家畜運搬に使われる貨車で、それは外見からもにおいからもわかった。一輌の長さは約十五メートル、横幅が三メートル、高さは二・五メートルあり、扉をのぞけば、人間の目の高さにある四つの小さな窓からしか光の入る箇所はない。乗せられてからしばらくして、看守をひとり連れて伍長が現れ、看守が固くなったパンを配った。そのあいだ、伍長は短銃を手に扉のそばに立って見張っていた。それから、看守もそれにならい短銃を抜いた。伍長はみんなを見まわし、黙らせようとひとりひとりに銃口を向けてから、すごい形相になり、つたないポーランド語で宣言した。

「注意して聞け！　おまえたち全員をある場所に連れて行き、そこではおまえたちは自由で、仕事に就いてもらう。ちゃんと行動するならば、何の心配もいらない。だが列車は厳重に警備されているから、もし逃亡しようとする者がいれば射殺する。六時間ごとに十五分間の休憩があるが、秩序を乱すか、車内を汚す者も処刑する」

伍長は、挑発して反抗者を出したいかのようにわたしたちをにらみつけ、それから貨車を降り、あとに看手が続いた。扉は外側から閉まり、鉄バールのかけられる音がした。

列車は躊躇するようにのそっと動きだし、途中で何度も停車をくり返し、ほんのときどきにしか速度を上げず、のろのろと進んでいった。

わたしは三人の仲間に相談した。

「やるなら今しかないな」わたしは言った。「この貨車から脱出しないのなら、戦争が終わるまであきらめるしかないだろう」

みんなわたしと同意見だった。いつどこでやるのが好都合なのか、あとはその意見を統一するだけである。ひとりが、予定されている十五分の休憩時間中に逃げだすことを提案した。ほかの三人はそれに反対した。停車中は警備が厳しくなるはずだからだ。

夜になるのを待っている間にキェルツェ近くの森林地帯へと近づいていたが、高い小窓によじのぼってから飛びおりるのはむずかしそうだった。わたしは子ども時分のこつを思いだしていた。三人でひとりを水平に抱え、明かり窓から半分押しだし、半分外に放りだすようにすればいい。そういう具合にやるとすれば、ほかの兵隊の助けも必要になるぞ、とひとりが意見を述べ、フラネクも、どちらにしろ貨車内の兵士たちからの同意を得ておく必要があるだろう、と同調する。おそらくわれわれのせいで罰せられることになるだろうし、もし彼らに反対されたら元も子もない、と。フラネクはわたしを見て言った。

「あいつらを説得するのは、教授、あんたの役目だ。自分が何者で、何で脱走したいのか説明してやればいい。一発演説を打ってやることだ」

わたしは一瞬ためらってから承諾した。この件における自分の役割を思えば、断ることなどできなかった。加えて、わたしは弁論の素人でもなかった。小さいころからずっと、上手な演説をしたくてしようがない子どもだった。だから好きなヨーロッパの政治家や外交官の癖までまねて、一生懸命に訓練したものだ。

計画は整った。不安と興奮を感じながら座って、夜の訪れとキェルツェの森に入るのを待った。フラネクが何度も明かり窓の外を見に行った。そして、ようやく息を弾ませながら言った。

「もうすぐだ。じきに恰好の場所を通る。教授、演説だ」

わたしは立ちあがった。

「ポーランド兵士諸君！」わたしは声を張りあげた。「聞いてもらいたいことがある。わたしは兵士ではなく、実際は将校である。ここにいる三名とともに、わたしはこの列車から飛びおりようとしている。逃げて隠れるのではなく、ポーランド軍に合流するためである。ドイツ人はわが軍隊を一掃したなどと言っているが、それは嘘っぱちにすぎない。わが軍がまだ果敢に戦っていることを、われわれは知っている。諸君もわが軍兵士として義務を果したいと思うなら、われわれといっしょに脱走し、愛する祖国のため戦いを続けるべきだ」

最初の言葉に注意が向けられ、やがてざわめきとなった。それから、わたしがとつぜん正気を失ったように見えたのか、みんなの顔に笑いが浮かんだ。わたしが話を続けていくうち、兵士たちは真剣になり、今や大多数がわたしたちの計画をつぶそうと決意しはじめているのが明らかになった。わたしは話すのをやめた。どよめきが起こり、賛成する者、反対する者、意見が入りみだれた。貨車の奥でかたまっている成人グループの七、八名が、わたしの言うことすべてに頑強な抵抗を試みた。

「何でそっちに協力しなけりゃならないんだい？」ひとりが叫んだ。「あんたらが逃げれば、ドイツ兵は残ったおれたちを銃殺するんだ。それに、逃げたところで、まるで勝ち目はない。ちゃんと働いてさえいれば、ドイツ人どもはおれたちをまともに扱ってくれる。あんたら出ていったが最後、何もかもおしまいだよ」

ほかの幾人かがその意見に同調した。

「だめだ、だめだ、脱走させちゃあならねえ」彼らは言う。「おれたち全員が殺されちまう」

自分の経験によれば、演説でいちばん効き目があるのは怒ることである。考えるまでもなく、自然に言葉が出てきた。

「ここにいる全員はまだ若い。多くは二十歳になったばかりで、残りはまだ十八歳だ。われわれはドイツ人の奴隷となって一生を過ごすつもりなど毛頭ない。あいつらはポーランド人を奴隷にし、われらが祖国ポーランドを破壊するつもりなんだ。何度も聞いているだろう。諸君もある日、故郷に帰れるかもしれない。だがじつは敵に協力したのだと家族が知ったとき、家族は何を思い、何を言うだろうか？」

反対者が見る間に減った。とはいえ、捕虜の大多数をいっしょに脱走するよう決断させるまでにはいたらない。だが、少なくとも脱走の妨害は避けられたようだった。八人の兵士がわれわれグループに加わることを決めた。ほかの数人も、明かり窓からわたしたちを脱出させる際の協力を申しでた。危険を冒すにはもってこいの暗さになっていた。おまけに雨まで降りだした。ということは、雨に凍えて惨めなすがたになるのが予想され、だが一方で、表にあまり多くの見張りが立たない可能性を増やしてもくれる。わたしはどうやるのか簡単に説明し、窓ふたつの前にそれぞれ八名ほどが列をつくった。フラネクが最初だった。ひとりが彼の肩の部分を支え、もうひとりが膝、三人目が足を掲げた。

耳を澄まして待ったが、音は聞こえなかった。わたしは小窓から見たが、どこにもフラネクのすがたは見えない。うまく逃げられたか、あるいは地面に倒れ、雨と暗さのせいで見えないだけなのか。

森のなかを曲がっていく線路に沿い、列車はいくらか速度を落として走っていた。とにかく急がなければならない。それぞれのグループが小窓にひとりずつ頭を入れ、真っ暗の外に押しだす。兵士四人がそのようにすがたを消したところで銃声が聞こえた。そして、サーチライトの強烈な光線が列車をなめていくのが見えた。わたしたちは作戦を中断した。すぐにわたしは、銃声とサーチライトがおそらく最後尾の貨車の屋根に設置された監視塔からのものだろうと察知した。

「急ぐんだ、列車を停められてしまうぞ」とわたしは怒鳴った。実際に列車が停まるかはわからない。わずかな脱走者のため、ドイツ人が予定変更などしないよう、わたしは願った。事実、列車は走りつづけた。続けてほかの四人も押しだすと、また銃声がパラパラと響いてきた。その合間を縫って、さらに二名が脱走する。ひとりが倒れ、「イエスさまぁーっ!」と苦しげに叫ぶのが聞こえた。だが、今さら中止するわけにはいかない。残るは三名のみとなっていた。向こうの明かり窓からひとりが押しだされる瞬間、わたしも小窓の高さに担がれて、銃声が二発聞こえてきたが、そのまま押しだされ宙を泳いだ。

両足で着地したが、勢いあまって前方左に走る。転げそうになり、バランスをとろうとしたがつまずいて、うつぶせに倒れてしまった。深い草むらのおかげで衝撃は和らげられた。鼓動は激しくなっていたが負傷はしていない。まだ銃撃は続いていた。起きあがって木陰まで走り、そこに隠れてほかの脱走者が現れるのを待った。銃声は中断し、列車も金属音をたてながら見えなくなった。おそらく、わたしたちが探索されることもなさそうだった。

ほかの兵士たちがわたしを見つけてくれるよう期待しながら、その場所で半時間ほど待っていた。仲間がどうなったのか知りたかったし、同志の三人、とくにこの地方に土地勘のあるフラネクと待ち合わせ方法を決めておかなかったことを後悔した。ようやく、木陰のなか、ためらいがちに近づいてくる人影を見つけた。わたしは声をかけ、けがをしているのか尋ねた。無事だという声が聞こえ、十七歳くらいの若い、巻き毛に子どもっぽい体つきの、青白い顔をした兵士が身体を震わせながらわたしのそばまで来た。学校あるいは孤児院が似合いそうで、とても兵士という感じではない。少年は、何よりも自分を導いてくれる人間を求めていた。彼を座らせ、しばらく休ませてから、わたしはもう心配しないでいいと安心させた。うまくドイツ人たちから逃れられ、もう追われることもないのだと教えた。わたしに何をするつもりかと聞くので、とにかくワルシャワに向かうが、まずはふつうの衣服と隠れ場所、食料を手に入れるのがいちばん急ぎだと答えた。少年もワルシャワなら叔母が住んでいるから異存ないと言う。わたしたちふたりは、暗闇のなかでもう少し細かく計画を練るため話しあった。

そこはポーランド国内ではあるけれど、ふたりともよく知らない土地だった。軍服のまま身分証明書など何もなく、何週間も続いた苛酷な捕虜生活で弱っており、飢えていた。強いにわか雨が降るのに、身を守るものといえばぼろぼろの服しかなかった。幸運を祈るほかに何ができようか。最初に出くわす家の戸を叩こうと決めて森のなかを歩きだし、すると草の生えていない細い地面が見えてきて、林道か裏街道にちがいなかった。

雨の降るなか三時間もさまよっただろうか、ようやく集落らしきものが見えたので、歩をゆるめて慎重に近づいた。つま先だって最初の人家の前まで進むと、それは典型的な農家のように見えた。ためらいながら立つと、扉の隙間からかすかな明かりが洩れている。戸を叩く瞬間、神経質になっていたわたしは震えてしまい、勇気を奮い立たせて思いっきり叩いた。なかから震え声が聞こえて、わたしは少し安心した。

「だれかね?」

「すまないが、外に出てきてくれないか」威厳を持たせるように低い声でわたしは応じ、だが無礼にならぬよう気をつけた。これはとても大事である。

扉がそろそろと開いて、白髪頭の農夫がすがたを現した。戸口に下着のまま立ち、怖がっているのと同時に寒くてしようがないようだった。屋内から洩れてきた暖かい空気に触れたとたん、わたしはその場に倒れてしまいそうになった。それほど、屋内に入れてもらい、暖まりたかったのだ。

「いったい何です?」主《あるじ》は、腹立たしさと恐怖をひとつに合わせたような口調で聞いてきた。

わたしはすぐに答えない。感情に訴えようと思ったのだ。

「あなたはポーランド人か、それとも違うのか、答えてもらいたい」

「わしは愛国的ポーランド人だよ」思っていたよりも早く、それも落ち着いた口調で相手は言った。

「祖国を愛するという意味か?」わたしは続けた。

「そうだ」

「神を信じるか?」

「ああ、信じている」

がまん強い老人だったが、もう怖がっていないようで、好奇心が見え見えだった。

「われわれはポーランド軍の兵士で、ドイツ兵から逃げてきたばかりだ。ポーランドを守るため軍に合流するつもりでいる。われわれはまだ戦闘に加わったことがない。われわれを助け、服を譲ってくれないだろうか? それを断り、もしドイツ軍に密告するなら、あなたは神に罰せられるだろう」

老人は上目づかいにわたしをじっくり品定めした。おもしろがっているのか、圧倒されているのか、それとも警戒しているのか、わたしにはわからなかった。老人はぶっきらぼうに言った。

「入んな。雨に濡れたままでいることもないだろうが。あんたたちを密告なんかせんよ」

なかに入れられたわたしと連れは、きっと昔は贅沢品で、今はあちこち破れてみすぼらしくなったふたつの肘掛け椅子に倒れこんでしまった。ふたつの肘掛け椅子は、樅材を粗っぽく組み立てたようなテーブルと長椅子、椅子二脚のなかにあってどこか奇妙な感じを与えている。灯油ランプのおかげで屋内は薄明るい。しわだらけの日焼けした顔の農婦がスカーフをかぶったまま、心地よい熱を出しているかまどのそばに座っていた。主がわたしたちを紹介する。

「ドイツ人のところから逃げてきたポーランド兵だとよ。凍えて、疲れているみてえだ。何か骨から暖まるようなもんを作ってやるといいな」

女はわたしたちに向かってほほえみ、すぐに牛乳を温めだした。かまどの上でそれが沸騰しはじめると、厚手の碗に注いでから、二切れの黒パンといっしょにわたしたちに勧めた。ゆっくりそれを味わい食べ終わると、最初にきつい言い方ばかりしていたわたしは、その埋め合わせをしようと夢中になって礼を述べた。主の方は、むっつりしたままで打ち解けようとしなかった。

「寝に行ったらいい」老人は静かに言った。「明日の朝、疲れがとれたところでもっと話ができるだろうよ」

わたしたちに合図をして、小さなドアを開くと、暗い小部屋につながっていた。

「ベッドはひとつしかねえけど、でけえベッドだからふたりでもだいじょうぶだ。もしもっと毛布がいるなら上にある」

わたしたちは服を脱ぐとすぐに毛布の下に潜りこんだ。寝台で寝るのは数週間ぶりだった。窮屈で硬いし、シーツもごわごわしていたのに、気にもならなかった。幸運に恵まれたことを喜ぶ間もなく、眠気に襲われてしまった。夜中、わたしは何度か目を覚ました。身体じゅうを刺され、嚙まれるような感覚があった。起きて調べてみようとするには眠すぎたし、連れの少年がいびきをかいていて、わたしは思いすごしか、あるいは当時よく出ていた吹き出物だと思いこんでいた。どちらでもなかった。ベッドはノミの巣だったのだ。わたしたちにとりついて、完全に追い払うまで数週間もかかった。

目を覚ましたのは昼ちかくで、ベッドの頭の上にある小窓から太陽が差していた。ノミには悩まされたけれど、よく休めたおかげで希望に満ち、楽観的な気分になっていた。

物音で気づいたのだろう、主がノックもしないでドアを開いたとき、わたしたちはノミ退治に没頭していた。

「退治するには多すぎるってわけだ」大声で笑いながら老人は言った。「ほかの場所を提供できなくて申し訳ないと思っているんだ。でもな、ノミってのは、それほど悪質じゃないさ」

ともかくよく眠れ、もてなしを心から感謝している、とわたしはぶつぶつ礼を言うのが精一杯だった。

「わしらにたいしたことはできねえ」老人は言った。「昔からわしらのところは貧乏だったけど、最近はドイツ人がやってきて、何もかもひでえことになってる。あんたらを助けるし、持ってるものならくれてやってもいい。だが、急がねえとな。いつドイツ兵があんたらを探しに来るかもしれねえし」

「あなたは勇気ある人ですね」わたしは言った。

老人は、とっておき最後の服だったのだろう、古いズボンと上っ張りを二着わたしたちに譲ってくれた。代わりに、軍服を置いた。わたしがわずかな蓄えから金を置こうとしたら、ぴしっと拒否された。老妻の方は、牛乳と黒パンを持たせてくれた。

みごとな百姓すがたになり、胸に黒パンを抱えて家を出たとき、わたしたちがどこにいて、これからどこへ向かうのかわかっているのか、と主は聞いてきた。

「ここはキェルツェの近くのはずでしょう」わたしは言った。「これから、ポーランド軍がドイツ軍と戦っている場所に向かいます」

「ということは、あんたら、どこにも行く場所はないいな」主は断言した。

「どういうことです?」

「もうポーランド軍なんてないんだ。兵隊? ふむ、これはまだ見ることがある。だが、軍隊はもうなくなったよ。壊滅だ。ドイツ人はあんたらにそれを言わなかったのか?」

あまりのことに身がすくんだ。まず思ったのは、素朴な農民だから、たやすく敵のプロパガンダにだまされているということだった。

「いや、言われました。わたしたちは本気にしなかった、連中は嘘つきだから。でもそんな簡単にはごまかされません」

「ごまかされているんじゃないいな。ポーランド軍がなくなったというのは、だれでももう知っている。ラジオでも聴いたし、新聞でも読んだ。わしらは隣の家の者から聞いて知った、ドイツ人からじゃない。ワルシャワと海側は数週間持ちこたえたけど、でもやっぱり降参するしかなかった。今はポーランドっていう国もない。ドイツ人が国の半分をとり、残りの半分はロシア人にとられちまったよ!」

連れの少年の肩が震えていた。

老妻が沈黙を破って言った。

「神さまに頼るしかないわね」

「神なんているもんか！」連れの少年が怒鳴った。

「いや、ちゃんといなさる」老いた女は穏やかに言った。「いなさるし、あたしらにはもう神さましかないの」

わたしは少年の肩を抱いてやった。

「悪気はないんです、許してやってください。フランスとイギリスが助けに来るでしょう。どんな相手に戦争をふっかけてしまったのか、きっと今はもう、ドイツ人に見せつけているところですよ」

わたしは、腕を少年の肩に回したまま、主人の方に顔を向けた。

「フランスとイギリスに関するニュースはありますか？　連合軍がどういう態度に出るのかわかりますか？」

「連合軍のことはさっぱりわからない。知ってるのは、あの連中がわが国を助けようなどと何もしなかったことだ(7)」

老人はわたしの若い連れに近寄り、なんとか慰めようとする。

「勇気を持ちつづけるんだぞ、若いんだから。こんなことも、ポーランドにとってははじめてじゃない。ドイツ人はまた追いだされるんだ。それを信じ、家に帰ればいい。おまえさん、少なくともまだ生きてるし、病気もしてないんだから」

少年は返事をしなかった。主人はキェルツェとワルシャワに向かう道を教えてくれた。妻がわたしたちふたりの頬にキスしようと近づいてきて、それに応じようと屈んだわたしは、つい泣きそうになってしまった。老女が祝福を祈ってくれ、わたしたちは出発した。

キェルツェ街道沿いにゆっくりと進んでいったが、連れは泣きやまなかった。

町に着くまで三時間。わたしが質問しても、かわいそうな少年はやっとうなずくことしかできぬようなありさまだった。というかその廃墟で、ポーランド赤十字社の制服を着た看護婦に出会った。わたしの連れが休息と、看護婦はわたしを安心させてからさらに、もし希望するなら、わたしも赤十字社の恩恵に預かれるのだと言った。わたしは礼だけ述べ、ワルシャワへ向かう道を尋ねた。彼女は道順を教えてくれ、わたしの幸運を祈り、そしてわたしはひとり、旅を続けた。

---

(1)　一九三九年九月二十八日締結の独ソ境界友好条約によって新たに定められた独ソ境界線は、サン川河岸の町プシェムィシルをよこぎっている。旧市街（ユダヤ人街も含め）はソ連側となる。ザザニェ、つまりサン川の対岸はポーランド総督府の宗主たるナチス・ドイツに属した（第7章注2を参照のこと）。

(2)　実際は一九三九年十月末であり、すでに検証したごとく、同年九月二十八日の独ソ境界友好条約により最終的境界となっていた。その秘密議定書は、八月二十三日締結の条約によって定められた境界に変更を加えた。それはスターリンが、ドイツに〈譲った〉ルブリンおよびワルシャワの東部地方と引替えに、リトアニアを手に入れてソ連影響圏に含めたかったからである。したがって、境界線はピサ川からナレフ川、サン川に沿うようになった。要するに、ヒトラーは十九万平方キロメートル、ポーランド全土の四八・六パーセントの領土といっしょに二千二百万人の住民（内、六・四パーセントがドイツ系）をとり、東側の二十万平方キロメートルと千四百万人（内、五百五十万から六百万人がポーランド人）をスターリンが手に入れた。ヴィリニュスとその行政区分（六、八八〇平方キロメートルと五十四万九千人）はリトアニアに〈返還〉されたのである。独ソ調停委員会がその一万五千キロメートルにおよぶ境界線を最終的な国境とし、その国境標識の設置が終了したのは一九四〇年二月二十七日である。

（3）　ドイツ占領地域の〈不屈の闘士〉として最も有名なのは、〈フバル〉こと騎兵隊司令官のヘンリク・ドブジャンスキ（一八九六〜一九四〇）であり、一九四〇年四月三十日までシュヴィエントクシュスキェ山塊の森で持ちこたえたが、彼らを匿った村々は恐るべき報復を受ける破目になった。ソ連領域内では、ポリーシャの沼沢森林やビャウィストクにおける武装組織がかなり抵抗を見せ、連合軍による反撃を当てにしながら一九四一年春まで持ちこたえた……。Tomasz Strzembosz, *Rzeczpospolita podziemna*, Warszawa, Wyd. Krupski i S-ka, 2000（「非合法共和国」）参照。

（4）　サン川のことで、ヴィスワ川に合流する。

（5）　一九四五年になってわかるのだが、捕虜交換されたベラルーシおよびウクライナの兵士一万七千名のほとんどは、ラーゲリ（強制労働収容所）に送られた。

（6）　一九〇七年のハーグ国際陸戦条約に違反するこれら事実は、一九四二年にロンドンで刊行の *The German New Order in Poland*（「ポーランドにおけるドイツ新秩序」）の第一〇章《Prisoners of War（戦争捕虜）》に集録され、それを基にポーランド亡命政府が告発した。

（7）　一九三九年九月三日の英国およびフランスの対ドイツ宣戦布告は、ポーランド全土に希望と感謝の気運をもたらした。後になってわかったことだが、ヒトラー自身もその時点では負けるのを覚悟したという。実際、一九三九年五月十七日にガムラン将軍およびカスプジツキ将軍のあいだで締結されたポーランド・フランス軍事協定は一九二一年の古い同盟関係を復活させた内容で、「ポーランドがドイツによる侵略を受けた場合は」フランス軍が「その各種戦力を用いて自動的に戦闘行動」、とりわけ「空軍による早急な軍事行動」ならびに「フランスの動員より十五日目以降、その主力戦力をもってドイツに対する攻撃行動」を開始するとある。その盟約があればこそポーランドは、例のフランス動員後の十五日間、またその後も執拗に持ちこたえようと努めたわけである。「ポーランド人の困窮を和らげる」ため、フランス参謀本部は仏独国境にまたがるヴァルント森林地帯の限定的な占領作戦に着手した。「九月十二日に決定されたこの作戦により、ドイツ側に一九六名の戦死者が出た。『ポーランド人の困窮を和らげる』にはみごとな方法であった」と、歴史学者 Jean-Baptiste Duroselle は言うのである。*La politique étrangère de la France, L'abîme 1939-1945*（前出の「フランス外交史　苦境　一九三九〜一九四五年」）。同じ九月十二日、北フランスのアブヴィルで開かれた連合国の英仏最高軍事会議は、西部戦線で攻撃はしかけないとの決断を下したが、その件についてポーランド側には通知しない旨決めた。「もはやポーランドを救う方策はない。唯一残された道は戦争に勝つことである」と、英国首相チャンバレンは言ったものだ。ワルシャワがあくまでも九月二十八日まで降伏を拒否しようが、ポーランド最後の残存部隊が十月四日と五日にもまだドイツ国防軍に戦闘をしかけようが、英仏両国の方針は変わらない。フランスの一九三九年十月二日付『ルーヴル』紙は、全ヨーロッパ地図をいっしょに覗きこんでいるヒトラーとスターリンの風刺画を載せ、「ポーランド、ポーランドは……？」「何を言っている、そんな国はもうないぞ」と言わせた。

第4章 荒廃のポーランド

キェルツェでほんの少し休んでから、急いで郊外へ、ワルシャワへとつながる街道を目指した。そこが〈約束の地〉に思われるからだ。首都ワルシャワが恩恵の地に思え、どうしてもそこに駆けつけたい気持ちを抑えられなかった。新たな生きがいが、そうでなければ慰みと安らぎ、少なくとも今をどう生きるかの漠然とした考えくらいはきっとそこで見つかるにちがいない、という確信があった。

一九三九年十一月の第二週が終わろうとしていた。戦争へのパスポートとなったあの赤い紙片を手渡された夜から、十一週間経っていた。オシフィエンチムに降りそそぐドイツ軍の爆弾の恐ろしい音に起こされたのがわずか二カ月前。それらの日々を過ごしながら、わたしはつぎつぎに襲いかかってくる衝撃を味わわされた。わたしの生きていた世界は崩壊してしまった。大海に投げだされた遭難者のように、大波に襲われてもつぎの波を待っているほかないのだ、力が尽きてしまうまで。

もはやポーランドはない。存在しなくなってしまった。それといっしょに、それまでわたしの人生を構成していたすべてが消えた。そしてとつぜん理解できた、ほかの人々の反応を。タルノーポルで自殺した下士官、おそらく世界が邪悪で生きるに値しないと悟ったのだろうし、そしてキェルツェに残してきたわたしの若い連れ、彼は涙を止めようと沈黙のなかに閉じこもった。あのふたりは、わたしよりも早く祖国ポーランドの破滅を理解したのだ。そういう状況を理解して、あのふたりはより真剣に、より人間的な態度を示した。つまり、自分自身であったということ。それに引きかえ、どこかでまだポーランド軍が戦闘を続けているはずだと、とんでもない演説を打つことにこだわっていたこのわたしは、果たして自分自身であれたのか。

どうしてポーランドにおいては敗北が特別の意味を持つのだろう？　ポーランド国家が他国家と異なるというのは何なのか？　ポーランド人と他国民とのちがいは？　わたしはルヴフのヤン・カジミェシェ大学での講義内容や兄との議論を思い返していた……。ポーランド人というのは自分と国とのつながりを強烈に意識しているのだが、それはかつて、軍事的敗北がすべての国民に恐るべき結果をもたらしたという体験から来ている。ほかの国が戦争に負けたときは、その国土は占領されたうえ、賠償あるいは軍備制限も、ことによっては国境の変更さえ要求されるかもしれない。ところがある戦場でポーランド軍が敗れたとしよう。すると国全体が、何もかも消滅してしまうという恐怖心で覆われてしまう。隣国の者たちが略奪を始め、土地もとりあげて、文化や言語の破壊まで試みたからである。それがゆえに、わたしたちポーランド人にとって、戦争は絶対的な意味を持つ(1)。

災禍を前にして、人々は異なった反応をする。ある者たちは、結果を見通して現実に応じた防衛策を講じる。防御壁で自分たちを囲ってしまい、何事も意識までとどかぬようにするから、言ってみれば、別世界に生きる。ほかの者たちは、ポーランドの敗北が意味するものを知っているから、絶望感に襲われてしまい、自殺までしかねない。彼らも、彼らなりに現実に起きたことを〈帳消し〉にしているのだ。死を選ぶという、違ったやり方で。(2)

歩きながら、わたしはつぎつぎに湧きあがってくる疑問を意図的に避けた。ポーランドが、国家として、完全に不可逆的に消滅した、と考えてしまうのを拒んだのだ。間もなくドイツが連合軍に敗れるか、ポーランドをあきらめざるをえなくなるという考えを、わたしは頭のなかでけっして消さないようにした。ポーランドによる反撃がすべてやんだと知りながら、わたしはそれでもあきらめられなかった。非理性的ではあるけれど、わたしの一部は、ポーランドが何らかの活動によってワルシャワで生きのびているとの確信を持ちつづけていた。

だからあれほど急いで首都に向かって急いだのである。たどり着くまでに要した六日間、わたしは、待ち合わせに遅れないのが最重要事項であるかのように、時間をいっさいむだにしなかった。キェルツェ付近の道に人はあまり見えなかったけれど、離れるにつれ、やはりワルシャワに向かって急ぐ避難民の数が多くなった。街道に出るころには車だらけで、ほとんど歩けないありさまだった。

徒歩、またはありとあらゆる車輌を使い、あらゆる年齢、あらゆる種類の男女がどこかに逃げようと、または自宅にもどろうとしていた。彼らの多くがワルシャワ住まいなのだろう、商人、労働者、医師、弁護士など……。ほかの人々は、空襲にやられて住めなくなった小さな町や村から出てきたのだ。なかには明らかに農民のすがたも見え、みすぼらしい家財に混じって、愛着心から選んだような物がいくつかあった。女たちは子どもを抱いてしっかりとした足どり、だが催眠術にでもかけられたように無表情な顔をしていた。食料を運ぶ者、衣料を担いでいる者、家具を運んでいる者までいた。荷馬車の後ろからピアノの光沢あるマホガニーと鍵盤が見えたのも思いだす。

数は少ないがワルシャワから田舎に向かってくる家族もいて、人の流れに逆らって進もうと往生していた。

幾千もの人が街道にあふれ、千差万別の群れのなかには、わたしのように健康で、見たところ無傷の若い男たちもいたが、つまりわたしと同じで、よく磨かれた武器を使う機会さえ与えられなかったのだろう。避難民たちは、おたがい親しくなる気はないようだった。自分の不幸で精一杯、人のことを心配する余裕などないのだ。だから、押しだまっている。静かで、疲れはてて。

農家の荷馬車に場所を見つけるのは簡単だった。ほとんどが納屋の奥に忘れられていたのを引っぱりだしてきたものだから、応急の修理を必要とするのは始終だった。馬具はどれもぼろぼろで、ほとんどの馬が傷を負っていた。わたしが身につけていた知識と器用さがしょっちゅう役に立つことになり、どこへ顔を出しても重宝がられた。奉仕の代価は、馬車に乗れるだけでなく、夜の寝場所と食料だった。いたるところで、電撃作戦《ブリッツクリーク》の残した広大な傷跡を見せつけられた。どの町もどの駅も、空襲の損害を被っていた。残骸のなかから、骨組みだけになった公共建築物が見えている。町並み全体が、手の施しようもない残骸の堆積になっている。ある場所では、藁屋三軒がまるで根こそぎにされたニンジンのようになり、大きな穴ぼこ三つを目にした。多くの町で、ドイツ軍が来るまでに埋葬が間に合わないので、住民は共同墓穴を掘り、その周りで親族や友人が祈りをあげ、花を供えているのもしばしば目撃した、

最後の四十キロメートルを、贅沢にも汽車に乗ることにした。馬車と馬具の修理で小銭を稼いであったし、もうくたくたになっていたのだ。新型の汽車と客車はすべてドイツ人が没収し、本国に送ってしまっていた。残されたのは、ひとつ前の大戦期の遺物のような代物だった。窓ガラスは破れ、はげたペンキ、錆びた車輪、ひどい状態の客車だった。

乗車してから、目立たぬように数人の乗客からドイツ人が要求する証明書の種類とか警備兵が見張っていそうな場所、逮捕される危険性について聞きだした。それによれば、警備兵がいるのは主要駅で、調べられるのは身分証明書、その書類に疑わしい点があったり、または大量の食料を持っていたりすると捕まるということだった。大きな町で、大量だからだといって食料を運ぶのを禁止するというのが、わたしには驚きだった。しかし、確かにそうだったのだ。飢餓作戦はポーランド市街地ですでに始められていた。(3) ほかの理由で捕まる者は、証明書に問題があったわけではない。若くて丈夫そうに見えればそれだけで充分、強制労働収容所に送られてしまう。必要とあらば、ドイツ人はどんな口実でもすぐに見つける。

望んでいた情報を得るなり、わたしはじっと静かにしていた。状況が変わり、ドイツ人が決めた法律の下でいかに生活すればいいのかまったくわからないのだから、とにかく目立たないようにするのが最善策だった。中央駅にいるドイツ兵を避けるため、郊外で汽車を降りた。

同じような行動をとる者がほかにも大勢いた。ドイツ人の監視から免れる方法を、人々がすでにものにしているのを知って、わたしは嬉しく感じた。ワルシャワは、あのワルシャワとは「似て非なる」醜いものに変わりはてていた。損害は、わたしの予想をはるかに上まわっている。あの陽気な都はなくなっていた。美しい歴史的建造物や劇場、カフェ、花壇、快活で騒々しいあの親しみを感じさせる首都はかき消えてしまった。

切石や瓦礫がそこらじゅうに積まれた街路を縦横に歩いてみた。石畳は黒く汚れている。住民は憔悴しきっており、慰めようもない。墓地まで運んでいけなかった死者たちのため、公園や遊園地、道路にまでにわか仕立ての墓ができていた。

マルザルコフスカ大通りとアレイェ・イェロゾリムスキェ大通りの角、ワルシャワ中心街の中央駅横に、無名兵士たちのため、市民は石畳をはがして巨大な共同墓穴を掘った。それは花に埋もれ、灯明のローソクで囲まれていた。喪に服した人の群れがひざまずいて祈っている。あとになって知ったのだが、その通夜は埋葬のあった三カ月前から休みなく続けられているのだそうだ。

それから数週間、夜明けから夜の外出禁止時限まで間断なく、共同墓地の前にひざまずいて泣く人のすがたがあった。しだいにそれは、死者を悼むための単なる儀式から、政治的な抵抗運動に発展していく。ナチスのワルシャワ大管区指導者《ガウライター》モーゼル(4)は、共同墓地が象徴しはじめた意味をかぎとった結果、遺体を掘りだしてちゃんとした墓地に埋葬するよう指令を出した。そういった措置がとられた後でも、ワルシャワ市民はその十字路に現れてはひざまずき、ローソクを点して祈りつづけ、あたかもドイツ兵たちのシャベルさえ追いはらうことのできないある存在がその場所を聖域にしてしまったかのようであった。

わたしもそこでしばらく冥福を祈ってから、プラガ地区に住む姉のアパートに足を向けた。(5) わたしは、いつも元気溌剌で優しい姉、その快活さがとても好きだった。以前、よく姉の家に行っていたし、三十八歳の技師である義兄ともわたしは気が合った。だから姉夫婦に不幸などあって欲しくないと心から願っていたのと、そこに行けばおそらく、ほかはすべて失われてしまったわたしの持ち物が少しは残っているだろうと期待もしたのである。

姉のアパートがある建物は、比較的よい状態にあるように見えた。なかに入ろうとして、急にわたしは自分の格好に気づき、思わず幻のネクタイを整えるしぐさを始めるところだった。数週間も剃っていないひげに手をやり、汚れた身体から垂らしているぼろ切れを見て、とつぜん困惑というか、不安のような感覚に襲われてしまった。建物のなかは静まりかえっており、まったく人気《ひとけ》が感じられない。いやな予感を振りきるように、よそのアパートの扉をいくつか開けた。姉のアパートがある建物にまちがいない。わたしは、自分の姉の家に来ている。自身をとりもどし、扉をノックして待った。応答がない。こんどはもっと強く叩いた。

「どなた?」と聞いてきた声は姉のもののように思われたが、どこか沈んでいて、わたしが期待していたあの弾むような調子は感じられなかった。

自分の名を叫ぶのは不用心だろうと思い、わたしはそっとノックをしてみた。扉に近づいてくる足音が聞こえて扉が開き、まだ取手に手をかけたままの姉のすがたが現れた。

姉を抱きしめて頬にキスしようとしたその瞬間、何か姉の反応にそれを阻むものがあるのを感じた。

「ぼくだ、ヤンだよ」姉がわかっているのを承知で、わたしは言った。「ぼくがわからないのかい？」

「わかってる。入りなさい」

姉の態度にわたしの心は凍りつき、不安に駆られながら姉に続いて家のなかに入った。すばやくアパートのなかを見わたした。以前と変わったところはない。わたしたちのほか、だれもいないようだった。わたしは、姉の冷たい応対の理由を想像してみた。姉の顔は無表情で老けたように感じられる。服も目立たないものだが、そんなに古びていない。無言のままだ。わたしが訪ねてきたことで喜ぶとか、迷惑だとかの反応がまったくないのだ。

「一週間ほど前、ぼくはドイツ軍から逃げてきたんだ」話しかけて答えさせようと思い、わたしは言った。「ラドムにある中継基地のような収容所から出され、ぼくは強制労働収容所に送られる途中だった。キェルツェで汽車から飛びおりた。ワルシャワにたどり着くまで一週間もかかったけれど、すぐに姉さんの家に来ようと思った」

姉は興味なさそうに、顔をそむけたままそれを聞いた。ぎこちなく立つようすは、失神して倒れてしまいそうなのを、むりやり不断の意志の力で背筋を伸ばそうとしているようだった。姉の最も顕著な性格だった快活さ、相手の言葉や動きを見て、すかさず反応する機転、そのどちらもがまったくなくなっていた。赤の他人と向きあっているように思えた。生気のない視線は、部屋の反対側にある何か、わたしの後ろ、あるいは横に置かれた物に注がれている……。行儀が悪いと思ったけれど、わたしはふり返ってしまった。壁際の書き物机のうえ、壁に立てかけるよう大きな義兄の写真が置かれてあった。十年前に撮ったものである。整った顔は若々しく、幸せいっぱいに笑みを浮かべている。姉はじっと目を注ぎ、わたしのしぐさが目に入らないようだった。

「何が起こったの?」わたしはおそるおそる聞いた。「何があった、アレクサンドルはどこにいるの?」

「あの人は死んでしまった。三週間前に捕まったの。尋問、拷問を受けて、それから銃殺されてしまった」

声は穏やかだった。悲しみが感情を鈍らせてしまい、もうそれ以上の悲嘆と苦しみは受けつけられないようだった。催眠術にかけられたように、夫の写真を見つめている。それ以上わたしから質問をされたくないのだ。もう姉は何も話すつもりはないのだろう。わたしは質問をあきらめ、途方に暮れて押しだまっていた。いかなる言葉、いかなる行動、どれも場違いに思えた。姉にしてみれば、ふたたび感情を波立たせるような状況は避けたいのにちがいない。

ようやく話す気になったようだが、目は写真に向けられたままである。

「あなたはここに長くいてはいけない。危険すぎる。ゲシュタポが来るかもしれないわ。あなたを捜している可能性もあるしね。わたし、あいつらが怖いの」

わたしは立ち去ろうとした。そのときはじめて姉は振りむき、わたしを見つめた。疲労困憊して泥だらけ、ぼろ服をまとったわたしの青ざめた顔に気づいたようだ……が、姉の表情は変わらなかった。それから、また写真を見つめるのだった。

「今晩はここに泊まっていいのよ。明日の朝、いくつかあの人の服を持って、どこかに行きなさい」

そして、完全に内にこもってしまい、姉はいっさいわたしに注意を払わなくなってしまった。わたしはひどく居心地悪く感じた。そっと応接間を出て、何度も来てよく知っているアパートのなかを見まわった。ほとんど何も変わっていない。姉ひとり、もちろん男手がなくとも、家の面倒くらいは見られるだろう。それまで気がつかなかったのだが、アパートはひどい寒さだった。ワルシャワでは燃料が乏しい。台所には何もなかった。きっと食料を買い出しに行く体力も気力もなかったにちがいない。浴室に安物の石けんがあったから、冷たい水しかなかったけれど、なんとか身体を洗った。それが終わると、玄関まで行って、開いたままの扉から応接間を覗いたら、血の気のない表情の姉がさっきと同じ姿勢で身動きもせず座っていた。そんな姉を見たことはなく、わたしが彼女の苦しみを分かちあえることなどとうてい無理だろうと思った。

廊下を進んで、義兄の書斎に行った。ちっとも変わっていない。同じ革張りのソファ、同じ科学書、同じ定期刊行誌。戸棚から毛布を引っぱりだし、わたしは静かに服を脱ぐと、それを椅子にかけた。

しばらくソファのうえで寝返りをくり返しているうち、深い眠りに落ちていった。

目を覚ますと、もう正午になろうかという時刻だった。灰色がかった光、窓ガラスを雨のしずくが伝っている。身体はまだ目覚めていないかのように重く、疲れはとれていなかったが、予定よりもずいぶん遅くまで寝てしまったという意識はあった。勇気をふるってソファから起きあがり、洋服ダンスから目立たぬ色合いのスーツとワイシャツ、ネクタイも選んだ。服を着てから、廊下の先の応接間に行ったが、戸は閉まっていた。戸を開き、遠慮しながらなかを覗いた。姉は家具のほこりを払っているところで、腕を上げ下げしているすがたもどこか投げやりのように見えた。戸の開く音を聞いて動きを止め、待っていたかのようにゆっくりわたしの方をふり返った。わたしが着ている服に気づいて、まぶしそうな視線をすぐにそらした。

「もう行かないといけないのよ」何の前触れもなく、姉は言った。

わたしがそこにいるという事実を認めたくないかのように、あいかわらずわたしから視線をずらしており、自分の悲しみのなかにけっして人を寄せつけようとしない。

「何か要るものがある?」姉は聞いた。

「いや、必要なものはない」わたしは首を振りながら言った。「リリー、何かぼくにできることは? 何かで姉さんの助けになれないかな?」

姉は何も答えない。まるでわたしの言葉なんか聞こえなかったようすだ。以前、リリーがひとの言葉を聞きながすことなどありえなかったのに、今の姉は、自分が守りたい感情にそぐわないものはすべて排除するという才能を身につけてしまったようだった。

「ひげを剃った方がいいわ」姉は静かに言った。「あとで、お金をわたすわね」

用意ができたので、応接間にもどった。姉は、夕べと同じ場所、夫の写真を前にして座っていた。わたしを見て、夫の書斎に行き、抽出しから指輪を三つと金時計、それと紙幣を何枚か出してきた。わたしのそばに来て、それを握らせた。

「わたしには必要ないから、持って行きなさい」姉が言った。

わたしはポケットにそれを突っこんだ。礼を言いたかったけれど、言葉が出てこなかった。そして姉は玄関に向かい、わたしは息苦しくなるくらい気まずさを感じていた。扉を開いた姉は、不審な気配がないか外の廊下を見わたした。わたしは姉の肩に手を置き、じっと見つめてからくり返した。「ぼくは何の役にも立てないのかな？」

姉がふり返り、再会以来はじめて悲痛な視線を向けてきたとき、わたしの心は激しく揺さぶられた。そして無言のまま、姉の手がわたしを玄関の外に押しだした。

表に出てみると雨はもうやんでいたが、寂しい曇り空、道路にほとんど人影はない。反対側の歩道を白髪の婦人が小さな箱をきつく抱きしめたまま急ぎ足で歩いており、少し行ったところには、男女一組の子どもが建物の入り口に座っていて、衣服はぼろ切れのようで、青白い顔は老人のような険しさを見せている。わたしは、なんとなくというか、ふたりの子どもと目を合わせたくなかったからだろうが、方向を変えてあてどもなく早足で歩きだした。

半時間ほど歩いてからある十字路で立ちどまり、居場所を確認した。以前よく来ていた場所なのにすぐわからなかったのは、それほどひどく空襲でやられていたからだ。すぐ近くに友人のひとり、身体が弱くて軍隊に行けなかった男が住んでいた。何もかも変わってしまった時期だから、彼がまだそこに住んでいる可能性はあまりなかった。だが、行ってみようと決めた。

（1）　著者はここで、ポーランド国民にとっての集合的トラウマである一七九四年のマチェイヨビツェの戦いにおける国民的英雄コシチュシュコの敗北、その結果としてのプロイセンとオーストリア、ロシア三国による一七九五年のポーランド第三分割、さらに一八三〇年と一八六三年の対ロシア蜂起失敗に言及、そして復興を果たして間もないポーランドが、一九二〇年八月、ワルシャワの戦いで赤軍と戦った際の、友好国ならびに対立国がとった打算的な姿勢を問題にしている。

（2）　これを象徴する例を挙げておこう。〈ヴィイトカツィ〉こと画家で劇作家、作家でもあるスタニスワフ・イグナツィ・ヴィトキェヴィチ（一八八五〜一九三九）は、一九三九年八月三十一日に年齢五十四歳でワルシャワの動員局に自ら出頭したが、ドイツ軍の進撃を前にポーランド東部のポリーシャにある村へ避難した。一九三九年九月十七日、ソヴィエト軍侵攻の知らせを聞くと自殺してしまう。

（3）　占領下のワルシャワを研究する歴史家トマシュ・シャロタは、*Okupowanej Warszawy dzień powszedni*, Warszawa, Czytelnik, 1988（『占領下ワルシャワの日常』）のなかで本書の記述を裏づけている。それによれば、一九三九年十月十一日から同年十二月二日までの期間、占領者ナチス・ドイツはワルシャワ市民に対して一日ひとりあたり二五〇グラムのパンと、それと二カ月弱のあいだに二五〇グラムの砂糖と一〇〇グラムの米、二〇〇グラムの塩の配給しかしなかったとある。同年十二月十五日から実施された食料配給カードの制度は、全欧州のドイツ占領地域内で最低のカロリー量であるのみならず、ユダヤ系ポーランド人とほかとを区別する配給カードによる人種別基準も設けていた。ともかく、ワルシャワにおける食料配給量は全ポーランド総督府内で最低であった。

（4）　実際には親衛隊中将パウル・モーダーであり、一九三九年十一月十四日から一九四一年八月四日までワルシャワ地区の親衛隊および警察の司令官を務めた。

（5）　著者の姉ラウラ・ビャウォブジェスカ・旧姓コジェレフスカは、占領期間を生きのび、戦後ポーランドで亡くなった。《Arbre généalogique de la famille de Jan Kozielewski-Karski établi en 1999 par Mariam Budziarek》, Musée d'histoire de la ville de Łódź, cf. infra ch.XXI, note 3（マリアム・ブジャレクが一九九九年に作成したヤン・コジェレフスキ＝カルスキの家系図）参照。

第5章
事の始まり

友人はジェパルトフスキという名だった。わたしより三、四歳若かったが、数年前からいちばん親しくつきあっていた。知りあった当時、わたしはルヴフのヤン・カジミェシェ大学法科の第三学年を終えるところ、彼は高校の卒業を控えていた。彼には感嘆させられたし、尊敬していた。というのは、まずたいへんな音楽の才能の持ち主で、みごとにヴァイオリンを演奏するのだった。さらに、ほかの音楽家とは違って、ほかの芸術分野も愛し、興味を抱いており、その知識たるや、ルネッサンス期の人物のようだった。

貧しい両親のもとでジェパルトフスキが才能を表せたのは、ひとえに懸命な努力、いつでも犠牲的精神をいとわない態度の結果である。ヴァイオリンは彼にとって不可欠なもの、情熱であると同時に崇拝の対象だった。彼は自分の才能を、偶発的な恩恵とも貴重な資質だとも思っていなくて、神から与えられたもの、だが大いなる努力を見返りに要求してくるものだと信じていた。音楽学校でも、自分より進歩の遅い生徒に授業をしているほどで、その生徒たちからも非常に愛されていた。道でよくすれ違うのだが、彼はつぎからつぎへとレッスンをこなすのに忙しく、いつも息を切らしながら走っており、わたしにせいぜい手で挨拶を送ってくるか、路面電車の踏み台に足をかけながら「よおっ!」と叫んでくるかどっちかだった。

こうして個人レッスンで稼いだ金は、彼自身あまり興味のない遊びに浪費することなどけっしてなく、こんどは自分の受ける個人レッスンや、一般知識と将来の仕事の糧にする書籍の購入にあてるのだった。自己に厳しい生き方、協調性に欠ける態度は、家族や友人、教師たちとのあいだに問題を引きおこした。というのは、先天的な内気さと遠慮深さからくる人づきあいの悪さと社交嫌いにもかかわらず、ジェパルトフスキは音楽の重要さをひたむきに信じ、また自身の才能に対する崇拝の念さえ——それが人々の気に障った——隠そうとしなかったからである。(1)

音楽に関する議論、彼の才能についてのちょっとした冗談やからかい、そんなとき、あの穏和で引っ込み思案のジェパルトフスキは怒り狂った虎となり、牙をむきだして途方もない怒りを相手にぶつけるのだ。ある日の事件を思いだすが、われわれ共通の知合いに、ドン・ファンとして知られた鼻持ちならない歴史学科の学生がいた。その男が、ジェパルトフスキのヴァイオリンに対する情熱は、自信の欠如——それもとくに男性らしさの——を埋め合わせる代償行為のひとつであると説明しだした。ジェパルトフスキは一歩も譲らず、論争相手の生活態度を非難しながら——やはりフロイトを引用して——女性たちにもてると吹聴したがる行為は、まさに男性としての能力についての、そして異性との正常かつ持続的な交際をけっして発展させられないことからくる劣等感の表れである、と反撃した。ドン・ファンはふたたび反論もできず、そっとすがたを消した。以来、ジェパルトフスキには口も利かなくなった。もちろん、挨拶もしない。わたしたち学生仲間の多くは、ジェパルトフスキに好感を抱いてはいたものの、ひたむきすぎるし、近寄りがたいとも感じていた。わたし自身も、彼が女友だちといっしょにいるのを見たことがない。おそらく彼の芸術家の魂は、すべてを芸術に傾けるよう、女友だちといちゃつくような現世的な問題に関わらぬよう彼に要求していたちがいない。

わたしが彼に友情を抱いたのは、ほんの偶然がきっかけだった。大学生のわたしは、〈ポーランド国民学校協会〉がルヴフ近郊で開く農村青年を対象の講習会に喜んで参加していた。講習会の目的は簡単である。都市部と農村とのあいだにあった教育上の格差をなくそうというものだ。

わたしは、三年間にわたって毎週日曜日、ルヴフ近郊――ポーランドの村もあったし、ウクライナの村もあった(2)――に出かけて、歴史あるいはポーランド文学、衛生や協同組合活動についての講習会を受けもっていた。

その講習会がより関心を集めるようにと、ある日、協会本部は音楽専門高校の生徒ひとりを送ってきて、最後まで講習を聴いてくれた受講者たちのため、ヴァイオリンの演奏をさせることになった。そのアイデアはたいへんな評判となった。ジェパルトフスキがみごとな演奏をしたからだ。パガニーニとヴィエニャフスキの曲を、農村の青年たちはひどく感動して聴いていた。おまけに、演奏家は背の高い好男子である。一心不乱に演奏しているとき、色白の顔に長い髪、きりっとした黒い瞳は農村の若い女性たちのあいだで大評判となった。

彼へ向けられる喝采に較べれば、わたしがいつも儀礼的に受ける拍手は寂しいかぎりだった。ほんとうはうらやましく思ったけれど、講習会の成功がそれを忘れさせ、わたしは彼との協力関係を続けることにした。彼のおかげで大勢の受講者が押しかけるようになり、わたしたちの活動は大成功を収めたのだった。

講習会が終わるたび、とても満足な気分になっているふたりは、活発に議論をしながら家路につくのが常だった。それはふたりが関わる活動についての議論で、階級間での相互理解の重要性、必要性についてだった。残念なことにポーランドでは、知識階級の多くが本や映画でしか農民を知らずにいた……。

わたしは、才能だけでなく彼の柔軟な発想を高く評価するようになり、そしてその誠実さ、また貧しさと病弱体質と闘っている勇気にも心を打たれたのである。わたしが外国に行っているあいだも、ふたりはよく文通をしていた。そのおかげで、彼がワルシャワに引っ越し、昔ながらの頑張りで活躍していると知ったのだ。戦争が始まったとき、わたしたちはまた親しく会うようになったばかりだった。彼がまだ生きていて、わたしが訪ねていったならば、かならず同じ態度、同じ気持ちで迎えてくれるだろうと、わたしは信じて疑わなかった。わたしは正しかった。

時局のせいでいくらか抑え気味に思えたが、わたしは歓待された。わたしが生きて自由の身であると知り、彼はとても喜び、わたしの痩せようと顔色から知れる健康状態を気づかった。ジェパルトフスキの方も驚くほど変わってしまい、だがそれはよい方向にである。以前よりも引っ込み思案でなく、高慢さも目立たなくなっていた。少年のように繊細な顔は、あいかわらず痩せてはいたが、もっと雄々しく、凛としているように見えた。ポーランドの敗北を悲しく受けとめていたが、絶望して滅入っているようにも見えなかった。

ワルシャワがどうなっているのか尋ねると、ジェパルトフスキは笑いを浮かべた。

「一部の者が思っているほどひどくはないぞ」と、どこか謎めいた、変な調子の言葉だった。

「しかし、何から何まですさまじく変わって見える」わたしは食いさがった。「以前のワルシャワとは違う、国がなくなってしまったんだものな。みんなが陰気でペシミストになったからといって、非難できない」

「まるでポーランドだけしか戦争をやってないみたいな言い方だね」ちょっと憤慨したように、ジェパルトフスキは応じた。「最終決戦がもう終わった、と言っているように聞こえるな。もっと理性的になるべきなんじゃないか。われわれはもっと勇気を持ち、未来のことを考えなくてはいけないんであって、現状を嘆いている場合じゃない」

わたしの悲観論に動揺したのは明らかだった。それでわかったのだが、わたしの言い方に、彼がどんな生き方を選んだにせよ、戦争にほとんど痛めつけられていない者として批判されて当然だ、と責めるような感じがあったようだ。だから、わたしは言い方を変えた。

「もちろんぼくも、連合軍がいずれ勝利するのはわかっている」わたしは言った。「しかし、それまで生きていかなければならない。何でも自由にやれないと、人は滅入ってしまう。それは当然だろう」

それを言っているあいだ、ジェパルトフスキはわたしを注意深く観察しているように見えた。

「ヤン」彼は少し声を落としてから、ゆっくり続けた。「ポーランド人ぜんぶが宿命だとあきらめているわけじゃないぞ」

そこには隠された意味があるようなのだが、わたしは理解できなかった。つぎの言葉を待ったが、ジェパルトフスキは肘掛け椅子の背に身体を預け、髪の毛をなでつけるのに夢中になってしまったようだ。彼が発散してくる安心感と自信に、わたしは圧倒されていた。ワルシャワで見た人のだれもが、生命力を使いきってしまったようにしか行動していなかった。周囲で起こる物事を掌握しようとするのを放棄し、絶望のあまり投げやりになっていた。当然ながら、ジェパルトフスキは自分で満足のいく活動を見つけていたにちがいないが、それが何であるのかわたしには見当がつかなかった。

「今まで何をやっていたんだ？　ずいぶん充実しているようじゃないか」

「落ちこんではいけないからね、絶望しないようにがんばっている」

これほど曖昧な答えがあるだろうか。それ以上知ろうとしてもむだだった。彼は、わたしに秘密を明かす機会は自分で選ぶつもりだろうし、あるいはずっと隠すつもりかもしれない。たえず動きつづける彼の長い指を見ているほかなかった。きちんと積まれた楽譜が部屋の片隅に置いてあり、その後ろに隠れるように譜面台があった。どこにもヴァイオリンケースは見えなかった。

「練習はどうしている？」わたしが聞いた。「個人レッスンはまだ受けているかい？」

彼は悲しげに首を振った。

「いや、腕が落ちない程度にやっている。それだけなんだ」

「そんなばかな。練習を続けないと。あれだけ苦労して身につけたものぜんぶがなくなってしまうじゃないか」

「わかってる。でもね、時間も金もない。それだけじゃない、それほど重要だとは思えなくなってしまったんだな……少なくとも今のところは」

ジェパルトフスキは、わたしが思っていたよりもっと根本的に変わってしまっていた。以前の彼だったら、そんなことをわたしが言おうものなら、わたしの目をえぐり抜いたにちがいない。わたしは追憶にふけった。

彼はふいに立ちあがり、屈んでわたしの肩に手を置いた。

「ぼくが言ったことを変にとってもらっちゃあ困る。ワルシャワの生活はひどい、最悪だ。きみのように若くて元気な男は、たえず危険にさらされている。いつ捕まってもおかしくないし、そのあと強制労働キャンプに送られてしまう。注意しろ。家族に会いに行くのは避けるんだ。きみの脱走をゲシュタポが知れば、強制収容所行きはまちがいない。もう捜索は始まっているかもしれないからな」

「あいつらがどうやるのか、知りたいもんだね」

「彼らには知る手立てがいくらでもあるんだ。気をつけろ。これからどうするつもりだ?」

「未定だ」

「証明書を持っているのか、金は?」

わたしは姉からわたされたものをポケットから出し、彼に見せた。彼は身体の向きを変え、考えこむように窓まで歩き、また近づいて言った。

「べつの証明書が要るな。偽名で生活する勇気はあるか?」

「なんとかなるんじゃないかな。それだけなら、あまり勇気なんて要らないだろう。だが、偽の証明書をそんなたやすく入手できると思うか?」

「手に入れることはできる」ジェパルトフスキは素っ気なく応じた。

「身分証明書をか、ぼくでも入手できるのかい?」わたしはもっと聞きだそうと、しつこく食いさがった。「もちろん金は要るんだろう?」

「ヤン、あまり聞かないでくれないか」彼はわたしの意図を見破った。「最近は、好奇心を持たないことがよしとされているんだ。だれかから払えと言われたら、払えばいいんだ」

彼の警告を無視して、わたしは「だれか」とはだれかと質問した。彼は返事もしなかった。ようやくわたしは、彼が望んでいることがわかりかけてきた。彼が提案することを、彼を信用する以外に何も求めず、受け入れるのだ。わたしは、彼の提案すべてに従おうと決意した。あの老いた農民夫婦の藁屋を出てから、漂流する小舟のように、向かうべき港も目的もなしに、わたしは行き当たりばったりに進んできた。だがジェパルトフスキと話した今、わたしの内に意志がふたたび活動を開始し、何かしら覚悟のようなものが備わってきた。ジェパルトフスキの誠実さと勇気に全幅の信頼を置いたのだ。わたしは彼からの忠告を求めた。

「いったいぼくは何をすべきだろう?」

「まず、住む場所を見つけよう」

彼はすぐ部屋の向こう端の机に行き、すばやく何か書きつけた。わたしは笑いを浮かべながらそれを見る。実務家と成りかわったジェパルトフスキ、いつも夢を見ているようで、どこか現実離れしていたあの彼を、わたしはある種の寛容さで見まもっていたものだ。

わたしに紙片を手渡してから、今後わたしの生活がどのようなものになるか説明しておくのが必要と思ったのだろう。

「読んで記憶し、紙を捨てろ。きみは新しい名前を持つ。今後はクハルスキと名乗るんだ。このあときみが行くアパートは、ある婦人の住まいで、彼女は元銀行員の妻、その夫は今のところ戦争捕虜になっている。彼女は信頼していい。だが警戒しなければいけない。だれとでも慎重であること。自分の新しい身分に慣れろ、見破られるな！　きみ自身の安全が脅かされる……ぼくの安全もだ！」

彼の言っている内容、言い方が好奇心を刺激して、わたしは自分を抑えるのがやっとだった。数えきれない疑問が喉まで出かかっていた。しかしジェパルトフスキは懐中時計をとりだし、時刻を見た。

「もう遅いし、ぼくにはまだやっておかなければならないことがたくさんある。だから、ひとりにさせてくれ。さっきの住所に行け。指輪をひとつ売って、食料を買うといい。パンとハム、アルコール。かなりの量を買いだめして、なるべく家から出ないようにする。数日後、会いに行くよ、新しい身分証明書を持ってね。じゃあな。心配することはない。家主はきみの証明書が必要なんだ、間借り人を届け出なきゃいけないからな。だが、ぼくが会いに行くまで、彼女は何もきみに要求しないはずだ」

その時点で何もわからずにいたが、わたしは最初の手ほどきを受けたところ――ポーランドの反ドイツ抵抗運動《レジスタンス》に参加を許されたばかり――だった。何ら特別でも冒険小説のようでもなかった。わたしは決断を迫られたわけでなく、勇気とか冒険心を奮いおこす必要もなかった。ルヴフ時代の友人を訪ねていった結果にすぎず、それは絶望して無力感にとらわれていたからという要因が大きかったように思う。

彼の家を去っていきながらも、わたしは何かが始まったという実感を覚えられなかった。姉との再会から落ちこんでいた精神状態は消えていなかったが、少なくとも今は、未来が何かをもたらしてくれそうだという希望を持っていた。ジェパルトフスキの断固とした態度、言い方は、近いうちに彼と共通の目的、あるいは役目が自分にも与えられそうなことを予感させた。

渡された住所は、快適そうな、というよりかなり贅沢で、寝室をふたつ備えたアパートだった。住んでいるのは三十五歳くらいの婦人と十二歳の息子である。ノヴァク夫人は、かつては美しい女性で、きっと優雅に暮らしていたのだろう(3)。顔だちは繊細さを保っていても、疲れた表情に不安が見え、たえず眉間にしわを寄せている。彼女がいつも心配そうに目を離さない息子ジグムスは、母親に似て繊細な顔つきのもう大きな子どもである。年齢から考えると、ずいぶん早熟な子だった。わたしはていねいに迎えられたが、母親の方は疲れきっていて、少年もひどく恥ずかしがり屋だったから気まずくなることもなく、わたしも個人的な話をしないですませられた。好都合だった。というのも、ジェパルトフスキはどういう説明をすればいいのか、わたしに言ってくれなかったからだ。偽名以外、何も用意してなかったようだ。〈新しい役割〉を演じるのはいいが、その職業とか特徴について何も教えられていなかった。

あてがわれた部屋は快適そうで広さも充分あったが、ほとんど家具はなくて、どこでも買えるようなラファエロの〈聖母子〉の絵と、木の肘掛け椅子の背に垂らした古い赤の膝掛けだけが飾り物だった。女主人と話してから買い物を頼み、必要な額をわたすと、わたしは疲れを理由に部屋に閉じこもった。

二日後、ジェパルトフスキから分厚い封筒がとどけられる。昼ごろ、ノヴァク夫人が部屋のドアをノックして、来訪者がいることを告げた。まだほんの少年で、どう見ても十八歳になっていない。

「クハルスキさんですか?」

「そうだが」

「これをとどけに来ました。では、失礼します」

もどかしい思いで封筒を開けた。クハルスキ名義の身分証明書だった。わたしは一九一五年にルキで生まれ、病弱のため兵役は免除、そして現在、小学校の教師ということになっていた。わたしにとっては都合のいい選択である。この職業に就いていると、ドイツ人の命令に違反しないかぎり、ほかの人々に較べてずいぶん当時は優遇されていた。ジェパルトフスキのことづても同封されてあった。書いてあったのは、証明書に貼る写真を撮るための住所と、彼がこの二、三週間はわたしに会いに来られないという内容だった。

写真屋はポヴィシュレ区の小さな食品店の奥、箱や袋を積んだ後ろ側にあった。(4) 店主はわたしのことをすべて知っているようだった。彼の仕事というのは、見ても本人かなと思われる程度にしか似ていないもの、だから必要とあれば否定もできるような写真を撮ることだった。

頭の禿げた小柄な男で、よく動きまわるが、わたしの質問にはほとんど答えない。わざとむっつりしているわけであり、わたしは彼が作業に神経を集中しているあいだ黙っていた。結果は、これほど曖昧な写真はありえないと言えるくらいの〈傑作〉だった。男はひどく得意げに作品を見せた。わたしは小さな顔写真を見て、その巧みさに思わず声をあげた。

「ほんとに信じられない。どこかで会ったことがある男のようだが、どこだったのか思いだせない、そんな感じだ」

写真屋は笑い、かぶっていたまびさし《アイシェード》を脱いで自分の作品をよく見ると、満足げにうなずいた。

「確かによくできてる。抜群のできだ」

「恐るべき技巧だ」相手にもっと話させようと、わたしはおだてた。「こういう仕事は多いんでしょうね?」

写真屋は自分の脇腹を叩きながら笑いはじけた。

「あんたも、若いくせになかなか抜け目がないな。いい質問だ。いつかまた来て、そのときに聞いてくれればいい。今日はとにかく忙しいんだ。ではな、好奇心の強いお兄さん。ハッハハ」

わたしが表に出ても、写真屋はまだ笑っていた。その時点でわたしは、ジェパルトフスキがある組織の構成員、うかがい知れぬ秘密を仲間と分けあっているのだということを確信した。第一次大戦前のロシア皇帝に反抗するポーランド人による秘密活動に関し、わたしは多くの本を読んでいたが、そんな組織と彼を結びつけることなどまったく思ってもみなかった。とはいえ、まともな証明書を入手できてかなり満足できたから、わたしは将来について希望を感じられるようになった。

しかしその後の二週間はとても快適だとは言いがたい。無為な時間を重苦しく感じた。ノヴァク夫人の蔵書からあまりおもしろくなさそうな本をとって読んだり、タバコを吸い、あるいはアパートの廊下を行ったり来たりして時間を費やした。家主夫人との関係はだんだん良好になっていったが、いつも忙しくしているか、疲れきっているかの夫人は、わたしに愛想よくしている余裕がなかった。仕事を見つけるのはかなりむずかしそうだったが、いずれにせよ指輪と金時計があったから、数カ月そんな心配をする必要もなかった。

そして何よりも、戦争が間もなく終わり、勝利国フランスとイギリスがポーランドを解放しに来てくれるのだと、わたしは固く信じて疑わなかった。それが国民大多数の予測であり、後に知ったのだが、レジスタンスの指導者たちの見解も同じだった。そんな楽観主義さえ、わたしの憂鬱な気分を追いはらってはくれなかった。わたしの目には、いたるところ混乱と廃墟、絶望、たとえようもない貧困しか見えなかったからだ。傲慢なドイツ人への怒りと恐れが市民たちをいらだたせ、不機嫌にさせていた。そんななかで二週間も過ごしたあとだったから、ジェパルトフスキとまた会えたときはとても嬉しかった。彼は上機嫌だった。わたしの健康状態や、この二週間どうしていたのか尋ねると、ジェパルトフスキは座って脚を伸ばし、隣の部屋にだれもいないか唐突に聞いてきた。わたしは、だれもいないと答えた。彼は笑いを浮かべてから言った。

「ヤン、きみを罠にかけたというのは気づいているだろう」

わたしは、少しむっときたが笑いで応じることにした。

「ああ、そうだったのか。けれども、快適な罠だね」

「アパートのことを言っているんじゃない」

彼はわたしの方に上体を傾け、内密な話を始めるかのようにわたしの腕に手を置いた。

「ヤン、まじめに話すけれど、それはきみが名誉を重んじ、勇気のあるポーランド男子であるからだ。きみはもうレジスタンスの一員となった。しかるべき場所に行ってもらったが、きみはそれに同意し、われわれの助力を得た。だが組織は公明正大にことを進めたいと考えている。ということは、まだきみには選択の余地があるんだ。組織に身を挺して奉仕するか、あるいは一般人の暮らしにもどるか。これもきみに言っておかなければならないが、もしわれわれを密告したり、何らかの方法で裏切ったりすれば、きみは処刑される。ぼくは明快に説明できたかな？」

それを聞きながら、内心わたしは狂喜していた。やっと待ちわびていたことが出来《しゅったい》した。自分が押しやられていた空虚な陰鬱さから逃れさせてくれる役割、つまり仕事である。ジェパルトフスキを抱きしめたいような心地だったが、冒険小説を読みすぎたボーイスカウトのように嬉しがっているとは見破られたくなくて、実際の気分とは大違いの落ち着いた声で言った。

「かならずどこかに秘密組織があるはずだとは思っていた。前大戦のあいだにも、そういうのがひとつあったというのは知っていたからね。しかし、こんなに早く見つけられたうえ、こうも簡単に参加を許されようとは思っていなかった。だがきみにも言ったとおり、ぼくは、軍に合流して戦うというたったひとつの目的ため、ロシア人とドイツ人のところから逃げてきたんだ」

「ますますけっこう！　きみは軍に合流したんだからな(5)」

「よし、ぼくのことをいちばんよく知っているのはきみだ。力のかぎりがんばる」

「近日中に何らかの使命が与えられるはずだ」

ふたりはしばらくあれやこれやの話をし、彼は出ていった。その二日後、また彼はアパートに立ち寄り、そのときは一分もいなかった。

「このところ、ぼくは自分の家にはいないことが多いと思うから、従妹の家に来てくれ。たいていいるはずだ。新しい家を見たら、きみはやっかむだろうな」

またしても彼は上機嫌で、それは話し方にも表れていた。その〈ごきげんな新居〉の住所をわたしに告げて、出ていった。

もう翌日には、わたしは見に行った。ワルシャワの中心部、モニュシュコ街とスヴィエトクジスカ街、そしてヤスナ街が交差する辺りで、アメリカ大使館からさほど遠くない場所だった。戦争前、その一郭には大企業や書店、高級店舗、レストランが軒を並べていた。当の建物は三階建ての近代建築で、かつて贅沢に何から何までそろった住宅だった。それが今は、粉々になった石や材木、家具の堆積でしかない。仕切り壁の一部がたがいに奇妙な角度を見せて、まだ立っていた。かなり大きな断片を残す奥の壁や、三分の一ほど形骸をとどめる玄関ポーチが過去の栄華を物語っている。奇跡的に無傷で残った小さな柱に番地が記されてある。

わたしの想像では、屋根を突きぬけた爆弾は建物に深く貫通してから破裂したため、礎石と地下室をのぞくすべてを粉々にしてしまったのだ。ほかにも、後ろ壁にとりつけられた巨大な暖炉はかたちを充分にとどめていた。地下室に住みこんだ者が、そこにチョークで名前を書きつけてある。十五ほど名前が並んでいた。すでに消えかかっているのもあって、わたしは目指す名を見つけるため目をこらさなければならなかった。住人一覧の下に、新しい入り口を示す矢印があった。黒く焦げた扉の前まで行った。開けると、崩れた階段が下に向かっていて、わたしは足元を探りながら下りはじめた。ドアらしきものなど見あたらない。

「だれかいますか?」心細くなり、わたしは大声をあげた。

とたんに下からドアの軋る音がして、灯油ランプの黄色い明かりが目に入った。

「だれに会いに来たの?」女の声で尋ねられた。

わたしは名を告げた。ドア口からむきだしの腕がにょきっと現れて、もっと前に進むよう合図した。

「左、ふたつ目のドアよ」さっきの声が告げた。

闇のなか、わたしは進んでいった。ようやく二番目のドアを見つけ、ノックした。その拍子にドアが開けられ、たちまちわたしはなかに引きずり込まれた。

「入れよ、怖がらなくてもいい」ジェパルトフスキの声だった。

わたしがほっとため息をつくのを見て、彼は笑った。おもしろがっている。

「別の部屋に行こう。どうしてそう呼ぶのかは知らないが」彼は言った。

わたしは素直に従ったが、腐ったジャガイモというか、たまり水というか、なんとも言いがたい地下特有の悪臭には閉口した。〈別の部屋〉には鉄格子のかかった小窓が通りに面して開いている。

ジェパルトフスキがローソクを点した。わたしは部屋の清潔さに驚かされた。残骸からの回収物で家具をそろえたのだろうが、完璧に整頓ができているだけでなく、壁も最近になって漆喰を塗ったようで真っ白だ。わたしの正面に、壊れて脚の欠けた鉄製ベッドがあり、ていねいに毛布で覆われてあった。左の隅には鉄製かまど、その上に棚があって、古い壺やらグラス、皿が置かれている。右には真っ白なテーブルクロスのかかったテーブルがある。

ジェパルトフスキはひとりだった。部屋を観察しているわたしを見て、わたしの反応をうかがっているようだった。

「家は空襲で完全にやられて、残っているものといえば、暖炉と地下室しかなかったんだ。残念ながら暖炉は使い物にならないが、地下室は無傷で、ぼくが住むにはもってこいだった。このごろは、ワルシャワでアパートは貴重になっている。住居の三十五パーセントも住めなくなってしまったからな。ここがぼくの本拠だよ、いいだろう」

わたしは曖昧に相槌を打った。

「きみにはもっと知ってもらわないといけないな！」彼は言い張った。「ここはいろんな意味で理想的なんだ。ワルシャワの真ん中にあっても見た目がこうだから、ゲシュタポは怪しいとは判断しないし、調べようともしない。ぼくの従妹はあるタバコ工場で働いていて、自分の住まいをぼくに使わせてくれるんだ。書類等はぜんぶここに置き、仕事もここ、人に会うのもここだ。ここの住人でぼくのことを知っている者はいない。これも非常に重要だ。そういった要素がいかに決定的な意味を持つかも、警戒をたえず怠らずにいることがどれほど必要かということも、きみはまだ理解していないな」

わたしは夜までジェパルトフスキといっしょにいた。レジスタンスと、その後の数年間わたしが生きることを運命づけられたあの特殊な世界について、彼はいろんなことを語ってくれた。

もうわたしは、彼にしゃべらせようとする努力をやめた。質問をしたから答えが得られるというわけではない、そう理解したからである。

（1）　実際は、若きヴァイオリニストのイェルズィ・ギントフト＝ジェヴァウトフスキであり、彼はルヴフにて出生、そこで著者と親交を結ぶ。徹底したレジスタンス闘士。ドイツ占領下で死亡。著者は、犠牲的精神と愛国心とで同世代の象徴的存在であった亡友の面影に、著者自ら体験した同世代の若者たちのすがたを投影させている。

（2）　TSL（民衆学校社）は、ポーランド憲法制定百周年を記念して、一八九一年、ツィスライタニエン（オーストリア・ハンガリア帝国のオーストリア部分）で最も識字者率の低いガリツィア地方で創立された。一八九八年になるとTSLは、クラクフに社会主義知識人によって運営されるアダム・ミツキェヴィチ民衆大学を擁するまでになる。初期から旧ガリツィアの主要都市であるクラクフとルヴフに拠点を置くTSLは、両戦間期に協同組合運動と緊密な協力関係を確立する。

（3）　ノヴァク夫人の実名はサンボルスカで、一九三九年以前、カルスキが親しくしていた、外務省の在外領事を法的に保護する部署の長ボフダン・サンボルスキの妻である。彼はフランスにはうまく行くことができたが、一九四〇年六月、亡命政府を追ってロンドンへは行かず、フランスにおけるポーランド・レジスタンス組織POWNのフランス南部支部の指導者となった（第32章、およびその注1〜3を参照のこと）。一九四二年十月、カルスキはリヨンで当人に会っている。フランス解放当時、サンボルスキはポーランド亡命政府の駐パリ総領事だった（一九四五年六月二十九日まで）。

（4） ワルシャワのポヴィシュレ（ヴィスワ河岸）と呼ばれる地区は、ヴィスワの左岸とノヴィ・シュヴィアト大通りに挟まれている。

（5） あるいは〈非合法軍隊〉とも、SZP（ポーランド勝利奉仕軍団）とも呼ばれ、首都防衛にあたっていた上級将校たちが一九三九年九月二十六および二十七日に組織したもので、カラシェヴィチ゠トカジェフスキ将軍の提案に基づいている。将軍は、ドイツ軍の捕虜となった司令官ユリウシュ・ルンメル将軍から権限委譲を受けたのと同時に、抵抗軍事組織を構築することも厳命されていたのである。

第6章 変貌

わたしが小学生のようにものを教えてもらう気になれる相手はけっして多くないが、ジェパルトフスキはそういう人物だった。わたしは彼を崇拝していた。わたしにとって彼は、戦中における最初の権威だった。その活動内容を聞かされてからは、崇拝が信仰のようにまでなった。彼は、レジスタンスが死刑を宣告したゲシュタポの手先や裏切り者に対する死刑の執行を担っていたのであるが、そのことは、彼が話してくれたのではなく、彼が亡くなったあとで知った。

一九四〇年六月、彼はゲシュタポ隊員のシュナイダーを処刑するよう命じられた。数日間にわたって尾行を続けた結果、やっと好機が訪れた。シュナイダーは公衆便所に入り、わたしの親友はそこで相手を殺したのだ。その直後、ジェパルトフスキは路上で逮捕された。おそらく、公衆便所にいた目撃者のひとりに顔を覚えられたのだ。彼は芸術家風の長髪だったから、容易に見分けがついたのだろう。シュハ並木通りのゲシュタポ本部[1]で尋問されて拷問を受け、だが口を割らず、その七月、銃殺された。ドイツ人の彼に対する扱いは前例がなく、ワルシャワじゅうの掲示板に「金品を盗む意図でドイツ公務員を襲った罪状により、ポーランド人強盗犯に対する死刑が執行された」と張りだされた。

ワルシャワ市民全員が真実を知っていた。

ドイツ人にとっては、〈ポーランド人強盗犯〉がひとり減っただけの話である。なぜなら、その数は一九四〇年を通じて増えつづけることになるからだ。

その後の数カ月間、わたしはポーランドが置かれている悲劇的で奇妙、じつに逆説的な状況を思い知らされることになる。一般公務員でいるよりも、秘密組織に属していた方が、多くの点で好ましい。そうでないと、占領軍当局に対して完全に服従するか、あるいは最低でも中立であるよう強制されてしまう。レジスタンスの構成員であれば、逮捕されるリスクと、それがもたらすすべての結果をのぞけば、ほかの市民たちがけっして得られぬ特典を享受できる。

何よりもレジスタンス構成員は、秘密組織に共通のきわめて実用的なあらゆる便宜を受けられる。たいへん精巧に偽造された身分証明書は、移動するときや、強制捜査を逃れたりするには不可欠である。通常、構成員には物質的支出に対する補助金が支給され、緊急避難用に複数の住所を持てるほか、ゲシュタポの手入れがあったときには、食事やベッド、隠れ場所を提供してくれる家とも連絡がとれるのだ。

さらに、大義名分が立つので良心がとがめられることもない。自立心があり、己の主義に忠実な人間としての威厳を保っていられる。対独協力者《コラボラツィヤ》がおしなべて軽蔑されるのとは反対に。

屈服する者はだれからも支持されない。当人は、職場や個人生活でも、何をする場合においても安全でいられない。たえず占領者ドイツ人の恐怖政治に脅かされ、一方、彼らが言うところの〈連帯責任〉にも連座させられる――この大戦で最も恐ろしく非人間的な部分――リスクも負う。その原則は、ある個人の行為に対して当人が属する共同体全体に責任があり、したがって「罪を犯した」個人が逮捕されなかった場合、共同体の全員が罰せられなければならない。ポーランドでは、列車を脱線させたり倉庫の爆破、貨物列車を燃やしたりのさまざまな破壊活動を行ったレジスタンス闘士が、何事もなく無事に切りぬけられるのはよくあることだった。そんな場合、地元住民が報復の犠牲となって集団処刑されたのである。

たとえば一九三九年十二月、ワルシャワ市内のあるカフェでドイツ人ふたりが殺された。彼らふたりは、レジスタンス活動に関する大量の情報を何人ものスパイから得て、それをちょうど所持していた。レジスタンス責任者は、ふたりの死刑執行を命じたのである。暗殺の実行者は捕まらなかった。ドイツ当局は、カフェの近くに住む事件にはまったく関わりのなかったポーランド人二百名を逮捕して銃殺した。その一件だけで、二百名の罪なき人が処刑されてしまった(2)。だがしかし、わたしたちが活動を放棄すれば、ドイツ人は目的を完遂してしまう。

この残酷きわまりない策略を用いて、ドイツ人はレジスタンスに武装闘争を断念させようと図った。もしわたしたちがその恐るべき威圧に屈するならば、ドイツ人が勝利を収めてしまう。どれだけ多く無実の犠牲者が出ようと、家族がどれだけ苦しみ不幸になっても、わたしたちはひるむわけにはいかなかった。ドイツ人たちがこのポーランドで安心して暮らしてはならないからである。

一九四〇年六月、ドイツ人占領当局はワルシャワ市内で大規模な人狩りを行い、約二万人を拘束した。(3) 警察が用意した三カ所の広大な敷地に集められ、所持品検査および尋問、身元確認がなされた。四十歳以下の男子全員がドイツ本国の強制労働収容所、その多くは兵器工場に送られた。十七歳以上、二十五歳以下の未婚女性もやはり、東プロイセンに農場の女手として列車で送られた。身分証明書などに不備があった者、あるいは偽造証明書を所持するとか、戸籍関係や仕事、支持政党をきちんと説明できず、当人に関する嫌疑を晴らせなかったりした者は強制収容所行きとなった。四千名以上の男子、五百名の女子がいっさい救援の手がとどかないオシフィエンチム強制収容所(4)に送られた。

後になってわかったことだが、百名あまりのレジスタンス活動家がその際に検挙された。彼ら全員が、ひとりの例外もなく釈放されている。各人が本物らしき証明書を持ち、就労者であることも明らかにして、一市民としてのアリバイを提供したからである。すべての質問に、もっともらしいつじつまの合った答えを用意できたのだった。

ここで述べているすべては、あのポーランドにおいて、秘密活動に従事しようと決意した人々を理解するにあたって必要な背景、その状況説明である。レジスタンス構成員の生活はそれなりの見返りを与えられるが、その一部の者が味わわねばならない苦しみを考えれば妥当だろう。わずかながらも存在する恥ずべき対独協力者について述べるなら、まず彼らが第一に恐れるのはポーランド人である。自分たちの行動が軽蔑され、排斥されているのをよくわかっている。レジスタンスによる制裁を恐れなければならない。それにドイツ人たちは、その新参者たちにひどく限定的にしか信頼を寄せていない。対敵協力というものは、かならず相手からの不信感がつきものである。したがって、対独協力者はハンマーと金敷の狭間に寝かされているのだ[5]。
また一方で、積極的に反抗をしないからといって裏切り者とは限らないという点は強調しておくべきだろう。秘密組織に加わらなかったけれども勇敢で誠実なポーランド人は多数いて、もし彼らの役割が限定的だったとするなら、単に状況がそうさせただけの話である。そんな役割――レジスタンスを妨害することなど絶対になく、しばしばその活動を支援すること――を演じた人々の多くは、たいへんな苦しみと犠牲を強いられた。

わたしの家主婦人は、そういった人々の典型だった。どの秘密組織にも参加していなかった。というか、構成員になるのはそれほど簡単ではないのだ。組織が構成員に求めるのは、肉体的な強靭さと、与えられた使命を遂行するための時間の都合がつけられることであった。わたしのような独り者だと、どこに住もうが、どんな暮らしを強いられようが、組織のために自分の時間とエネルギーすべてを割くのは比較的容易だった。家族を持つ者のほとんどは、そんな偏った生活ができないのと、自分自身あるいは家族に対するドイツ軍の報復措置を思えばなかなかできない話だった。

ノヴァク夫人は、自分と息子の生活を維持するだけでそうとうな苦労をしていた。息子に食べさせるパンとマーガリンを求めて、連日のようにワルシャワ市内を走りまわった。小麦粉とハムを手に入れようと、田舎まで骨の折れる買い出しに出かけねばならなかった。戦争が始まったばかりの時点で、夫人は食べ物を手に入れるため、持っていたもののほとんどを売ってしまった。

その後、夫人は農家からタバコの葉を仕入れ、息子ジグムスに手伝わせて紙タバコに巻くと、それを闇市場で売るようにした。そのような活動とはべつに毎日の家事がある。台所の掃除とか、燃料にする木、それは木箱だとか壊れた家具さえ使うのだが、そんなことよりももっと、息子を元気に育て、教育のことも心配しなければならなかった。

夫人があるとき打ち明けた。「ぐっすり眠ってしまって、目が覚まされるのはきまって悪い夢なんです」

「昼間の仕事が一段落すると、睡眠薬でも飲まされたみたいに、わたし、眠ってしまうんですね。道路から聞こえる号令とか、呼び鈴の音、階段を上がってくる軍靴ですとか。すると、ベッドから跳びおきるのですが、激しい動悸なのに、血が凍りついたようなんです。怖いんです。その怖さといったら、あなたにはご想像もできないでしょうね。ベッドのそばに立ったまま、身動きひとつできないで耳を澄まし、ゲシュタポが入ってきて息子とわたしを引き裂こうとするのを待っているんですもの。何があっても、もういちど夫と息子を会わせてあげたい、もちろん夫が抑留先から帰ってくればの話ですけれど。ジグムスはいい子ですから……夫はほんとうにかわいがっていました……」

当初、わたしは夫人に何も打ち明けまいと思った。彼女は何も知らない方がいいのだし、心配させる必要もなかった。わたしたちの活動が、何も知らない家主たちを危険な立場にさらすような例はいくつもあった。しかし、それを避けるために活動を中断するわけにはいかないし、結局のところ、われわれもそれだけ危険を冒しているということなのだ。

ある晩、わたしはくたくたに疲れきって帰宅した。ノヴァク夫人はアイロンをかけ終わったところだった。ジグムスが宿題をしている台所で、大テーブルに座るようわたしを誘い、代用の紅茶をいれてくれ、わたしは味わってすすった。そして、ポーランド女性が家に人を呼ぶときに見せる笑顔、戦前よく見られたあのすてきなほほえみを浮かべ、夫人は一切れのパンにジャムを塗ってわたしに勧めた。

食べおわり、自然にわたしたちは話しはじめた。しばらくはワルシャワの状況とか戦争、ドイツ人のことが話題になり、そのうちに当然ながら、闘うような日々の暮らしや不安な夜、夫を心配していること、自分の運命がどうなっても、ジグムスの無事なすがたを夫に見せたいと切に願う気持ちなどを、夫人は語りだした。しまいには、あまりにも悲しい打ち明け話のせいで胸がいっぱいになり、夫人は泣きだしてしまった。それに驚き、幼いジグムスが怖がってしまった。少年の繊細な顔は青ざめ、母親のそばに駆けよって抱きしめた。

抱きあったままこらえていた悲しみがあふれてしまったかのように涙を流す、痩せて血色の悪い母子のすがたは、いかにも無力で哀れだった。同情の気持ちでわたしは胸がいっぱいになり、そのうえわたしのせいで、さらなる危険を冒させることの罪悪感をかみしめるほかなかった。自分の不用心を自覚しながらも、わたしは事実を知らせておこうと決意した。母親と大人だけの話があると説明し、ジグムスを寝に行かせた。

「でも、宿題まだやってないもの」少年は反論した。「ベッドで読んでいい？　クハルスキさんのお話が終わったら、ママは来てくれるんでしょ？」

夫人は少年を寝かせに寝室に向かった。

「お待たせしました」夫人はもどってきて、秘密を分かちあうような笑みを浮かべて言った。「何をおっしゃりたかったの？」

「組織の規則には違反することはわかっていますが、でもあなたには言っておかなくては、と思いました。ぼくはあなた方にとって危険な立場にいます、レジスタンスのメンバーですから。ここに書類や地下新聞、ラジオニュースのまとめ記事などがとどけられ、それをぼくは数日間ここに保管しておくことも頻繁にあります。ということは、あなたとジグムスを巻きこんでしまいます。これをあなたに言うつもりはありませんでしたが、さっきおふたりを見ていて、ぼくは引っ越しをした方がいいなと思ったんです」

夫人は立ちあがり、優しい笑みを浮かべてわたしに握手を求めた。そして、むしろ陽気な口調で言うのだった。

「ありがとう、ほんとうにありがとう」

それから息子が待っている寝室に入り、こう言っているのが聞こえてきた。

「ジグムス、こっちにいらっしゃい。お兄さんとは秘密のお話なんか何もありませんから」

少年は歓声をあげ、台所にもどってきた。隅の小さなテーブルに向かい、また宿題を続けた。母親はそのそばに腰をかけ、息子に宿題を中断するよう言った。

「ママは、このことをおまえに知っておいてもらいたいの。さっきクハルスキさんは、わたしたちが危なくならないよう引っ越しをするって、ママに言いました。レジスタンスに入っているんですって。わたしたちみんなの自由と、お父さんが帰ってこられるよう、戦っていらっしゃるのよ。もしお兄さんがドイツ人に捕まってしまったら、わたしたち親子もひどい目に遭わされるのではないか、心配なんですって。ジグムス、わたしたちは何とお答えしたらいいの？」

気詰まりな沈黙が一瞬訪れた。わたしは呆気にとられていた。わたしは、か弱い女性とその子どもの前で自分の正体をさらけてしまった自分がひどく愚かだったと思いはじめていた。ジグムスはとまどってしまったようで、母親とわたしの表情から、どういう答えを期待されているのか見極めようとしていた。母親の顔はといえば、勝ち誇ったように見えた。その視線は息子にじっと注がれ、満足と信頼とに満ち満ちている。

「さあ、ジグムス、何てお答えする？」彼女は言ってほほえんだ。

少年は立ちあがり、わたしのそばに来て、湿った手でわたしの手を握った。

「ぼくたちのことは心配しないでください」青く透きとおったあどけない目でわたしに視線を合わせて言うのだった。「行っちゃわないでください。クハルスキさんがドイツ人と戦っているのはわかってたんです。ママはぼくに何でも話してくれますから。それとママは、ぼくが秘密を守れるのを知ってます」

そしてつぎの言葉を言ったとき、少年の目が光り、わたしの手のなかで小さな手が震えた。

「ぼくは叩かれたって、何にも言いません。だから、クハルスキさん、ここでいっしょにいてください」

きっとわたしが当惑し判断に迷っているように見えたのだろう、というのは、少年は握っていたわたしの手をふいに放すと、まるでなだめすかすようにわたしの髪の毛をなではじめたのである。

母親が笑った。

「何もご心配はいりません。ジグムスのことですけれど、これもご心配なく。けっしてしゃべったりしませんから。たいていいつもはわたしといっしょですし、いずれにせよ、くだらないおしゃべりで、わたしたちを危険な目に遭わせるようことはありません。戦時下ですと、子どもは早熟になるんです」

わたしは何も答えなかった。

「あなたにはここにいていただきませんとね」夫人は続けた。「わたしとしても、気持ちが落ち着くんです。ここに住んでいただくことで、とにかくわたしもポーランドのために何かしているんだなという気持ちになれます。たいしたことではないですけど、わたしにはそれしかできませんし、そんな機会を与えていただき、感謝したいくらいですわ」

わたしは立ちあがった。

「おふたりの優しいご厚意に感謝します。これは言っておきたいのですが、ぼくはお宅にお世話になっていて、ほんとうにわが家のように感じています」

---

(1) シュハ並木通りといえば、それは市内中央の高級住宅街シュルドミェシュチェを突っきる道路で、市民にとってはゲシュタポの代名詞である。ゲシュタポがポーランド教育・宗教省の新築ビル内の二三番地と二五番地に本部を設置したからである。SIPO（Sicherheits-polizei 保安警察）が二三番地、ORPO（Ordnungspolizei 秩序警察）が二五番地に居すわっていた。

（2）ここでヤン・コジェレフスキは、ナチがポーランドで制度化した〈連座制〉について、その具体例、ワルシャワの町はずれで一九三九年十二月二十七日にあった〈ヴァーヴェルの虐殺〉を語る。あるレストランで二名のドイツ軍兵士が殺されたという理由で、近くに住む百七名の男子がとつぜん家から引きだされ、その場でＯＲＰＯ（秩序警察）によって銃殺されたのだ。この連座制はドイツ国防軍の指示で、九月一日より実施に移され、目的は銃後に紛れこんで陽動作戦を展開するポーランド人の戦闘集団の抵抗を粉砕するためであった。九月五日、ドイツ国防軍第十軍の司令官ヴァルター・フォン＝ライヒェナウはドイツ兵一名が死傷した場合、三名の人質を処刑するよう命じた。ずっとあと、一九四四年のワルシャワ蜂起でも、九月二十八日の蜂起終焉のあと、市をとりまく北のパルミリ地区、カバティの森、マグダレンカの森で連座制適用による大量処刑が行われた。

（3）一九四〇年夏のこの一斉検挙は、ヒムラーの指示により総督府内全土で実施されたＡＢ作戦（Ausserorden-tiche Befriedungsaktion 特別平定作戦）の一環である。三、五〇〇名もの政治指導者や社会活動家が逮捕され、ほとんどはただちに処刑された。ワルシャワでいえば、一九四〇年六月二十日と二十一日の両日で三五八名がパルミリにて銃殺に処され、なかに下院議長のマチェイ・ラタイや社会主義者で『ロボトニク（労働者）』紙の編集者のミェチスワフ・ニェジャウコフスキ、ワルシャワ市助役ヤン・ポホスキもいた。一斉検挙はその後も八月十二日と九月十九日にも行われ、ワルシャワからアウシュヴィッツ収容所への最初の輸送となった。《Władysław Bartoszewski と Michal Komar の証言（長時間インタビュー）》（Warszawa, Swiat Książki, 2006）。

（4）アウシュヴィッツ第一強制収容所は、ヒムラーの命令により、一九四〇年四月二十七日、オシフィエンチム郊外にあった旧オーストリア軍駐屯地を改造して開設された。当初、この収容所はポーランド総督府および上シレジア（ポーランド南西部、ドイツおよびチェコにも広がる）からのポーランド人を収容する予定であった。一九四〇年六月十四日、七二八人のポーランド人政治犯を乗せた最初の列車がクラクフに近いタルヌフの刑務所から着いた。なかに少数だがユダヤ系ポーランド人も交じっていた。一九四一年三月になるとヒムラーは、そこから四キロメートル離れたビルケナウに、新しくアウシュヴィッツ第二強制収容所ビルケナウをつくり、ガス室と焼却炉も整えさせた。

（5）　一九四〇年五月、レジスタンス組織の文民部門は亡命政府の名と指示の下に「侵略者をボイコットせよ」との指令を出し、翌年秋には、《公民倫理規範》を発行、いかなる「侵略者への協力」も禁じ、日常生活におけるその対処法を示した。

第7章 第一歩

わたしが秘密活動の鉄則と秘訣とに充分慣れてきたと見た指導部から、最初の任務を命じられた。ポズナンまで行かなければならないのだが、それに先立ち、けっして任務の内容を明かさぬよう宣誓をさせられた。端的に言えば、戦前かなり重要な地位に就いていたあるレジスタンス構成員と会い、かつて当人の部下だった者たちをレジスタンスに引きこめないか、その可能性について協議するというものである。役職柄、元官僚の当人およびその部下は、ドイツ人社会に広範なつながりを持っていた。レジスタンスにとって、彼の知見と潜在的な人脈は死活にかかわるほど重要だと考えられたのである。

わたしの移動については、恰好の口実が見つかった。当人の娘がわたしの〈婚約者〉となるのだ。ポズナンは、ポーランドのなかでもナチス・ドイツに併合された地域にある。そこの住民はドイツ国籍の取得を申請できる。(1) わたしの〈婚約者〉は、レジスタンス組織の了解のもと、その特典を行使してあっただけでなく、ドイツ姓を名乗っていた。わたしも同じようにドイツ姓を名乗った。ゲシュタポに対しては、わたしが会いに来るための許可を彼女が申請した。その理由というのが、わたしの「祖先と血統がドイツ人であるという自覚」を持たせるためであった。すぐに許可が下りて、わたしの最初の任務は、ドイツ当局庇護のもとで何ら支障なく遂行される。

問題なくポズナンに着いた。戦前からある程度は知った町だった。ワルシャワの西三百キローメートルに位置しており、ポーランドで最も古い町のひとつ、国家発祥の地であり、王国がヨーロッパの強大君主国のひとつとして登場してきた遠い昔からの町であると多くのポーランド人は考えている。地域人口の全体がポーランド人であり、百五十年間にわたって何度か試みられた住民のドイツ人化はずっと斥けてきた。最初の試みはプロイセン王フリードリヒ二世によるもので、若いポーランド人男子をプロイセンに送って王国陸軍の竜騎兵になるよう強制した。地域全体における影響力の拡大とドイツ文化を広めることに、王は全力を費やしたがむだに終わった。

その後、ビスマルクがポーランド人農民から土地をとりあげ、自国の農奴にする政策を進めた。ビスマルクの没後も、ポズナンをプロイセン化する試みは断続的になされた。そのぜんぶが失敗している。一九一八年、ポーランドが独立を勝ちとったとき、ドイツの影響を残すものすべてが消えて、住民は、ほとんど元のすがた、ポーランドらしさをとり返した。

そんなことを思いうかべながら、わたしはポズナンの通りを歩いていた。あれほど歴史的な伝統を残していた美しいポーランドの町が、まるでドイツの町のようなすがたを見せていた。店の看板、銀行や役所の案内、道路標識などどれもドイツ語で書かれている。街角ではドイツ語の新聞を売っている。ドイツ語の話し声しか聞こえない。たいていは、訛りというか、わざとそれと知れるように話すポーランド人のドイツ語で、それ以外の言葉は単語ひとつ聞こえなかった。

あとで知らされたのだが、ゲルマン化を拒否したポーランド人は、市内ほとんどの区域から追放されたそうである。場所によって、ポーランド人がひとりもいない区域もある。道路によってはポーランド人の立ち入りが禁止されているため、自由に歩きまわれるのは郊外ということになってしまう。数万人のドイツ人商店主や〈入植者〉が、〈本来的にドイツの町〉であるポズナンに住むように連れてこられた。どこを見ても国家社会主義ドイツ労働者党《ナチス》の党旗ハーケンクロイツがはためき、どのショーウィンドーにも大きなヒトラーの肖像写真が飾ってある。

無数のドイツ兵が繁華街をガチョウ足行進しているのを見ると、無性に腹が立った。なぜなら、いくら先入観などなくとも、もし真実を教えてあげなければ、今わたしの眼前で起きていることを見る者は、ポズナンを「なんとドイツ的な町か」と思うにちがいないからだ。わたし自身が戦争前に知っていた町とはとうてい思えないほど、数カ月のあいだに町は様変わりしていた。

偽装に念を入れるため、わたしはこの任務の期間中、ある実在のワルシャワに住むドイツ系ポーランド人の身分証明書を持たされた。当人は一カ月前フランスへ逃れ、家族もワルシャワの元の住所からすがたを消していた。わたしは〈家族〉についての情報をすべて暗記した。したがって、わたしは——アンジェイ・フォグストとでもしておこう——となった。そして、ヘレナ——姓はズィーベルトとしておく——の家に向かった。彼女が、ポズナン、つまりドイツにおけるわたしの身元保証人である。

もしゲシュタポがフォグストなる人物の身元を調べたとしても、その偽装工作は露見しなかったと思う。きちんと福音派教会区の信徒台帳に名前があり、記入事項もきちんとしている。彼のいたアパートには、現在、遠縁の親戚家族が住んでいて、当人のことをよく知っており、尋問された場合もどのように答えたらいいか教えられていた。ポズナンにいるわたしの〈婚約者〉ヘレナも、その住所に手紙を書いてきた。フォグストは、理髪店用機器を扱う会社に勤めていて、顧客の理髪店から戦争で高騰した髪の毛を買いとる商売もする。ポーランド総督府内のどこにも移動が許される書類を持っていた(2)。

今はポズナンに行き、優しい〈婚約者〉から、彼もドイツの出自であると説得されるのを待つだけ、フォグストの生活はすべてが順調にいっている。その筋書きにもまったく問題がない。というのは、彼の祖父が確かにドイツ人で、結婚してワルシャワの富裕階級の仲間入りをして以来、ポーランド人になりきったという経緯があるからだ。これでわかるように、わたしの任務は、組織によってリスク・ゼロとなるくらい万全に準備された。けっしてインテリたちの空理空論などではなかったのだ。

目的地に着いて、〈婚約者〉に会いに行った。黒い髪の、とてもおとなしくてきれいな女性だったから、聞かされていたように、ヘレナがレジスタンス組織内でも最も勇気のある有能な闘士のひとりだとはなかなか信じられなかった。任務で会わねばならない人物との待ち合わせまで時間があり、古風な家具で飾った広い部屋で、わたしは彼女としばらくのあいだいっしょにいた。ポズナンまでの旅の話をしてから、わたしは思いだせるかぎり、最近ワルシャワで起こった出来事を教えてあげた。そのあとヘレナも、ポズナンでの出来事を話した。市内に何かを持っていた知識人ほか多くの人々は、全員町から追いだされた。ナチス・ドイツに併合された地域は、どこもそのような目に遭ったということだ。とどまってもいいと許可されたポーランド人とは、ドイツ人になると自己申告した者か、あらゆる権利の剝奪に甘んじて暮らす者だけである。後者の人々が味わうことになる屈辱感たるや、考えられる限度を超えているという。ドイツ人には挨拶をし、道路では先を譲り、自動車や路面電車に乗るのは禁止、自転車を持つことさえ許されない。法律による保護は受けられず、動産と不動産などすべての資産はドイツ当局に供出しなければならない。

そんな話をするにも、ヘレナは個人的にはまるで関心のない歴史の本でも読むかのように、ひどく落ち着いた口調で話すのだった。レジスタンス構成員の多くは、身近に関わる問題でも感情を交えずに突きはなして考慮するよう、学習するものである。ひとつの問題にとり組むにあたって最善の方法は、自分の気持ちがどうであれ、医師が手術台に向かうときのように客観的に対応することであり、そして自分の計画を沈着冷静に遂行する。

新米ではあったけれど、わたしも同じような口調を試みた。だがすでに、ポズナンで目にしていたものがあったから、わたしの頭は冷静さとか客観性とかとはほど遠い状態にあった。

当地域における生活条件について彼女が話しおえたとき、ではどのようにすればそれを変えられるのか、とわたしはヘレナの意見を求めた。

「解決方法はひとつだけ」彼女は始めた。「ポーランドを侵略してわたしたちを苦しめた連中に対し、ドイツ軍の敗退後ただちに、断固とした国民大衆による恐怖政治で応じなければいけないと思う。〈入植者〉たちには、あの連中がポーランド人に対して行ったそのままのやり方で返してあげるだけ。つまり、武力追放ね。絶対に妥協は許されない。そうしなければ、ポズナンやほかの地域の〈脱ゲルマン化〉は行き詰まってしまう。交渉、そのあとは住民投票、戦争賠償、損害賠償、資産回収などに話を向けたがるに決まっている。幻想を抱くのはやめましょう。状況はますます悪くなる一方、それを変えられるのは過激な大衆による恐怖統治しかありえない」と、美しいその繊細な女性は言うのであった。

慎重に言葉を選ぼうとしているのは明らかだった。しかし、とても落ち着いているように見えても、爆発しそうな感情を抑えているのが感じられる。ドイツ人への憎悪が深いその分だけ、彼女は祖国を愛しているのだ。冷静さを失わず、震える唇からしか彼女の心の動きは伝わらない……。そんなに主体性の強い考えを持っていて、はっきりとした目的のために、名前だけとはいえ、いかにしてドイツ国籍を取得するような気持ちになれたのだろうか、とわたしは思いめぐらさずにいられなかった。

「質問を許してもらいたいのだけど……」遠慮がちにわたしは尋ねた。「ドイツ国籍をとったのは、どういう理由なんです？　そうしなければ祖国ポーランドに献身できなかったということかな」

「まったく不可能だったでしょうね。あなた方のように、ポーランド総督府の管轄地域に住んでいる人たちとは、根本的に違う状況のなかにいて、やり方にしてもあなた方とはまったく違っています。ここナチス・ドイツ地域では一般的に、ポーランド人、とくに知識人は〈法律上〉存在しないんです。つまり、ここにとどまり、働くためには、それが唯一の方法だったわけね」

「ポーランド人愛国者の多くがドイツ人になって届け出ているということですか？」

「正直に言いましょうね。あなたには答えなくてはいけませんから。いいえ、残念だけどそうではないんです。わたしの父ですけど、田舎に隠れています。ドイツ人として登録したくないからです。登録すれば政治的協力を強制される。どんなことがあっても、それだけはできない。愛国者であって同時に非妥協的だと、多くの点で実際の損害が出てくるものです。ナチの遣り口に対抗して戦おうとするなら、誠実さとか名誉、そんなものはぜんぶ忘れてしまわなければならない。九月だったけれど、ドイツ系住民《フォルクスドイチェ》が集団で寝返りました。武器をポーランドに向けたんです。ですから、ポーランドの将来がどういうかたちになっても、けっして国内にドイツ人を住まわせてはいけない。あの連中はドイツに対してしか忠誠を誓いません。わたしたちはその事実を見たのです。ほんの何名か、情けないポーランド人がそれを見習いました。ポーランド人愛国者のほとんどは、まず例外なく、ドイツ人として戸籍登録することを頑強に拒んだのです。そういうわけで、間もなくこの地方にはポーランド人がいなくなってしまいます。何があっても、追放されてしまってはいけないの、たとえフォルクスドイチェあるいは本国ドイツ人《ライヒスドイチェ》にならなければならないとしても」

彼女が事実を言っているのは明らかで、わたしはしだいに同調する気分になっていた。多大な犠牲を覚悟でドイツ国民になるのを頑なに拒む独立推進派、その彼らを非常に敬愛しているにもかかわらず、その点については妥協した方が巧妙である、とくにわたしたちが目指すような活動を企む者ならば、とわたしを納得させたのだ。それがわかったのだろう。

「わかっていただけたみたいね。占領から二カ月で、ドイツ軍は併合地域のポーランド人四十万人を総督府下の占領地域に移住させたんです」

「どういうふうに？」

「たいしてむずかしいことではなかった。ドイツ人になるのを拒否した中流世帯の人たちを予告もなしに拘留しました。農民と労働者、職人たちは、二時間以内に家を出るよう言われました。各人五キログラムの食料、それと衣服を持って出てもいいと言われたんです。家はお掃除をして、つぎに住むようになるドイツ人、この人たちに財産すべてをあげてしまうんですが、出迎えをしなければいけない。警官が子どもたちに命じて、花束を作らせ、やってくるドイツ人植民者たちに対する歓迎の気持ちとして、テーブルの上とか玄関口に置かせるというようなこともよくありました」

わたしが待っていたヘレナの父親が現れ、わたしたちの会話は中断された。父親によって、ヘレナから聞かされた状況説明とその分析は確認された。父親がわたしを別室に連れて行きふたりだけになると、わたしは上官から命じられた質問を伝えた。

彼が答えた要点は、該当する人物たちがレジスタンスのために働く用意はできているが、その活動範囲はナチス・ドイツへの併合地域内ではなく総督府方面になろう、ということだった。当人たちは、国境を越えるための支援を待っていた。

ワルシャワにもどり、わたしは秘密本部に赴いて報告をすませたあとアパート(3)に帰った。

ノヴァク夫人は無事なわたしを見て喜び、息子といっしょになって、まるでわたしが最前線から帰還したかのようにまぶしそうな視線を向けてきた。じつを言えば、今回の任務に伴う危険はひどく限られたものだったのだが、それでもわたしは自分がほんとうにレジスタンス組織に加わり、もう見習い期間を終えたのだという実感を味わった。

（1）一九三九年十月八日公布の政令にて、ヒトラーは十月二十六日付けでポーランドのポメラニアとポズナニア、上シレジアの各県および、リッツマンシュタットとドイツ名に変えられたウッチとその県の大部分、クラクフの西部、マゾヴィア、そしてスヴァウキ地方をナチス・ドイツに併合した。こうしてドイツは、一八一五年のウィーン会議以降プロイセンが旧ポーランド領内に一九一八年まで有していた領土を二倍に増やした。したがって、ポズナンはアルトゥール・グライザーに統治されるナチス・ドイツ大管区ヴァルテラントに属するようになった。ヒトラーは『我が闘争《マイン・カンプフ》』のなかで「土地はゲルマン化できるが、人間はむりだ」と述べた。ヴァルテラントは、ポメラニアや上シレジアと同じように急速なゲルマン化が進められ、ドイツ人植民者のためにポーランド人（ユダヤ人も）所有地が収用され、住人も追放（一九四〇年春までに四十万人）された。ポスナニアでは一九三九年の時点ですでにドイツ国民名簿〔Deutsche Volksliste、住民をドイツ系と非ドイツ系に分け、ドイツ系をさらに四段階に分類する制度〕を法制化し、ゲルマン化をより効率的に進めた。これは、一九四一年三月を期限とし、ドイツに併合された全地域に適用。ポーランド人で、自分がドイツ系であることを証明でき、かつそれを望むなら、彼らはドイツ系ポーランド人、またはフォルクスドイチェ〔本国ドイツ人（ライヒスドイチェ）との対比で民族ドイツ人ともいう〕となれる。そしてナチス・ドイツ当局はそれからしばらくすると、シレジアに住むポーランド人にそのフォルクスドイチェの身分を強いるようになる。

（2）ポーランド総督府あるいはＧＧ（**Generalgouvernement**）は、ヒトラーによる一九三九年十月十二日付けの政令で定められた広さにして九万五、〇〇〇平方キロメートル、一、一八六万三、〇〇〇名の人口、内九七九万二、〇〇〇名のポーランド人、一四五万七、〇〇〇のユダヤ人、五二万六、〇〇〇のウクライナ人、六万五、〇〇〇のドイツ人を擁する占領地域である。ポーランド国民としての主権や自決権などいっさいなく、クラクフとワルシャワ、ルブリン、ラドムの四地域に分けられ、ドイツ人だけの行政機関がこれを治めた。その最高位の総督には法律家でNSDAP指導者、本国政府の法務大臣ハンス・フランク（一九〇〇〜一九四六）が就任、クラクフの王宮ヴァーヴェル城を官邸としてそこに住み、総督府全体を一時的に〈劣等人種〉のための〈抑留所〉に変えるため専念する。一九四一年七月、ソ連への侵攻が成功裡に終わったことで、総督府に第五番目の地域が加わった。それはガリツィアであり、サン川と一九三九年九月一日時点のソ連国境とに挟まれた旧ポーランドの県三つ、ルヴフにタルノーポル、スタニスワヴフである。かくしてポーランド総督府は、面積にして一四万五、〇〇〇平方キロメートル、一、七六〇万の人口、内一、一四〇万のポーランド人、四〇〇万のウクライナ人、二一〇万のユダヤ人、そして主に一九三九年以降に移住してきたドイツ人を抱えるようになった。

（3）ヤン・コジェレフスキに今回この任務を与えたのはほかでもない、実兄のマリアン・コジェレフスキであり、ほぼ同じ目的でウッチやヴィリニュス、クラクフ、ルヴフにも行っているが、それはマリアン個人が構築した組織網〈ＰＯＬ保険会社〉のためであった。このことは、一九八七年のスタニスワフ・Ｍ・ヤンコフスキによる取材で明らかになった。前出の *Stanisław M. Jankowski, Karski, Raporty tajnego emisariusza* 参照。

第8章 ボジェンツキ

ポズナンからもどってはじめて、秘密組織をほんとうに理解できるようになった。ジェパルトフスキがメンバーの何人かを紹介してくれたのだが、それで何かが変わったわけではない。ひとつの決まった役目にはいっこうに就けず、たえず連絡を密にしておこうというわたしの努力も効果を現さなかった。単発的であまり複雑でない任務しか与えてもらえなかったのだ。原因はその一九三九年末、レジスタンス運動が構造的な問題を抱えていたからである。後の複雑な構成を見せる組織とはほど遠かった。当時、まだ中央機関はひとつもなく、無数の集団および地方の組織網がそれぞれ独自に行動していた。事実、いくらかの想像力と志、積極性、加えて大いなる勇気さえ持っていれば、だれでも闘争に身を投じることが可能だった。それら集団には、名称や目的がしばしば奇想天外なものもあった。〈復讐者たち〉とか〈復讐の手〉、〈神の審判〉というような名称である。その行動方針だが、古くさいテロ活動から宗教的神秘主義まであって、政党的なものならすべてそろっていた。ポーランド人は陰謀とか秘密をたいへんに好む傾向があるから、時局はまさにうってつけだったのだ。彼らの多くは、戦争が短期で終結すると考えていて、自分たちの集団がポーランド国家再興のおりに決定的な役割を果たすだろうと期待していた[1]。

そんな自然発生的な動きや混乱のなかに、それでもいくつか堅実に組織統合を目指す集団が現れた。なかでもいちばんしっかりしていたのは、ドイツの占領によってもまったく揺るぎを見せなかった旧政党である。組織統合の原則は、同時に国内と国外に及び、一方で、ポーランド国内の各非合法活動組織とフランスに存在していたシコルスキ将軍率いるポーランド政府[2]との関係を強化すること、他方では、共通の脅威に対して各政党が接近することである。第二の組織が構築されるが、それは軍事機構だった。当面の目標は、ちりぢりになったポーランド軍の残党を結集させて強力な軍事組織[3]にすることだった。

わたしに第二の任務を命じたのは、統一実現に向けて最も積極的に動いていた国民民主党[4]である。わたしがソ連占領下のルヴフに行き、そこでいくつか命じられた任務を遂行、それからフランスに向かい、パリおよびアンジェの在仏ポーランド政府と連絡をとるという段取りだった。首相シコルスキ将軍は、ポーランドの全青年男子に対し、フランスで再編中のポーランド軍に合流する努力をするよう命令を出していた。その命令はとくに、航空機操縦士と整備士、水兵、そしてわたしも該当する砲兵を対象としていた。もしわたしがフランスまで行けるなら、将軍の命令と、レジスタンスから命じられた任務遂行との両方をなし遂げられるだろうと思っていた。

そのころちょうど、ポーランド国内の政党と在フランス政府は、関係をより強固なものにしようと望んでいた。政府としては、占領下にある国民の支持が必要だった。国民を代表する政党の方も、自分たちの見解が連合国の会議でとりあげられるためには合法的な政府を必要とした。発言が許されるのは、亡命政府をおいてほかになかったからだ。

ポーランドとフランスのあいだを行き来する密使たちのおかげで、両者間の協力関係が確立された。各政党は、それぞれの委員を指名して、アンジェにある亡命政府に届け出なければならない。委員は、シコルスキ内閣の一員でもいいし、あるいはすでにフランスにいる党の指導者もしくは党員でもよかった。そのようにして、国民民主党をはじめ、農民党や社会党、キリスト教勤労党の政治勢力は政府に対する影響力を行使できる可能性を手に入れた。そして、占領下のポーランド国内においては、その複数政党が連立政府代行機関を設けた。その連立機関を通じ、亡命政府も国内への影響力を発揮できるようになり、それがこんどは連合国に対する立場の正当化になるというわけで、亡命政府は単に見せかけではなく、占領下のポーランド情勢を遠隔コントロールする政権機関となった。

ワルシャワでは、一九三九年九月の深く記憶に刻まれた首都防衛戦[5]のあと、政党間で部分的な協定ができあがっていた。意見の相違を乗りこえ、彼らが首都防衛軍の指揮下にそろって入ったときの徹底した犠牲的精神と規律はみごとなものだった。

わたしのルヴフへの任務には二重の意味があった。第一に、ルヴフにおいても同じような各政党間の合意を得られるようにし、第二に、そのように創設された組織とワルシャワのそれとが緊密な関係を築けるようにすることだ。わたしがドイツ軍による占領の状況をルヴフの地元指導者たちに伝え、彼らからはルヴフ一帯のソヴィエトによる占領に関する情報を得た後、わたしは在仏亡命政府にそれらの報告をするためフランスに向かう予定だった。

それをわたしに命じたのは、レジスタンス運動のなかでも卓越した指導者ボジェンツキだった。戦間期ずっと内務省の要職にあった人物である。(6) 一九二六年五月のピウスツキ元帥によるクーデター後は中枢から遠ざけられ、野党に転じていた。たいへんに広範な交友関係を持つ弁護士としてよく知られ、有名法律事務所に所属していた。戦争前から話に聞いたことはあっても、わたしは個人的には知らなかった。まだ彼が本名のままで自宅に住んでいると知らされ、わたしは驚いたくらいだった。六十歳くらいで背の高い、痩せた男だった。わたしについてずいぶん立派な話を聞かされていたにちがいない、ボジェンツキはひどく丁重にわたしを迎え入れた。本人確認ということで、わたしは持たされていた新聞記事を出す。それはふたつに裂かれ、わたしの分は閉じた封筒に入れてあり、残りをボジェンツキが持っていた。封筒を差しだすと、彼は無言のままそれを受けとって隣の部屋にすがたを消した。すぐにもどってきたとき、笑いを浮かべて言った。

「ふむ、まちがいない、会えて嬉しい。きみの任務の目的は知っている。ルヴフに行き、それからフランスに向かうんだな」

わたしはうなずいた。わたしに座るよう勧めるそのしぐさには、あとで非常に複雑な問題にとりかかるまで、一瞬でもごくふつうの社会人同士のように振るまおうとし、その了解を求めるような感じがあった。夫人と子どもたちは田舎に避難させ、ひとり暮らしをしているが、うまく切り盛りしているのだ、とボジェンツキはかなり上機嫌に語った。紅茶をいれて、いっしょにビスケットも出してくれたが、パリッとした新鮮なものとはほど遠かった。

「なぜひとり暮らしでも平気かというと、母とボーイスカウトのおかげなんだな」彼は続けた。「小さい時分から、料理をしたり靴を磨いたり、ボタンつけなんかを覚えさせられた。だから家族と離れて暮らしても、自分の面倒くらいは見られる。それに、家族がいないので嬉しいくらいだ、捕まっても犠牲になるのはわたしだけだから」

ボジェンツキは、そのざっくばらんなもてなしにより、はじめての客でもすっかりくつろいだ気分にさせてしまうような人物のひとりだった。

「ちょっと言わせていただきますが」わたしは言った。「ストーブの炊き方は習わなかったんですか?」

「手厳しいね」ボジェンツキは非難めいた口調で言った。「だが、きみは間違っている。ここが寒いと言いたいのだろうが、これでいいのだ。慣れておかないと。占領下で何回冬を過ごすのかわからないだろう。戦争が長引けば、燃料は乏しくなる」

実際、アパートのなかはひどく寒かった。そしてふと気づいたのだが、ボジェンツキは上着を着ていたし、わたしも外套を脱ごうと考えもしなかった。彼がわたしを知っている以上に、わたしもボジェンツキのことはよく知っていた。彼の活発な地下活動についてだけでなく、在フランス亡命政府との接触を試みていることや、ポーランド・レジスタンス運動の組織化を目指しての尽力についてもよく聞かされていたのだ。

「実名のままここに住んでいるというのは、不用心ではないですか?」わたしは聞いた。

ボジェンツキは肩をすくめた。

「今日のような状況では、何が用心深くて何が不用心なのか判断するのはむずかしいね。わたしの例で言うと、わたしはワルシャワでかなり知られた顔だから、偽名を使ったりすると、かえって怪しまれる。届け出てある住所にはなるべくいないようにして、目立たないべつの場所に住んでいる」

「効果はあるのですか？　あなたが、ある日、レジスタンスと関係ありとゲシュタポに疑われてしまったら、尾行されますよね」

「それはそうだが、わたしの方でも対策はとってある。かならずわたしのあとをつける者を手配してある。その彼らが尾行を察知したときは、わたしも偽名を使うようにするつもりだ」

「でも、もしあなたを路上で逮捕するつもりならば、間に合いませんよ」

「確かに。しかし、砂糖を呑みこむくらいの時間はあるさ」

そう言って、長い指の骨ばった手を見せた。奇妙な形の紋章入り指輪が人差し指に光っている。左手でどこかを押した。指輪の頭部が開くと小さな穴があって、なかに白い粉が詰まっていた。

「メディチ家とボルジア家が窮余の策としてこれを用いていたと読んだことがありますが、ワルシャワでお目にかかるとは思ってもみませんでした、映画以外では」わたしは言った。

「驚くにはあたらない」彼も落ち着いて応じた。「つまり、人間は変わらないということだ。必要性が似ていれば、やり方も似てくる。獲物がいれば、かならず猟師――人間を憎み、世界を支配したがる者たちがいる。レジスタンスに加わってからあまり長くないようだね」

「ええ、参加したばかりです。構成員になれて誇りに思っていますが、こういう仕事はぼくに向いていないと思います」

「どういう仕事なら向いているんだね？」ボジェンツキはいくらか皮肉っぽく聞いた。「戦争前は、何になりたかったんだ？　いつも何をしていた？」

「学問にかかわる仕事に就きたいと思っていました。とくに人口学と外交史に興味があります。博士論文を書きおえることはできなかったんですが、でも落ち着いて科学の研究に没頭している方がまだ好きですね」

「まさに夢物語だ」彼は言った。「きみを月世界に送りとどけてくれるロケットが発明されるまでは待てないのだろうね。あそこだったら、落ち着いて科学の研究ができたろうに。どうも神は、ポーランド国民が平安のうちで暮らしたがっているのをご存じないようだ。だが、われわれはヨーロッパに住んでいるから、ヨーロッパと運命を共にしなければならない。いつか平安な学究生活を送りたいと思うのなら、われわれは戦わねばならないのだ。最も混乱した一大陸の、それも強大で猛禽のような隣人たちに挟まれた最悪の場所に、神はわれわれを住まわせたもうた。何世紀にもわたって、われわれは生き残るためだけに戦ってこなければならなかった。父祖の地をとりもどしても、すぐにまた攻撃され身ぐるみはがされる。ポーランドは呪われているのではないのか。では、どうすればいいのか！　生きたいのなら、戦わなければならない。どうもわれらが創造主は、われわれポーランド人に不運を与えるだけでなく、どうやっても根こそぎにできないような祖国への愛、国土と同胞、自由への愛を植えつけてしまったようだね」

ボジェンツキは、わたしがあたかもポーランドの敵の代表であるかのように、鋭い視線を向けてきた。ふいに背を向け、せわしげに後ろ手を組んだりはずしたりしながら、部屋のなかを歩きだした。ふたたび椅子に座ったときは、もうだいぶ気分も落ち着いたようだった。力強く、だが秩序立てて、わたしの任務についての指示事項を述べはじめた。

正確無比、細部にわたる話し方は、超然とした指導者が部下に接するときの威厳に満ちていた。とはいうものの、わたしを見つめる目にはどこか親身に思ってくれているようなところがあり、ときどき眉をしかめるようすは、まるで怒ったふりをして息子に反省を促す父親のようである。時たま話を中断して紅茶に口をつけるが、すっかり冷めてしまっていた。

「はじめに言っておくが、たいていのことはきみしだいなんだ。それをよく覚えておくといい」ボジェンツキは力をこめて言った。「わたしたちのこの会話を、ルヴフで会う人間に可能なかぎり正確に復唱するようにしたまえ。そのあと、フランスに行ってわが国政府、ほかにもこれを報告する必要のある者に話すときも同様にだ。主に相手の注意を促さなければならない点は、国の存続とその法的および倫理的特性、つまり闘志をもし維持できるなら、われわれの大義はまだ失われていない、そこなんだ。レジスタンスの目的とはまさにそこにある。フランスのアンジェにあるシコルスキ内閣は、われわれレジスタンスを守り、この戦争においてわれわれの権利を保護し、われわれの前で責任ある立場に立ってくれなければいけない。それが基本的な条件であり、敵との効果的な戦いにわれわれを導く唯一の希望でもある」

そこでしばらく考えてから、一段と感情をこめ、持論を続けた。

「主要な点を述べるから、しっかりと頭に入れておいてもらいたい。第一点、われわれはポーランド占領がまったく非合法な行為であると考える。ドイツ占領当局の駐留は不法であり、正当性が認められない。第二点、ポーランド国は継続して存在し、ただ状況に対応した存続形態をとる。水面下に潜伏したのは偶発的事情によるもので、そこに何の法的な意味はない。その国権は実質的効力を持つ。第三点、われわれは占領当局に協力するいかなるポーランド政府の存在も認めることはできない。裏切り者が出現すれば、われわれは処刑する」

ボジェンツキがつぎのシニカルな言葉を言ったとき、口許にかすかな笑いが浮かんだように見えた。

「ポーランド領土内ではドイツ人を殺す方が容易なんだ、ポーランド人を殺すよりもね」

シニカルというより、長年の経験がそれを言わせているのだろう。ボジェンツキは会話の節々で沈黙し、自分の言葉が与える効果を観察し、わたしの能力を測っているようだった。

「政府は外国にあって、自由だし安全だ」彼は続けた。「その自由と安全を使いこなし、われわれの権利と利益を守るのが彼らの役目だ。それは、敵であるドイツとソ連から守るだけでなく、味方の……連合軍とだって同じことなんだ。忘れてはいけないのだ、いいかね、ナチス・ドイツ相手に戦うという主要任務は、ここでわたしたちがやっている。最後の血の一滴まで振りしぼって戦うのもわれわれなのだ。《ロタ》が謳うように。(7) 政府の庇護に対して、わたしたちは忠誠と全面的支持を保証する」

ボジェンツキは立ちあがるとまた歩きだし、両手をこする。寒さで青くなっていた。わたしもひどい寒さに襲われていたが、ボジェンツキが展開してみせた白熱の状況分析のおかげで、そんなことを忘れてしまうくらいだった。この痩せて猫背の人物をあらためてよく見ると、なぜかとつぜん病弱な老人のように思えるのだが、その華奢な身体がうちに秘めている確信と強靱な意志、不屈の信念にわたしは目がくらむ思いだった。

わたしは、ドイツ軍の徹底弾圧が荒れ狂っているさなか、複雑で巨大な国家再建事業などほんとうに可能だと思っているのか、と聞いてみた。ボジェンツキは肩をすくめた。

「そんなことわかると思うか？　やってみようじゃないか。レジスタンス運動は、占領者による抑圧に対する単なる抵抗などより、もっと発展したものであるべきだ。ポーランド国家の延長線上にある公式の存続形態であらねばならない。政治活動は続けられるべきで、それは絶対的自由な環境でなされる」

驚いているわたしに気づいてくり返した。

「そう、絶対的自由な環境においてだ」

「しかし、どうしてあなたは自由について話せるんです？　だってドイツ軍はいっさい政党なんて認めませんよ」

「当然だ。ドイツ人は何ひとつ許さないだろうし、われわれは何ひとつ許可を頼んだりしない。彼らがいないものとして、ことを進める。彼らがいることで、こちらの態度を微塵でも変えることなど絶対に許されない。秘密裏に行動するのだ。わたしが話しているのは、レジスタンス運動においての自由についてなんだ。各政党は、秘密国家において自由に公民権を行使する。その条件として、当然ながら、占領勢力との闘争と民主主義ポーランド再建のために尽くすことを誓う。これも条件となるが、ポーランド政府の正当性と、生まれつつある秘密国家の権威を認めなければならない」

「しかしですね、結果的に各集団が勝手にドイツ軍と戦うことになってしまうのではないでしょうか」わたしは反論した。「ということは、われわれの戦力は分散され、弱まってしまいます」

「そうとも限らない。レジスタンス活動は調整されるだろうし、三つの主要分野に分けられるんだ。まず秘密の行政分野があって、ドイツ軍から住民を保護し、後日の清算のため、ドイツ人による犯罪をすべて記録しておくほか、ポーランド解放に備えて行政の枠組みを準備する。そして、最も重要な点が残っている！」

ボジェンツキの口調はだんだんゆっくりとなり、念を押すたび、人差し指でテーブルを叩くようになった。

「レジスタンスには軍隊が必要だ。敵に対するすべての軍事行動は、軍の最高司令部の指揮下に置かれるべきである。軍は、国民の政治性および社会性を忠実に反映し、それに基づいて編成されなければならない。そういう軍を組織する構成集団が各自の党本部と接触を維持するのは許される。しかし組織中枢の統帥権は、軍の最高司令部に帰属させねばならない」

大胆だが複雑な構想を聞かされ、おそらくわたしがその成否に半信半疑のようすを見せていたからだろう。ボジェンツキはわたしを安心させるかのように、すぐ言葉を継いだ。

「きみが不安に感じるのも無理はない。これが複雑でたいへんに影響力を持つ計画であるということは、われわれもわかっているんだ。だがね、その実現が不可避であるというのも自明なのだ。こんどの戦争では思いがけないことが起こるかもしれない。もしかしたらわれわれの計画は、ほかの国でレジスタンス運動を立ちあげる際の前例となるんだ。ともかく、ドイツ占領地域におけるポーランドの各政治集団はこの計画案に賛同した――ということは、ソヴィエト占領下の地域もそれに倣うべきだろう。もちろん、アンジェのポーランド政府もそれに従ってくれなければいけない。いずれにせよ、この計画については、きみにも大筋だけつかんでもらう。詳細はきみに伝えない。それをパリとアンジェに伝える任務には、ほかの人間を指名することになっている。ということでわれわれの大問題だが、あまり好奇心を燃やさないでくれると助かる」

わたしの肩に手を置き吐息が感じられるくらいに顔を近づけ、笑みを浮かべながらボジェンツキは言った。

「だからといって、きみに信頼を寄せていないということではないのだ。とくにここ最近、知りすぎることが最も危険になっている。われわれの多くは、たとえばわたしもだが、その重圧に喘いでいるような状態だ。しかたあるまい」

自分の言葉を打ち消すように背筋を伸ばし、指輪をもてあそびながら、わたしを見つめて言った。

「では、きみの任務の細部を具体的に見てみよう」

説明は一時間近くも続き、ボジェンツキが秀でているのは単に策謀だけでなく、込み入った政治の世界や組織戦略についてもよく通じているのがわかった。その作戦は単純だった。わたしは、あるワルシャワの製造会社が独ソ国境にある事業所にわたしを転勤させるという内容の証明書を手に入れる。証明者は本物で、占領軍が旅行者の所持品を頻繁に検査することを考えれば、それは不可欠である。居住地から百五十キロメートル以上離れる場合、占領当局からの許可が必要になるからだ。

独ソ国境の近くで、わたしをソヴィエト占領地区に潜入させてくれる人物と連絡をとる。その案内人はユダヤ人だそうで、われわれのレジスタンスと協力しあうユダヤ人組織(8)の一員であり、主にナチス・ドイツ占領地域からソ連側に亡命するユダヤ人を助けることを任務としている。ドイツ占領下のポーランド総督府では、すでにユダヤ人に対する恐怖政治が始まっていた。おそらくわたしは、ユダヤ人のグループといっしょに国境を越えてから、最寄りの駅でルヴフ行きの汽車をつかまえることになる。ソヴィエト兵が客車内で所持品検査をしないとの情報はとどいていた。ルヴフに着いたら、わたしはある住所に行き、合い言葉で本人確認をする……。

細部をぜんぶ煮詰めてから、ボジェンツキが鋭い視線を向けた。

「わたしたちがきみに期待していることはすべて言ったつもりだ。こんどは、きみがわれわれに望めることを知っておいてもらわねばならない。きみが案内人に会える前にドイツ人に逮捕されてしまったら、われわれは何もできない。自力でなんとかしたまえ。案内人と会ったあとならまだ望みはある。捕まった場所と時刻が報告されるだろうから、われわれはできるかぎりのことをする。ただしその場合でも、忍耐強く待たねばならない。ソ連の警察に逮捕されたのだったら、切りぬけられるチャンスはかなり多いだろう。ナチス・ドイツから逃げてソ連統治下の地域を選んだ、と彼らに説明すればいい。それでうまくいくと聞いている」

「これ以上綿密には準備できないと思います」わたしは感想を言った。「可能性はすべて予測したのではないでしょうか」

「すべてを予見するというのは無理だね、とくに最近は」ボジェンツキは頭を横に振りながら言った。「できることをやるほかない。われわれ全員が幸運であると信じこむほかない、程度問題だが」

わたしたちは礼儀正しく握手をして別れた。

ボジェンツキの予見は、そのほとんどが実現される。わたしのルヴフへの任務は何の支障もなく遂行された。六カ月後、レジスタンスは彼が説明したとおりに組織化された。彼が唯一予見していなかったのは彼自身についてのことだった。

一九四〇年二月末、ボジェンツキはゲシュタポに捕まった。隠し持っていた毒薬を飲もうとしたが間に合わなかった。何度も監獄を変えられ、残忍な拷問を加えられた。何日も何日も殴られつづけた。骨はほとんどどれも、つぎつぎに医学的緻密さで折られた。打ちつけられる鉄棒のせいで、背中はもう血みどろの肉塊にしか見えなかった。ひとりの名前も告げず、ひとつの秘密も暴かなかった。ナチは彼を銃殺した。

しばらくしてナチの新聞に、ひとりの向こう見ずなポーランド人がナチス・ドイツへの不忠誠の罪で軍事法廷により死刑を宣告された、という記事が載った……。

（1）　ポーランド・レジスタンス組織を専門とする歴史学者トマシュ・ストジェンボシュがドイツによる占領開始からの二カ月間（一九三九年九月と十月）を研究した結果、元国家上層部の息のかかった軍事集団が四十以上、文民関係のそれが六十以上も占領地域内に存在し、ほかにも草の根的な下部構造組織は無数あったとし、暫定的な数字を挙げている。*Rzeczporpolita podziemna, op. cit.,* p.18-38（「地下共和国」）参照。

（2）　一九三九年九月三十日、パリにてポーランド共和国政府が樹立された。これは、一九三五年の憲法にある戦時における共和国大統領の特別権限を規定する第十三条および第二十四条に則ったもので、職務遂行に支障があった場合、大統領は自分の後継者を単なる宣言のみで指名することが可能であり、指名された者はただちに職務を遂行できるとある。一九三九年九月十八日、大統領イグナツィ・モシチツキは政府閣僚とともにルーマニアに監禁されて同盟国フランスに向かうことができなかったため、九月二十九日、自分の後任に元上院議長ですでにフランスに着いていたヴワディスワフ・ラチュキェヴィチを指名、ラチュキェヴィチは翌三十日に在パリ・ポーランド大使館にて宣誓をしてから、監禁された政府の総辞職を受け、新首相にシコルスキ将軍を任命した。これはフランスも望むところだった。十月一日、シコルスキ政府が組閣され、宣誓を行った。治外法権を享受できるので、当初は在パリ・ポーランド大使館内に、そして十一月二十二日、シコルスキは亡命政府を大西洋岸のアンジェ市に移す。政府は一九三九年の敗戦前に野党だった四大政党が参加する連立政権である。この政権移行は、それを懇請して立役者となる駐ワルシャワ・フランス大使レオン・ノエルと、彼に協力した駐ルーマニア・フランス大使のアドリアン・ティエリとに推されたフランス政府によって仕組まれたというか、完全に牛耳られていた。〈将校たちの軍事政権〉と言われた旧政権、とりわけ外務大臣ユゼフ・ベックを都合よくルーマニアのブカレストに選択的に監禁させ、親フランス的とされるシコルスキ体制のスタートをお膳立てしたのである。　Tadeusz Wyrwa の著作（ポーランド語）および、それを基にした二書 Yves Beauvois, *Les Relations francopolonaises pendant la drôle de guerre,*

Paris, L'Harmattan, 1989（「奇妙な戦争期におけるフランスとポーランドの国交」）と Léon Noël, *De Laval à de Gaulle via Pétain*, Lille, PUL, 2001, p.131-181（「ラヴァルからペタンを経由、ド＝ゴールへ」）を参照されたい。

（3）ワルシャワの軍事集団SZP（ポーランド勝利奉仕軍団）は、すでに一九三九年九月二十六日の時点、つまりワルシャワ防衛軍が降伏する前日にはトカジェフスキ将軍によって組織化されていた。ほかにも〈将軍たちの主導〉による地方の軍事集団は五つを数えたが、話題性と組織力の面でワルシャワの集団がどれにも勝っていた。同年十一月十三日、正式政府の首班シコルスキ将軍とソスンコフスキ将軍とによって軍事面の管理・司令を目的とする機構ZWZ（武装闘争連合）が設けられて、トカジェフスキ将軍のSZPにも合体が命じられた。こうして一九四〇年以降、武装レジスタンスを単一組織に統合する動きが速まった。

（4）一八九七年創立のロマン・ドモフスキ率いる古くからの国民民主党は、一九二八年から国民党と名乗るようになる。著者は第11章で、この党のレジスタンス組織内における歴史的かつ政治的な重要性に再度触れている。一九三九年には熱心な党員二十万人を数えていたのに、党指導部は思想面および世代間の対立や亀裂を乗り越えることができなかった。〈若い世代〉が主導権を握ったタデウシュ・ビェレツキの党中央委員会は、ドモフスキの孤立の方針を踏襲した。そんな事情から、ボジェンツキが密使ヤン・コジェレフスキに委任したのは国民民主党の名においてではなく、シコルスキ将軍が信頼する友人で技師のリシャルト・シュヴィエントホフスキを中心に結集した政治指導者たちのグループ名においてだった。このシュヴィエントホフスキは、一九三九年十月十五日、占領下ポーランドにおいて政府から委任された政治局およびCKON（独立を目指す全組織の中央評議会）を設けた。当時CKONは、政府からの援助という強みのおかげで、政治組織ならびに軍事組織八つを統合していた。

（5）ツズマおよびルンメル両将軍麾下のワルシャワ防衛軍とべつに、すさまじい空爆および砲撃にさらされつつも戦闘に加わった英雄的な民間人の加勢があって、首都の抵抗は一九三九年九月二十七日まで長引いた。それを組織したのはワルシャワ市長で九月八日に軍司令部内の文民委員に任命された予備役大尉のステファン・スタジンスキである。彼は市議会で野党多数派の『ロボトニク（労働者）』紙の編集長M・ニェジャウコフスキをはじめ、社会党指導者たちのほか、国民民主党の信頼も得て支持をとりつける。労働支援隊（塹壕掘り、バリケード、瓦礫処理）のなかから十五歳から五十五歳までの志願者を募って、規律と生活相互支援を担当する民間警備隊を発足させた。ラジオ放送チームを動員、毎日〈状況報告〉を流して市民の志気を盛りあげることも図った。九月二十八日の降伏文書調印のあと、ドイツ国防軍第十歩兵師団は、廃墟と化したワルシャワ市内に入城した。Henri Michel, *Et Varsovie fut détruite*, Paris, Albin Michel, 1984（「そして、ワルシャワは壊滅した」）参照。

（6）マリアン・ボジェンツキ（一八八九～一九四〇）はポーランド北東部のスヴァウキにロシア帝国民として生まれた。父親は司法官、自分もサンクト・ペテルブルクで法学を修める。一九一六年末、ロマン・ドモフスキ率いる国民民主党の活動家としてワルシャワにやってきて、一九一七年十二月、誕生間もないポーランド王国の摂政会議最初の政府に警察長官として加わる。国家警察構築の中心的人物と目されており、実際に最高指揮官となった（一九二三～一九二六）。そして、その時期の彼の部下にヤンの長兄マリアン・コジェレフスキ中佐（第1章注5）がいた。一九二六年のピウスツキ元帥によるクーデター後は警察機構から遠ざけられ、三十八歳にして弁護士としてめざましい活躍をするが、政治的には野党の国民民主党のメンバーとして広く活動した。ワルシャワ市長の助役に選出される（一九二七～一九三四）。一九三六年、シコルスキ将軍が中心となる中道派グループに接近、野党の連合〈モルジュ戦線〉の結成を目指す。一九三九年九月、ボジェンツキはワルシャワにとどまることを決意する。そして、首都防衛に際しての〈神聖なる同盟〉において、民間警備隊の管理委員会議長、またピウスツキ主義者の市長スタジンスキによってワルシャワ市中央区の代表に任じられる。九月二十八日のワルシャワ降伏後、ボジェンツキは市民抵抗運動の主要人物となる。シコルスキ将軍の信頼に支えられ、彼はリシャルト・シュヴィエントホフスキの政治局にて自分の影響力と交友関係を活用するようになる（本章の注4を参照）。こうして自分もCKON（独立を目指す全組織の中央評議会）に参加、そこで旧知の警察長官マリアン・コジェレフスキから、その弟ヤンを亡命政府に送る特使として指名するよう推薦される。しかしながら一九四〇年三月三十日に逮捕されてしまったボジェンツキは、自分が大いに感銘を与えたその密使とふたたび会うことはない。収監されたパヴィヤク刑務所で拷問されたあと、五月三日、ボジェンツキはザクセンハウゼン収容所へ送られ、さらにマウトハウゼン＝グーゼン収容所に移送され、一九四〇年六月三十日、斧による断頭という処刑に遭う（と息子は証言、しかし一九四二年という説もある）。*Slownik biograficzny adwokatów polskich*, tome II, Warszawa, Ordre

des avocats, 1988（「ポーランド弁護士略歴辞典」）参照。
（7）《ロタ（誓い）》は、マリア・コノプニツカが一九一〇年に書いた詩。ポーランド王ヴワディスワフ二世とその従兄でリトアニアの王ヴィータウタスが力を合わせてチュートン騎士団を打ち破ったグルンヴァルトの戦い（一四一〇年）を謳ったもので、その記念碑の序幕式を機会に楽曲がつけられた。ボジェンツキがここで引用しているのは、一九一八年以前のプロイセン統治下にあったポーランド人が、ゲルマン化政策への抵抗を誓う部分である。「われらが先祖の土地を譲るものか（……）。もはやドイツ人がわたしに顔につばを吐くことはない……」という句。
（8）独ソ占領地域間の越境を助けるこれらユダヤ人ガイドは、一九三九年十月から十一月にかけて、ポーランド軍ユダヤ系将校たちの指導で、ユダヤ人によるレジスタンスの構築をいろいろ試みた抵抗組織ＫＢ〈コルプス・ベズピェ〉の関係者だと思われる。当初は無名で、とくにユダヤ人ブント派から徹底的に叩かれ糾弾されながら、ＺＺＷ（ユダヤ人軍事同盟）を結成する。この組織については、パリ大学医学部教授で歴史家でもあるMarian Apfelbaumの著書*Retour sur le ghetto de Varsovie*, Paris, Odile Jacob, 2002（「ワルシャワ・ゲットーへの回帰」）に詳しい。

第9章
ルヴフ

ラドムの収容所から脱走して以来はじめて、わたしは何かに役立っているという気持ちになれた。製造工場の証明書を隅から隅まで暗記し、どんな質問にも答えられるようしておいた。検査などまったくないまま汽車は目的地に着いた。証明書も心の準備もまるっきり役に立たなかったわけである。駅でたむろしていた荷馬車を拾い、そこから十二キロメートルほど離れた国境近くにある小さな村に向かった。(1) 村の入り口近くで白壁に藁葺きの母屋、屋根にコウノトリの巣を載せた農家を見つけ、わたしはそこでユダヤ人たちを密出国させるガイドと会う手はずになっていた。扉を叩いた。

はじめ応答がないので、少し不安になった。家を一周して、窓の外から耳を澄ませた。あいかわらず、何の気配も感じられない。そうしているうちに、ぐっすり寝こんだ男のいびきが聞こえてきた。わたしはほっとして、戸口に回ってこんどは思いっきり戸を叩いた。背の高い、赤ら顔の青年が現れ、乱れた服のまま目をこすった。

「寝てしまったみたいです」青年は言い訳した。「あなたは？」

わたしは説明した。彼はわたしが来ることは知らされていて、三日後そこに来るユダヤ人グループといっしょに、わたしをソ連側まで送りとどけることを承知しているはずだった。同様の国境越えをもう十数回やって成功しており、そんな危険を伴う企みに乗りだしたにしては、ずいぶん落ち着きのある若者だった。わたしが説明しているあいだにも、彼は厚い上着を着こんでわたしの腕をとると、表に出た。

「ちょっと出かけましょうか」彼は言った。「急がないといけません。村であなたが泊まれる家を見つけないといけないし、待ち合わせ場所を見ておいてもらわないと」

青年は大股で歩きはじめ、ときどき足を止めては伸びをし、あくびする。待ち合わせ場所まではおよそ三キロ半の距離があった。わたしがいっしょなのに、ほとんど無視された。彼に話をさせようと思い、どうしてそんなに眠いのか聞いた。わりあい機嫌よく答えてくれ、前の晩は数人のグループを案内したけれど、今日休むはずのところへ、こんど送りだすグループの人間が別々に待ち合わせ場所を聞きに来て、何度も邪魔されたのだと言った。

小川を渡った森のなかに小さな草地が広がり、そこに水車小屋があった。

「ここなんですよ」数えきれないくらい何度も同じ言葉をくり返したのだろう、うんざりしたような口調で告げた。「三日後、午後六時きっかり、ここにいてください。遅れても待ちませんから」

「遅れないようにします。それまで、ぼくはどこにいたらいいかな？」わたしは聞いた。

「反対側の村はずれに小さな宿があります。すぐに見つかりますよ、一軒しかないから。そこに行く前に、この辺をよく見ておいてください。もうだれにも道を聞けませんからね」

わたしは指示に従い、周りの木や小道、小川などを頭に刻んだ。わたしが辺りを見わたしたのを確認すると、青年はさっきの藁屋に向かいずんずん歩きだした。ある一瞬、彼がよろけたので見ると、ほとんど目をつぶっていた。わたしは肘でつついてやった。とたんに鋭い反応があった。

「どうした！」

「いや何も、あなたが眠っていたから。よろけて、けがでもしてしまったらと思ったんです」

「けが、ここで?」彼は小ばかにしたように、ぬかるんだ小道に目をやった。「酔っぱらうとか、目が見えなくなってもだいじょうぶだろうな」

自分の住まいに向かう道まで来たとき、彼は何も言わずわたしをそこに残して去った。

宿はすぐにわかり、意外なくらい快適だった。主は年とったしわだらけの村人で、余計な質問をしない代わり、こちらを疑ってかかり、まるで当然かのように値段をつりあげた。待つ三日間、わたしはなるべく目立たないようにし、体調が悪いという理由で、部屋にこもりっきりで過ごした。

言われた時刻より少々早めに待ち合わせ場所に行ったのに、もうほとんどの人が集まっていた。

もうすっかり暗くなっていた。草地に集まった全員を、満月の明かりが闇のなかに浮かびあがらせている。さまざまな年齢層の人、老人たち、子どもを抱えた女がふたり、若い男たち、娘たちがいた。全員ユダヤ人である。おそらく、情け容赦もなく自分たち民族が皆殺しにされるという、目前に迫っていることの予兆をかぎとったにちがいない。

彼らはいくつもの包みやカバン、行李を持っていた。なかには、枕や毛布まで抱えている者もいる。老夫婦と四人の娘、その内ふたりには夫がいて、計八人のその家族は少し離れたところで一グループになっていた。徒歩で森と畑をよこぎっていく二十キロメートルの道のりなので、案内人は原則的に幼児と病人を除外するはずである。

見たところその原則が徹底されていないようで、案内人の青年が現れたとき、母親ふたりに注意を与え、子どもを黙らせるよう言っただけだった。赤ん坊は泣き叫ぶから、半径数キロメートル離れていても聞こえたにちがいない。母親はわが子の耳元で囁いたり、身体を揺すったりして黙らせようとする。しばらく待つと赤ん坊は眠ってしまい、わたしたちは歩きはじめた。

案内人は先頭に立ち、左右には目をくれず大股で速く歩きながら、わたしたちの話し声が大きくなると後ろを振りむき、黙らせるのだった。それにしても、辺りに密告者が潜んでいるとは考えられなかった。ひどい寒さに加え、痩せた木々の暗い影、寂寞とした風景しか見えていない。

道はくねくねと森と野原のなか、沼地や小川を越えて続いていた。案内人が道を見失ったように思えることもたまにあったが、彼の力強い歩調を見ると、とてもわたしたちは聞くことなどできなかった。月の光が雲にさえぎられると完全な闇に包まれてしまい、わたしたちはつまずきそうになり、たがいの手をとりあっても倒れてしまい、手や膝をすりむいたり、顔にひっかき傷や泥をつけたりするのだった。

また月が顔を出し、すると前方ふたりの母親のすがたが見えた。風にもてあそばれるように見える痩せた身体、ひっかき傷に覆われた顔、どちらも連れの男に片手を預け、引かれるように進みながらもう一本の腕で赤ん坊を抱きしめている。わたしたちは片手が空いているから、小枝をよけることも、あるいはつかんで身体を支えることもできた。だがその母親たちは、石ころや根っこにつまずいたり、とげのある枝に打たれそうになったりしても、手を使えない。

ふたりの女がつまずくたびに、赤ん坊の泣き声が聞こえるので、わたしたちにはそれとわかり、同時に恐怖にとらわれてしまう。そのつど母親は、子どもをなだめる方法をなんとか見つけるようだった。しばしば案内人は立ちどまり、わたしたちに待つよう告げてから、道を確かめるため先に進んだ。それから合図を送って、わたしたちも走るように彼を追う。ルートは曲がりくねっていて、土地勘のないドイツやソ連の偵察隊など寄せつけないようである。

森を離れ、わたしたちは街道に出た。案内人は静かな声でわたしたちを集め、もう安堵と喜びを隠さずに告げた。

「すでに国境の反対側に来ています。もう安心して休んでもいいですよ」

全員が街道沿いの木の下、湿った土に座りこんでしまった。わたしたちは三つのグループに分けられ、案内人は別々に最寄りの村まで連れて行く。最初の二グループ、主に女と老人たちが村に向かっているあいだ、残ったわたしたちは震える身体を寄せあい、森のはずれで待った。だれも口数は少なく、着ている服の汚れを落とすのに精一杯だった。わたしたち最後のグループを連れにもどってきた案内人は、満足げに大きなため息をついて言った。

「これでもうひとつ任務が終了した」

「いつから案内の仕事をしているんです?」わたしが聞いたのは、まるで喪中の集団のように陰気な男たちの沈黙を打ち破りたかったからだ。

「ワルシャワ陥落の一週間後だったね」

「ずっと続けるつもりですか?」

「ああ、ワルシャワをとりもどすまでは」

彼は村に着いたところで去っていった、同じグループの男四名と女一名といっしょに、わたしはユダヤ人が主だという村宿に行った。主は賑やかな老人で、おそらく暗い表情の客たちを元気づけようと思ったのだろう、信仰についてのたとえ話を連発するのだった。すぐに、最新ニュースも教えてくれた。ヒトラーの敗北が間近なこと。オランダが洪水に遭い、そこのドイツ軍が溺れて全滅したこと。ある陰謀がドイツで進められており、間もなくヒトラーは暗殺されるだろうとか! ロシア人とドイツ人は不倶戴天の敵同士だから、そのうちに喧嘩を始めるにちがいない。嬉しくなるような現在および未来の絵物語でわたしたち客を慰めたあと、主人はやけどしそうなくらい熱い茶をふるまってくれ、それから「戦前のままの値段」のウォッカをどうかと勧めた。

午前は宿で主の話を聞いて過ごし、午後になると宿の娘の案内で、わたしたちは別々に五キロほど離れた駅に向かった。ソ連軍の巡視隊と何度か行き会ったが、疑われぬよう、わたしたちは共産党員風に拳を突きあげて挨拶をした。駅はすさまじい混雑で、数百人もの騒々しい客であふれていた。切符売り場ではもう売り切れになっているのに、密売の切符がとんでもない値段で売買されている。数分のうちに、宿の娘はルヴフ行きの切符六枚を手に入れた。つぎのルヴフ行き列車がほぼ定刻に到着した。ルヴフまで何の支障も検査もなく、わたしは眠れたので、着いたときはだいぶ元気をとりもどしていた。

よく知っているルヴフの駅には、ロシア語の横断幕とソ連国旗が掲げられている。そのままわたしは、学生時代の担当教授[2]の家に直行した。教授は、以前と同じこぢんまりとした家に、本名のままで住んでいた。呼び鈴にすぐ応じたが、疑るような目つきでわたしを見た。

「アントワーヌからよろしく」わたしははっきり発音して合い言葉を伝えた。「先生個人宛の伝言をとどけるため参りました」

教授は警戒するような視線を向け、無言のままわたしをなかに入れた。ルヴフの人々に自分の身分を説明するのはかなり困難だろうと、わたしは思いはじめていた。秘密連絡の仕組みがまだまだ不完全なうえ、確かではなかったから、レジスタンス構成員たちはだれも警戒心が強く、連絡員を信用しなかった。この教授は、エキセントリックで威厳に欠けるような外見にもかかわらず、大胆な発想と実力で一目置かれていた、あわてて手の内を見せないのには充分な理由があるのかもしれない。わたしより先に来た使者がいて、合い言葉を変えてしまったという可能性だってなきにしもあらずなのだ。

わたしを信頼してもいいと教授に納得してもらうのはきわめて重要だった。なぜなら、教授はルヴフにおける民間秘密組織の最高指導者だから、新計画をうまく進めるには彼しかあてにできない。

小柄で痩せており、白髪頭、茶色の小さな目はいつもしばたたいていて、まるで鳥のような相貌だった。顔の筋肉が動くことはまずなく、頭は糊をきかせた時代遅れのハイカラーの上に固定されているように見えた。派手な色の蝶ネクタイが、さらにその一風変わった風貌にアクセントをつける。

「教授、ぼくはワルシャワから着いたところです」わたしは言った。「レジスタンス組織……」話しはじめたわたしに、教授はことさら無関心を強調するような視線を向けてきた。〈レジスタンス〉という言葉を聞いたとたん、ぼーっとしたようすでわたしから離れて窓まで行き、わたしのことなどすっかり忘れてしまったかのように、蝶ネクタイを整えながら外を眺めはじめた。

「……から、新しい組織体制に関する指示を先生に伝えるようにとの任務を与えられました」と、わたしはあまり自信のないまま続けたが、やはり相手にしてもらえなかったようだ。

わたしは言葉を切り、一瞬、考えた。それから窓のそばまで行き、教授の肩に手を置いた。教授はぎょっとふり返り、怒りに燃える視線を向けてきた。

「ご自分の教え子がわかりませんか？」わたしは笑いながら聞いた。「ぼくが外国に出かける前、先生はかならず会いに来いとおっしゃいましたが、お忘れですか、一九三五年のことです？　こういうふうに迎えられるとは意外でした」

「いや、いや、きみだとはすぐにわかったよ」目をしばたたきながら教授は答えた。

まだ半分疑っているのは明らかだった。当時のわたしは気に入られていたはずだが、今のわたしが何者になったのか、教授には知りようがない。またわたしを観察しだしたが、それはまるで学者が何かの新種をどう分類しようか迷っているように見える。

「わたしは非常に忙しいんだ」あまり実感がこもっていない口調で、教授は言った。「講義がひとつ入っている。わたしに会いたいのなら、二時間後に大学近くの公園、その入り口で待っていなさい」
笑い顔を見せたので、わたしに抱いている疑いの一部が解けたのは明らかだったが、以前の関係に根ざすような態度までには至っていない。考える時間が必要のようだった。ともかくその時点では、もしわたしがスパイだとしても、教授はたいへんうまく対応していたから、尻尾を捕まえられるようなミスは犯していない。わたしは辞去した。わたしをどう扱うか、彼自身が決断しないことには話の始めようがなかった。

それまでの二時間、わたしはルヴフ時代の友人のひとりを捜してみようと決めた。この町に行けと言われたとき、任務の政治的重大性のせいなのか、あるいはイェルズィ・ユル[3]と再会できるからなのか、どちらにより心を動かされたのか自分でもわからない。

イェルズィはわたしより三歳ほど若かった。ルヴフの医者の息子、たいへんな美男子だった。深窓の令嬢のような色白の肌に青い目、金髪、ひげが生えないので学生仲間からからかわれていた。いつも完璧としか言いようのない身なりだった。わたしと彼とは大学で知りあい、同じ砲兵中隊で徴兵期間を過ごした。大学では、頭のよさと努力でいつも学年の最優等生、それも一七、八歳の男女がしばしば政治運動をやるのが珍しくないポーランドでさえあまり見ないくらい政治活動に熱中しながらのことだった。狂信者とか過激派とか、もし名を成さなければそうくくられてしまう人々、イェルズィはそういうたぐいの人物である。イェルズィは情熱的だがとても辛抱強い民主主義者だ。高等学校、それから大学と、自分の信念を述べる機会があればけっして逃がさなかった。高校生の手になる民主主義に関する論文集で、彼の記事を載せていないものはない。

そのすべてが彼の両親を絶望させていた。息子にはもっとふつうの道を歩んでもらいたいと願っていたからだ。ある日、わたしの前で母親が彼の政治活動をなじる場面に出くわした。息子は冗談交じりにこう答えた。

「これがぼくの性格だよ。それとも、ぼくが女の子を追いかけてばかりいる方がいいの?」

その反論のおかげで、息子が変な女に恋してしまうのをひどく恐れている母親はおとなしくなった。多感な年ごろに加え、あの若さと美貌なのだからと、息子を危険から遠ざけられるものなら何でもかまわないと悟ったのだろう。というわけで、講義のあとならばという条件で、イェルズィは〈福祉活動〉を続ける許可を得た。

「母がわからないのはだね、ぼくにはどっちもやれる時間があるという点なんだ」少しあとで彼の母親を話題にしたとき、イェルズィはぼくに言った。

〈福祉活動〉がいつも順調だったわけではない。一九三八年の学生紛争の最中、彼は対立グループに襲われてけがをし、数週間も入院しなければならなかった。残念ながらヨーロッパでは、政治論争の決着がいつも民主的であるとは限らない。

彼の家に足を向けながら徴兵期間中の思い出の数々を頭に浮かべ、わたしはふたりの友情がまた復活するかなと自問していた。わたしといっしょにフランスへ行こう、と彼を説得できるかもしれないと期待していたのだった。

彼の家まで来て、わたしは大学からの帰りに寄ったような錯覚にとらわれながら扉を叩いた。わたしの知らない老婦人が玄関に現れた。

「イェルズィに会いたいのですが?」わたしは聞いた。

「留守にしております」婦人が答えた。「数週間ほど叔母の家に出かけたんです」

「それなら、彼のご両親はご在宅ですか?」

「ここにはもう住んでおらないんですよ」

「どちらに行かれたんです?」

「わかりません」

わたしは質問するのを止めにした。明らかだ、イェルズィの両親はソ連に送られてしまったにちがいない。

「ぼくはヤンといいます。二週間後にまた来たら、イェルズィに会えるでしょうか?」

「イェルズィからあなたのお名前は聞いたことがあります」老婦人は困ったような表情をして言った。「わたしはあの子のもうひとりの伯母なんです。また来られるそうですけれど、どうしてもとおっしゃるなら、どうぞ。でも、こんな状況ですから、叔母のところに二週間も行ってしまった者を待たれるというのは、ちょっとどうでしょうか……」

まちがいない、イェルズィは隠れているか、あるいは外国に出ているかだった。

それから三カ月後、わたしはハンガリーで知ったのだが、イェルズィは若い六人の仲間を率いて、フランスに向かうため密出国していた。そのグループは、短銃や手榴弾、分解した機関銃など、信じがたい量の武器を持って出た。カルパチア山脈を越えてハンガリー国境を突破、ついに完全装備でポーランド軍事顧問団の前に現れたというのだから、まさに奇跡である。まるで正規の小隊のようにハンガリーに着いて、その快挙は話題になったそうである。

その後もわたしたちの歩む道は何度か交差するのだが、彼は密使として、一年のあいだにヨーロッパにあるすべての前線を二度もよこぎっての特殊任務、そんな危険な道を進んでいた。ようやくロンドンで再会できたとき、経験を積んだイェルズィは落ち着いて重々しくなったように見え、けれども未来への確信と、社会的公正および自由、秩序を希求する姿勢は変わっていなかった。

教授と会ったのは、大学の小さくて古い方の校舎（大きい方は、オーストリア占領期の十八世紀に建てられた宮殿）に近い公園で会った。

わたしに対する態度は丁重になり、自分の立場を明かそうと決意したようだった。ふたりは公園のベンチに座った。わたしは、ワルシャワのポーランド当局による計画案および期待を説明するところから始めた。構想のほぼすべてに教授はすぐ賛同し、いくつかの細部については先回りをするほどだった。ボジェンツキがわたしに明かした組織編成の実現に協力するつもりであり、彼自身もそれを考えていたのだそうだ。しかしながら、教授の反応にはどこかためらいが感じられ、わたしはその理由がわからなかった。そのためらいを説明する代わり、教授はワルシャワでの暮らしとか、わたしたちの組織の力、活動方法について質問をはじめた。

わたしの説明に耳を傾け、ときたま中断するのは、おそらく自分でも進めていた計画と照らし合わせて、より理解しようとするからなのだろう。そして、最後に言った。

「ひとつだけきみが理解し、ワルシャワに伝えてくれなければならない点がある。ここでの事情は非常に異なっているのだ。まず、ゲシュタポとGPU《ゲーペーウー》はまったく類似点などないふたつの機関である。ソヴィエト秘密警察の人間は桁違いに巧妙で、より多くの訓練を受けている。彼らの戦術の方がすぐれているのだ。より科学的で徹底もしている。きみの組織がワルシャワで成功を収めている攻略は、ここルヴフではまるで役に立たないだろう。ここのレジスタンスの各グループは、往々にして連絡をとりあうことさえできないでいるのが実情だ。GPUのスパイを割りだすというか、その存在に気づくことさえむずかしいからなんだ(4)」

「ここにそういう難しさがあるのだとは知りませんでした」わたしは言った。

「実際、わたしたちはふたつの別世界にそれぞれ生きているようなものだ」

教授はすっかり自分をとりもどし、今はいつもの落ち着いた抑揚のある口調で話していた。質問する場合も鋭く核心を突いていた。話す内容から、物事を合理的に判断する力と冷徹なしぶとさ、それに、鳥を思わせる小柄な身体に長すぎる背広、午後の陽射しに映える派手な蝶ネクタイという風貌からは想像もできない、無尽蔵の才能がうかがわれるのだった。しかし、教授が自己防衛のためにその装いを仕組んだのか、あるいは無意識に誇張されたものなのかどちらだろうと、わたしは自問していた。

「とはいえ、これはぜひボジェンツキに伝えてもらいたい」教授は続ける。「氏の方針に、わたしは全面的に賛成である、と。彼の計画がうまくいくよう、わたしはできるかぎりの努力をするつもりでいる。しかしながら、ボジェンツキはわれわれが抱えている困難を理解し、可能なかぎりわれわれを支援のうえ、不備な点も大目に見てくれないといけない」

そういう障害をきっと乗りこえるような方策が見つかると思う、とわたしは言った。闇が迫ってくるなか、わたしたちはベンチに座ったまま、数年前の思い出を語って長い時間を過ごした。

教授が立ちあがった。

「さて、わたしは行かないと。家にきみを呼べないのは残念だが、危険すぎる。ナポレオン・ホテルに泊まるといい。あまりしゃべらないようにすれば、警戒されないだろう。ルヴフの道はまだ覚えているね?」

「ええ、問題ありません。先生、もういちどお会いできますか?」

「明日またこの公園で待ち合わせよう、時間は同じ。では、明日」

翌日、わたしはもうひとりの活動家に会いに行こうと決めた。任務の成否がかかる重要な予定である。

当人は商店街で服飾品の店をやっているが、ルヴフ地区の武装レジスタンスのリーダー格を務めていた。

「いらっしゃい」彼は挨拶した。「何をお探しですか?」

「アントワーヌからよろしく」店にほかの客はいなかったが、わたしは小声で告げた。「あなた個人宛の伝言をとどけるため来たんです」

相手は疑わしげにわたしを見た。教授が言っていたソヴィエト警察の話を思いだした。信用してもらうにはどうしたらいいか頭をひねる。同じようにわたしも、相手が本人かどうか、どうやって確かめられるか考えはじめていた。その疑問はすぐに解決した。

「奥の部屋に来てください」まるで判じ絵を解くような目でわたしの顔を見つめ、男は早口で告げた。

わたしは安心してついていった。レジスタンスの闘士にちがいないと思ったからだ。でなければ、だれが他人を店の奥などに連れて行くだろうか。

「ワルシャワから来ました」わたしは言った。「あなた宛にボジェンツキさんからの情報があり……」

「そんな人は知らないな」彼は言い捨てた。「だいたいワルシャワに知合いはいない、親戚がひとりかふたりいることはいるがね」

「いいですか、ぼくはルヴフとワルシャワの組織間の関係を改善する目的で、その使者として送られ、あなたに新組織の計画案を知らせるために来たのです」

相手はじっとわたしを観察した。

きっとわたしの名前なんか聞いたことがなく、もしわたしの訪問を知らされたとしても、その本人であるかどうか確かめる方法はない、とわたしは相手の思考をたどっていった。

「あなたの名前は聞いたことがないし、わたしはワルシャワに知合いもいない」

わたしはあわてた。どうしたら相手の警戒心を解けるのかわからなかった。そのあいだにも、彼は余裕をとりもどしたようで、もう用件はすんだ、まったくわたしの話がわからない、といった態度になった。

「ほかに何かご用件は?」気の毒がるような表情さえ見せて言うのだった。

これでは手の打ちようがない。

夕刻、教授に会ってその話をした。ルヴフでは、しゃべらないと決めた人間をいくら説得してもむだである。一般的に言って、当人にはしゃべりたがらなかった理由があり、自分の勘に逆らってまで危険を冒したくなかったのだ。顔を見ただけで相手の真意を見破れると自己を過信して警察の罠にはめられた者が何人もいる、と教授は教えてくれた。

教授はまた、わたしがもたらしたメッセージと指令を最大限広めるよう努力するとも言った。そして、わたしに今後の予定を尋ねた。ルーマニアに出て、そこからフランスへ向かうよう命じられていると告げた。

「今の時期は非常にむずかしい」教授は言った。「ルーマニア国境は、今のところ欧州で最も厳しく監視されている」

「でも、どんなに厳重でも、その裏をかく手段がたいていはあるのではないですか?」

「相手が人間ならばそのとおり。だがね、ルーマニア国境は警察犬が見張っている。越境はほぼ不可能とわたしは聞いている。いちどワルシャワにもどり、違うルートを見つけなさい。ここにいても時間の浪費で、むだな危険を冒すことになる」

教授と同じ認識だったので、あと数日ルヴフに泊まってから、来たときと同じルートでワルシャワにもどった。

（1）「カルスキ伝記」の作者ヤンコフスキが著者に確かめたところ、〈小さな村〉ではなしに国境近くのベウジェツの町だったそうで、その町はずれに亡命ユダヤ人をソ連占領地域に越境させるガイドの家はあった。コジエレフスキ（カルスキ）自身も、兄マリアンが心配で頼ったのだろうが、元警察官でルヴフに向かうユダヤ人に付き添われていた。夜間に二十キロメートルも歩いて国境越えをしてから、一行は小さな町ラヴァ・ルスカから汽車に乗ってルヴフに向かった。前出の E.T.Wood et Stanisław M. Jankowski, *Karski, How One Man Tried to Stop the Holocaust, op. cit.*, p.59 参照。

（2）この教授については、法学者で一九三九年十一～十二月にレジスタンスに関わっていた人物となると、著者の説明が不足しているため正確には特定できていない。まだ組織網を構築中で国民民主党の影響下にあるZWZ（武装闘争連盟）の、ということはボジェンツキの知己でもある社会政治委員会のメンバーだったレオン・ハルバン教授のプロファイルと重なるところがあるという。G.Mazur,《Rozwój organizacyjny AK》, in *Armia Krajowa*, Warszawa, Rytm, 1999（「AKの組織的発展」）参照。一方、ヤン・コジェレフスキが学友ヴィトルド・クハルスキの父親、ひどくおびえていたエウゲニウシュ・クハルスキ教授に会ったのは確実である。ヴィトルドがすでにフランスに脱出していたことから、ヤンはこの友人の身分と名を拝借することにした。第13章と14章を参照。Stanisław M. Jankowski, *Karski, Raporty..., op. cit.*, p.122 参照。

（3）イェルズィ・〈ユル〉ことイェルズィ・レルスキ（一九一七～一九九二）はルヴフ生まれ。法律家、ポーランドの古い伝統である多文化主義を尊重する家庭、ピウスツキの愛国主義を標榜する代々医者の名家に生まれた。ヤン・コジェレフスキとは大学時代と予備士官学校を通じて親友だった（一九三二～一九三六）。一九三六年になるとレルスキは、社会民主党青年部議長として、後には民主党指導部メンバーとして、ルヴフのヤン・カジミェシュ大学内の民主主義クラブに参加する。一九三九年十一月、彼とそのグループは降伏を拒否し、ブカレストを経由してフランスへ向かった。最初はアンジェへ、それから一九四二年十二月にロンドンへ渡る。ヤン・

コジェレフスキは彼を密使の任務に推薦する。中尉に昇格された後、一九四三年二月二十日、レルスキは亡命政府および国民評議会の四政党の政治密使としてポーランド内地に落下傘で降下、デレガトゥーラ（亡命政府国内代表部）およびＡＫ（国内軍）司令部と接触した。その任務では秘密資金（第28／13号）のドル紙幣、そして米ドルと英ポンドの金貨の運搬も行った。ワルシャワでデレガトゥーラの情報・情宣部に配属された後、ふたたびロンドンに脱出したのは一九四四年六月である。亡命政府の首相ミコワイチクが唱える〈現実主義〉にひどく批判的で、そのあとを継いだ社会党のトマシュ・アルチシェフスキの個人秘書を一九四四年から四七年まで務める。一九四五年、政治団体ＮＩＤ（独立と民主主義）の創立に加わる。戦後の一時期、レルスキはパリに住んで新聞『Pologne（ポーランド）』を刊行（一九四七〜八）、四九年、友人ヤン・コジェレフスキのあとを追って米国に移住し、ワシントンのジョージタウン大学で政治学の博士課程に在籍、同時にＮＩＤアメリカ支部の議長も務めていたが、一九五七年にはその活動から遠ざかる。以後、サンフランシスコ大学の教授として研究と教育に専念。一九八三年、一時ポーランド社会党に入党し、ポーランド移民評議会のアメリカ支部議長、評議会議長になろうとしたこともあった。一九八四年、彼は自分の密使時代の回顧録を出版した。*Emisariusz Jur, à Londres*（「ロンドンでの密使ユル」）。Rafal Habelski, *Druga wielka emigracja, 1945-1990*, Warszawa, Wiez, 1998（「一九四五年から一九九〇年の第二次大量移民」）を参照。

（4）　一九三九年十二月の時点で、ルヴフ最初のＺＷＺ（武装闘争連盟）の軍事リーダーは九月末に組織された市の防衛隊からなるＰＯＷＷ（自由のための闘争機構）所属のＷ・ジェブロフスキ大佐であった。大佐については、Karolina Lanckorońska, *Wspomnienia wojenne*, Kraków, Znak, 2001, p.38-39（「戦争の記憶」）に詳しい。しかしながら、ソ連占領下（一九三九〜四一）のルヴフにおけるレジスタンス運動は困難かつ悲劇的な様相を呈するようになる。一九三九年十二月半ばに一通はパリから、もう一通はワルシャワからとどいた同一内容の書簡、ＺＷＺの組織構築に関する指示が競合する二派（ＺＷＺ１は国民民主党系、ＺＷＺ２がピウスツキ主義者）の対立を煽ることになる。この二派にはＮＫＶＤ（ソ連内務人民委員部）がうまく擬装した情報員を潜入させた結果、数珠つなぎに検挙を実施、組織を破壊したうえ、〈十四人裁判〉でメンバーに自白を強いて一九四一年二月、彼らを銃殺してしまう。前出 G. Mazur 著作の p.156-157 を参照のこと。

第10章 フランスでの任務

一九四〇年一月末、わたしはワルシャワから汽車に乗り、フランスへの出発地点となるはずのザコパネに向かった。そこはカルパチア山脈のなかでも最高峰のタトラ連峰のふもとにある村で、チェコとの国境から十キロメートルほどのところにあった。スキー場として名高い保養地である。村はずれの山荘でガイドと会い、一九三九年のチェコスロヴァキア解体後にハンガリー領となった、スロヴァキアの町コシツェ(1)まで同行する将校二名とも、そこで落ち合った。

わたしたちはスキー客の一行ということになっていた。山荘に入ると、持参したスキーウェアに着替えた。ガイドは、元スキーの指導員だったという大柄のたくましい若者だった。将校二名もスキーの名手である。ひとりは歩兵大尉で、シコルスキ将軍の命令で在フランスのポーランド軍に加わる予定だった。ふたり目はプズィナ公爵、二十四歳、自分が所属する空軍に合流することになっていた。

翌日の明け方、わたしたちはスロヴァキアの山並みを越える旅路についた。外は冷えており、薄明かりのなかの雪は紫色に染まっている。徐々にそれがピンクに変わり、わたしたちの背後に太陽が昇ったころには純白に輝いた。上体にしっくりなじむセーター、分厚い靴下、頑丈な靴と、装備は快適に感じられた。山越えの四日間は人家のある場所には寄らないと決めてあったので、その分の食料をザックに詰めてあった。チョコレートにサラミソーセージ、パン、アルコール飲料、履きかえ用の靴下も忘れていない。

四人とも上機嫌、まるで平時の山登りのような陽気さに包まれ、危険に満ちた国境線突破とはとても思えなかった。大尉がスキーヤーとしてのすばらしい体験を語った。プズィナ公爵は山の空気を吸いこんでは、熱心にそのご利益を説くのだった。ガイドはいささかもてあましぎみに、まだ先は長いのだから、無理せずに速度をゆるめ、体力を蓄えておくよう忠告した。

だが、わたしたちをおとなしくさせるのは不可能だった。すばらしい天気、雪の斜面に反射する太陽、生き返らせてくれるような杉のにおい、わたしたちは囚われの身から放たれたかのように感じていた。翌日、難なく国境を越えた。人の知らない山道をずんずん奥に入っていきながら、わたしたちはすっかり警戒心を解いてしまった。めったにしか行き会わない登山客を見ても、わたしたちから話しかけることはなかった。

夜になると洞穴か羊飼いの番小屋に寝て、夜明けにはもう歩きはじめた。

ガイドは、わたしたちがはしゃぎすぎぬよう、たえず警戒の目を向けていた。一度など、峰を登りきったところでプズィナが眼下に広がる絶景を目にして感動の叫びをあげたことがあった。無関心に杖で身体を支えながら、ガイドは何度もあくびをかみ殺していた。

「どうなんだろう」プズィナが聞く。「まったく感動しないでいられるなんて可能なのかな？」

ガイドはわたしを見て笑いを浮かべた。

「あんたたちは、わたしが案内する三十一番目のグループなんだ。いろんなグループ、人数、年齢もさまざま、地位も人それぞれだ。雰囲気だって違う。あんたたちのように上機嫌の人もいれば、疲れでうめいたり、泣き言を口にしたりする人もいる。かと思えば、まったく無関心でなるべく早く切りあげたがる連中もいる。わたしはいつだってこの山が大好きだし、スキーも毎日やっていたい。しかし今はもうたくさんだね」

ガイドに気分転換させるのは無理だとわかり、わたしたちは勝手に感想を述べあった。

ハンガリー国境でわたしたちは別れることになった。プズィナと大尉はわたしとは違うルートでフランスに向かい、ガイドはザコパネにもどっていく。プズィナはうまくフランスにたどり着き、そこから英国へ渡って自分の最大の夢、英国空軍《RAF》への入隊を実現することになる。多くの敵機を撃墜し、ドイツ爆撃もやった。一九四二年末、わたしは彼の名を行方不明者リストのなかに見つけた[2]。

スロヴァキア＝ハンガリー間の国境沿いには、ポーランド青年たちの密出国を支援するため、レジスタンス組織が一定の数の〈集結地〉を用意してあった。ハンガリー人はそれに異論を唱えていないようだった。だからわたしの若き同志ふたりはそのひとつに行って、自分たちがフランスに送られる順番を待つことになった。わたしはといえばコシツェに行き、そこでポーランド政府の連絡員に会った。たっぷりごちそうを食べ、着替えの服をもらってから、彼の運転でブダペストに向かった。車のなかで、それまで時間がなくて気にしてなかったが、いくつか身体に支障が出てきているのに気づいた。喉はタバコを止めざるをえないほど炎症を起こし、すさまじいくしゃみと咳の発作に襲われた。手もあかぎれがひどく数カ所で出血しており、何よりも足が猛烈に痛んだ。靴と靴下を脱いで見てみたら、足首から先がひどく腫れあがっていて、ちょっと触れるだけで激痛が走った。

同伴の連絡員は、わたしが自己診察をしているのを、半分冷やかしぎみに興味津々で眺めていた。わたしが自分の指で触れたとたんにうめき声を洩らすと、冷たく言い放った。

「スキーはすばらしいスポーツですよ」

「たったの今まで、何も感じなかったんだがな」わたしは陰気に言った。

「そういうもんです」彼は言った。「でも、心配はいらんでしょう。そんなにすばらしい山スキーをやったのだったら安いもんです。それに、ブダペストにはいい病院がいくつかありますから、そこでちゃんと治療してもらえます」

「ほんとうに、危険はないのかな？」

「ないでしょう。ブダペストの組織はしっかりしていて、必要書類はぜんぶもらえるでしょうから、自由に動きまわれますよ」

八時間も走ってブダペストに着いた。もう暗くなっていたが、驚いたことに、道はどこも明るく照らされ、ワルシャワの街角とは奇妙なコントラストを見せている。車を停めたのは、在フランス・ポーランド政府および在ワルシャワ・レジスタンス組織のあいだをとりもつハンガリーにおける主要人物の自宅玄関前だった。閑静な住宅街で、幸い人通りもない。もう靴はどうしても履けそうになかったから、手に持ち、わたしは玄関ポーチへ足を引きずって上がった。連れの連絡員はわたしを紹介すると立ち去った。わたしの格好たるや英雄のそれとはかけ離れ、むしろ〈正直兵士シュヴェイク〉〔チェコの作家ハシェクが書いた第一次大戦期のユーモア小説〕のように家のなかに入った。

〈所長〉と呼ばれる主は、膏薬と包帯を持ってこさせ、わたしが手当しているあいだにいくつか質問をして、翌朝わたしを病院に連れて行くが、そのあとブダペストを観光する時間も充分にあるはずだ、と言いながら寝室に案内してくれた。風邪のせいで夜中に目が覚めてしまい、朝になって起きたのは遅い時刻だった。足と足首の腫れはいくらか退いたようだが、靴を履くのがひどく苦痛だった。栄養たっぷりの朝食のあと、所長はわたしを呼び、必要書類をわたしてくれた。そのひとつには、わたしが開戦当時からブダペストに住んでいて、病院で治療を受けているとあり、もうひとつは身分証明書で、ポーランド人亡命者として登録したものである[3]。

所長が言うには、わたしのフランス行きパスポートが鉄道の切符といっしょに間もなくとどけられるらしい。

それを待つあいだ、わたしは病院に行き、結局、そのまま三日間入院することになるのだが、風邪はすっかり治り、手足も一応まともなすがたにもどった。

そのあとも数日ブダペストに残り、ひとりで、あるいは所長の助手二名につきそわれて町を歩きまわった。ブダペストはいつの時代においても、世界で最も優雅な、人を魅了してやまない都会のひとつである。けれども、自分が場違いの存在に思えてしまい、わたしは出発を待ちわびていた。

迫害を受けているポーランドに対し、ハンガリー人が同情と親愛の気持ちを見せてくれるのは珍しくなかったし、陽気な都会ブダペストでの滞在も快適だったのだが……。一週間経った時点で、パスポートと汽車の切符がとどけられた。

ブダペストからシンプロン・オリエント急行に乗ってユーゴスラヴィアをよこぎり、十六時間後にミラノへ着いた。ファシスト政権が建てた厳めしい造りの中央駅を出て、不思議なことに昔からポーランド人が、世界広しといえども、どの名所旧跡よりもあがめている大聖堂《ドウオーモ》を訪れようと、わたしは急いだ。そのあとまた汽車を乗りついで、国境の町、フランス領モダーヌに向かった。その地でわたしは、けっして油断など許さないドイツ軍スパイの脅威、そのせいでフランスにおけるポーランド政府の全活動が極度の警戒心と慎重さに包まれている状況をはじめて認識させられた。彼らスパイは、ミツバチが分封するように、しかも二度と追いだすことなどできないフランスの戦略的要所に居すわっていた。ポーランド政府はモダーヌに特別防諜班を設けて、亡命者もしくはレジスタンス組織員を装ってフランスに入国しようとするドイツ人スパイを排除するため、ポーランド人ひとりひとりを審査するようにしていた。そのような人物がすでに何人か逮捕されており、その手口はだいたいもうわかっていたのだ。

ハンガリーでは、ポーランド人亡命者と見るとそのパスポートを、ドイツ人スパイは買うか脅しとる、あるいは盗んでいた。対象となるのはたいていが素朴な農民だった。目の飛びでるような額が払われ、ポーランドへもどるなら家を返し、おまけに土地まで与えようと言われる。だまされた農民は、ポーランドに帰ったとたん、強制労働キャンプに送られてしまうのだが……。

モダーヌの組織本部で、わたしは接触するよう命じられていた人物と会った。すると軍服を着た将校に引き合わされ、将校はわたしの証明書類を調べてから尋問しはじめた。わたしは秘密任務を帯びていたため、すべての質問に答えるわけにいかなかった。相手がだれであろうと、わたしは首相のシコルスキ将軍以外の相手に話すのを禁じられていたからだ。すると将校は、ブダペストでわたしに渡航書類やパスポートをわたしてくれた人物の氏名を言うようせまった。〈所長〉の名を告げると、将校はわたしに待つよう言って別室にすがたを消した。数分後、もっと上位の将校の部屋に連れて行かれ、ようやく警戒されることなしに歓待を受けた。尋問のあいだに電信でわたしに関する特徴やその他が詳しく知らされ、本人と一致すると判断されたのだった。そして、わたしをフランスへ入国させるようにとの指示を受けた。わたしの経歴を冷静に審査し、そこから推定されるわたしという人間を信用するその決断力には圧倒されるほかなかった。レジスタンス運動のなかには、たとえばルヴフの武装レジスタンス責任者のように相手をけっして信用しようとしない者も珍しくないのだ。

「ここの任務がどういうものか、貴殿にもわかってもらえるとありがたい。ドイツ軍スパイの問題は非常に重大であり、考えられているよりもきわめて深刻なのだ。フランスじゅうにドイツのスパイはわんさといる」と将校は明かした。

「それは知りませんでした。どうしてそうなってしまったのですか?」

「話せば長くなるのだが、特別に彼らが優秀だというのではなく、ただ非常によく組織されており、我慢強いし、動じないのだ。われわれは徹底的に攻めて、根絶やしにしてやろうと思っているけれど、あいつらはまるで雑草のようにまた芽を出してくる。なんとかしたいけれど人手が足りない。だから、貴殿も注意をした方がいい。完全に信用できる相手以外には、何も話さないことだね」

「そういった事態にフランス人はどう対応しているのですか?」

「対策をとってはいるが、不十分だ」将校はあきらめた口調で言った。「この国が戦争を実感としてとらえていないという点を忘れてはいけないのだ。まだフランスは戦争に突入してはいない。ここはポーランドではない。ドイツ人の遣り口を知り、それを相手にどのように戦うかは、われわれが経験したような敗北を味わってみなければわからないのかもしれない」

将校は抽出を開き、そこから大きなフランス紙幣の札束を出してわたしに差しだした。

「数えてからサインしてくれ。パリで必要になる資金だ。最高の待遇だといえる。しかし、そのままの格好ではまずい。スパイの目で見れば、貴殿が重要な任務をおびているのは一目瞭然だ。服装を変えた方がいい。亡命軍に加わろうと国を出てきたふつうの亡命者を装うんだ。パリに着いたらポーランド軍駐屯地に行き、志願兵として登録するのだ」

わたしは彼の指示を忠実に守った。モダーヌからパリに向かう列車では、一等コンパートメントで六人の乗客といっしょになった。わたしは彼らを注意深く観察した。『フィガロ』紙のページをせわしくめくる老婦人がひとり、明らかに商用で出張中の男がふたり、仕事の話とか共通の友人たち、戦争を話題にしていた。残る三名はポーランド人の若者で、亡命軍に合流するつもりのようだった。男たち五人のだれかにドイツ語訛りがあるかどうか、わたしは耳を澄ましてみた。ふたりの男が話すフランス語に時たま間違いがあるように思えた。しかし、そうだと断定するほど確かではないと思いなおした。ポーランド人三名はといえば、確かにわたしの同胞であるのは明らかだったが、ドイツ人の子孫である可能性もあった、あのオシフィエンチムの裏切り者たちのように。会話に引きこまれないよう、わたしは目を閉じて、眠っているふりをした。

ポーランド軍の徴兵事務所はパリの北端ベシエール[4]にあった。亡命者収容のキャンプと軍の徴兵事務所を兼ねていた。わたしはそこに行き、皆と同じように入隊手続きを行い、そのままキャンプにとどまるかのようにそこで一晩過ごした。翌朝、タクシーに乗ってパリの中心部に向かった。最初に目に入った公衆電話から、首相シコルスキ将軍の個人秘書クワコフスキ[5]を呼んだ。

「田舎から着いたところです」わたしは言った。「あなたの上司と会う必要があります」

それ以上は電話で話したくなかった。クワコフスキは、わたしに廃兵院《アンヴァリッド》に近いタレーラン街にある、当時は首相官邸となっていたポーランド大使館へ来るよう言った。わたしは出向いた。クワコフスキはたいへん素っ気なくわたしを迎えて椅子に座らせると、電話でコット教授[6]を呼んだ。コットは農民党の指導者のひとりで、シコルスキが首班の亡命政府で内務大臣を務めていた。電話でクワコフスキはわたしのことを説明し、指示を仰いだ。コットがわたしを待っていたのはまちがいない。というのは、クワコフスキがわたしにまた現金をわたしながら、どこでもいいからパリ市内に泊まり、明朝十一時アンジェの内務省に出向くよう告げたからだ。

「その前に、ベシエールに寄らないといけません」わたしは言った。「オーバーとトランクを置いたままですから」

「トランクには貴重品が入っているのかな?」

「もちろんトランクには入れていません!」

「だったらもう荷物のことはほっておきなさい。新しいのを買えばいい。ベシエールにもどるのは避けないと。あそこにはドイツのスパイがいるかもしれないのでね。どこにでも潜りこんでくるんだ。パリではそこいらじゅうにいる」

「それは聞いています。アンジェはどうですか?」

「危険があるのは同じだから、注意するに越したことはない。さて、それではサン・ジェルマン界隈に行って、小さなホテルを見つけるといい。その前に、アンジェ行きの切符を買っておくように。では、気をつけて」

わたしはタクシーをつかまえ、サン・ジェルマン大通りまで行くと、とても静かで快適なホテルに部屋をとった。午後いっぱいと夜の時間が空いたので、大いに楽しもうと思った。ワルシャワで常に危険を感じていたあの状態から解放され、それをようやく実感できるのだ。

パリの人々はゲシュタポの恐ろしさを知らない。灰色の空、今にも雨が降りだしそうな雲行きにもかかわらず、大通り《グラン・ブールヴァール》は着飾った陽気な人の群れであふれ、平和時よりもさらにコスモポリタンな都の賑わいを見せていた。まさに〈奇妙な戦争《フォウニー・ウォー》〉といわれた時期で、それが間もなく急変するのである。わたしは、特別な雰囲気を持つ場所だったという記憶に導かれ、〈カフェ・ド・ラ・ペ〉に着いたところだった。ところが空いたテーブルがひとつもなく、やっと席を見つけるまで苦労した。カフェや食前酒、ビールを味わいながら賑やかに談笑する男女。真冬だというのに、歩道に張りだしたテラスは、赤く焼けた名高いストーブを囲む人でどこも満席だった。

午後の残り時間は買い物に費やし、それから豪勢な夕食をとって、しばらくグラン・ブールヴァールを歩いてから、腕いっぱいにフランスの新聞を抱えてホテルにもどった。これといったニュースもなく、じきにわたしは眠ってしまった。

翌日は朝早く、新調したスーツを着て、アンジェ行きの汽車に乗った。フランス政府が決めたポーランド亡命政府の所在地である。諸外国のポーランド向け大使館をはじめ、ポーランドの各省も同市に公式の住所を定めていた。フランスからわが国政府は、一国としての国家主権ならびに治外法権をその地で保証されたのである。そういうわけで、諸外国の〈在ポーランド〉大使館もアンジェ市内にあった。

町に着いて、ポーランド政府の建物はすぐに見つかった。ある年配のフランス人が道を教えてくれ、「だまし討ちにあった不幸なポーランド」の政権を自分たちの町に迎えるのは栄誉であるとわたしに告げた。内務省に出向くと、コットの秘書官が待っていた。

秘書は丁重だがひどく慎重に構えていて、コットがわたしとは執務室以外の場所で会うことを望んでいると言う。そして、わたしの証明書類を確かめてから、コットとの昼食を近くのレストランに手配した。わたしがそこに行くと、もうコットは来ていた。

コットは白髪で小柄、しぐさからうかがえる几帳面さはふだんからのようで、ほんのいくらかペダンチックな傾向があるように見えた。おたがいに自己紹介をしてから座ると、コットはわたしがまるでパリの銀行員のようで、飢えたポーランドが送ってきた密使だとはとても思えない、と言った。

占領下のポーランド人がどう暮らしているかについてはずいぶん見当はずれな見方が多い、とわたしは言ってみた。

コットはわたしに射ぬくような視線を向けながら言った。

「きみは合い言葉や符帳、身分証明書をぜんぶそろえているが、わたしに課された義務は警戒を怠らないことなのだ。きみがわたしの待っていた人物であるかどうかを、わたしは自分で確認しないといけない。きみ自身について話してくれないか、戦争前にやっていたこと、今は何をしているかを。きみがいっしょに働いている人間たちのことも話してくれ」

わたしたちは、レジスタンス組織のメンバーでわたしが知っている者たちについて長い議論を交わした。そういうやり方でコットは、わたしに関する自分の好奇心を、また同時に人間一般についての興味をも満足させるのだった。質問方法、わたしの回答に対する反応から、知力に加え、彼は情報に通じており、すぐれた観察力の持ち主であることも明らかだった。出来事および状況を分析するというのが本領のひとつであるが、提示された問題からというより、むしろそれに関与した人物の性格から結果を引きだすのである。

レジスタンス運動の詳細に話題が向かったとき、コットは自分の収集資料を補足するためにも、わたしが報告書を提出するべきだと結論した。わたしがパリにもどった時点で、タイプライターと秘書をつけようと言った。

「報告書のなかで、個人名および政治組織名を挙げてはならない。わたしの送る秘書に口頭で言いたまえ。秘書がそれを暗号化する」

パリにもどってからの一週間、報告書作成にかかりきりになった[7]。書きおえて、また秘書に会う約束をとるための電話をした。大使館まで出向き、そこでシコルスキ将軍がわたしを面談するだろうと言われた。

わたしは大使館に向かったが、ひどく興奮していた。ポーランドで、シコルスキの名声はたいへんなものである。ポーランド国民が〈ヨーロッパ人〉と呼ぶところの博識な国際人であった。自由主義と民主主義を標榜、たいへんに有能な大将であり、首尾一貫してユゼフ・ピウスツキとは対抗していた。ポーランドは、九月の敗退のあと、すべての期待をシコルスキに寄せていたのである。

シコルスキとの面談を待つ控え室で、わたしはルヴフ時代の友人、あのイェルズィ・ユルと会ってびっくりした。大喜びで挨拶を交わしたのはもちろんだ。彼はカルパチア山脈をよこぎっての英雄的な脱出の詳細を語ってくれたが、ふたりとも現在の状況を語る場面になってふととまどってしまった。わたしたちのどちらも自分の境遇を語ることが許されていなかった。ふたりともポーランドにもどることになっているのだと互いに察したものの、残念ながらその件に触れることはできなかった。パリでの住所を交換し、わたしは将軍の執務室に入った。

シコルスキは六十代で、背筋をぴんと伸ばし頑健そうに見えた。物腰や洗練された身のこなしは、フランス生活の影響をうかがわせた。驚くにはあたらない。というのは、ピウスツキと対立していた時期の数年間をフランスで過ごし、この国にとても愛着を感じていたからだ。フランスの政治家や軍人に友人が数多くいた。第一次世界大戦の終結後も、フランスの総合幕僚部とは密接な関係にあり、フランス軍首脳部の多くは彼を高潔ですぐれた戦略家と見ていた(8)。

首相執務室での会話はごく限られたもので、シコルスキはわたしを翌日の〈カフェ・ヴェベール〉での昼食に招いた。

わたしたちは直接にレストランで待ちあわせた。ほかのテーブルとは離れたところに席が用意されてあった。ふたりは席について、アペリチフを頼んだ。シコルスキはわたしに謝るのだった。

「カルスキ中尉、わたしはきみといっしょに酒を飲まないが許してくれ」将軍が笑いながら言った。「外交の宴席で無理をするたびにかならず体調をくずしてしまう」

首相はたいへんていねいで愛想がよかった。わたしの経歴と将来の計画について尋ね、その答えを聞くのにも親身な態度が感じられた。わたしたちは軍事情勢について話した。シコルスキはドイツ軍の優秀さを認めたが、最終的にはフランス軍の勝利を信じていた。戦争の継続期間については、自分の意見を明らかにしようとはしなかった。

「わたしの見解がどうであれ、レジスタンス機関としては長い戦争を覚悟し、それに対応した行動をとらなければならない。中尉、わたしとしてはその点を伝えてもらいたいのだ。幻想は許されないのだから」首相は言った。

その認識および考察は、彼がポーランド国家の将来をどのようにとらえているかうかがわせるものだった。

「ポーランドにとっては、これが単なる独立戦争であってはならない。一九三九年九月一日以前の状態にもどせばすむのではない。ある意味でわが国敗退の元凶である過去を、無批判に復活させるわけにはいかんのだ。本国にもどっても、その点は忘れぬように。いいかね、われわれは単にポーランド独立のためではなく、ヨーロッパの新しい民主国家のため、全市民に政治的自由と社会的進歩を保証する国家のために戦っているのだという点を忘れてはならない。残念ながら戦前のポーランド政府は、民主主義精神によるのではなく、強権政治によってポーランドを発展させようと努めてきた。それはわが国の伝統とも、また国民意識とも隔たりがあった。その轍を踏むことも、その責任者たちを再登場させることも許されない。戦後のポーランドは、各政党と労働組合連合、市民たち、つまり少数の特権階級ではない者たち、経験と熱意を持つ者たちによって再建されなければならない。ポーランド人はわたしの言葉をまだ理解しないだろうし、それはよくわかっているつもりだ」とシコルスキはそこで言葉を切ってから、また続けた。「だがきみやきみの友人たち、ポーランドの若い世代は理解してくれるだろうと思う。そのきみらにわたしは賭けているのだ。まずはドイツとの問題を片づけ、そのあと国家再建の重い責務にとりかかろうじゃないか」

食事の終わりになってシコルスキは、こんどはアンジェのホテルでもう一度会って話そうと提案した。そのときになってはじめて、わたしはレジスタンス運動の統一と組織構成について、その指導者たちの見解を首相に伝えることになった。彼はほぼ全面的にボジェンツキの提案に同意した。

「運動が占領軍に抵抗するだけの活動に縛られてしまってはならず、一国家の形態をとるべきだろう。すべての国家機関を再生させ、あらゆる方法を用いてその存続・維持に努める必要がある。地下軍隊も正規の国家機関の一部であり、敵との戦闘だけを存在理由とするような戦闘集団の集まりであってはならない」と彼が続けたとき、わたしはルヴフの武装闘争指導者の態度があまりに頑なだったことを思いだし、心から首相の言葉に共鳴した。

「軍隊はけっして、何があっても政治に口を挟んではならない」シコルスキは続けた。「国民の軍隊であり、国民に奉仕するのであって、統治してはならないのだ」

わたしは、レジスタンス運動が解決すべき最も厄介な問題について尋ねた。

「対独協力拒否の方針はどこまでを限度に適用すべきとお考えですか？ というのは、ドイツの公機関に潜入すればわれわれの利益になる状況もあります。ただし、倫理的なジレンマが残りますね」

シコルスキの答えは明快である。

「パリにいるポーランド人は快適な生活を送っているのだ」と皮肉っぽく将軍は言った。「うまいものを食べられるし、ぐっすり眠れて個人的な問題もあまり抱えていない。そういう人間がだ、ポーランドで苦しみ飢えている者たちに対して何か言える権利があると思うかね。わたし個人の意志を強制しようなどという考えは毛頭ないし、そうしたとすれば背徳だ。在フランスのポーランド政府に課された目的はたったひとつ、つまりポーランドの国益を国外において防衛するということである。もしレジスタンス運動の当事者たちがわたしの意見を聞きたいというのなら、わたしは国際的な視点からこう言いたい。いかなる形態においても対独協力《コラボラツィヤ》は有害である、と。だが、当事者たちが必要と感じたことを実行すればいいのだ。外地にとどまっているかぎり、われわれはポーランド同胞に対して命令することなどできないのだから。われわれの使命はドイツと戦うことである。わが国の歴史と伝統を思いかえして欲しい、と伝えてくれ！ われわれここにいる政府のメンバーは、国内のレジスタンス指導者たちが正しい道を選ぶだろうことを確信している、と」[9]

わたしとの面談に終止符を打つかのように、ポーランド政府とレジスタンス機関に与えられた使命はポーランドの国体護持にとどまらず、国の発展と改革をなすことである、とシコルスキは断言した。

翌日、わたしは偶然にコットと〈カフェ・ド・ラ・ペ〉で出会った。おそらく毎日のように通っていたのだろう。クラクフにも彼が熱心に通うカフェがあって、それを学生たちは〈カフェ・コット〉と呼んでいたほどだ。コットもわたしがポーランドから持参した提案を全面的に承認した。彼が言うには、ポーランドの占領は長期におよび、したがってレジスタンスも長い闘争を覚悟すべきだというものである。そしてわたしに、武装レジスタンスの指導者ソスンコフスキという人物と接触するよう勧めるのだった[10]。

その副官に電話すると、目立たないビストロで会えるよう計ってくれた。ソスンコフスキは上背も幅もある大男、年齢は六十五歳くらいか、濃い眉毛の下から青い射るような眼光を放つ根っからの軍人であり、第一次大戦前、ピウスツキが侵略軍に対抗するため地下軍を組織したときの参謀長だった。そのとき身につけた習慣を忘れず、骨の髄まで陰謀家のままである。

まずはわたしが大っぴらに彼の副官に電話したことを非難する。電話が盗聴されているのを知らないのか、と質してくる。わたしは答えなかった。本国の状況について質問したので、社会的あるいは政治的な諸問題を説明したのだが、何の提案もしない。自分の専門は軍事である、と強調するにとどまった。ポーランドの占領が長期にわたるという点についてはソスンコフスキも同意見で、今回の戦争は以前の戦闘と違っており、終戦後すべてが変わってしまうという点に、ポーランド国民は最大限の注意を払うべきであると言う。

わたしはパリに六週間いた。その大部分は、わたしが持ち帰ることになる報告書を書くのに費やされた。わずかな自由時間を利用して、イェルズィ・ユルと散歩するのが唯一の余暇だった。パリを離れる前、コットと最後に会い、わたしがどうしても会わなければならないレジスタンスの中心人物ぜんぶの名前を教えてもらった。コットはとても親切な態度を見せ、別れるときにこう言った。

「しきたりでは、裏切らないことをきみに宣誓させなければならないのだよ。だが、裏切るくらいきみが悪質なら、宣誓を守らないことなど平気だろう。ということで、握手だけにしよう。幸運を祈っているぞ！」

帰還に際して、わたしはべつの氏名を名乗り、べつの証明書類を持って旅することになった。ブダペストまでは、ユーゴスラヴィア経由のシンプロン・オリエント急行に乗る。そこに二日ほど滞在し、わが〈連絡事務所〉に便宜をはかるため、本来ならばそこの下部連絡員の仕事である背嚢いっぱいの現金をポーランドまで運ぶという任務を負う予定になっていた。ところがそれは単なる便宜をはかるというようなものではなく、二十キロものポーランド紙幣を詰めた軍用背嚢である。わたし自身の装備も合わせると、たいへんな重荷となった。車でコシツェまで行き、そこであの山越えをさせてくれたガイドと再会した。雪解けでスキーが役立たなかったことをのぞけば、万事順調に進んだ。だからわたしは、まるでロバのように荷物を担いで歩きつづけたのだが、帰れる嬉しさでいっぱいだった。

（1）事実は、コシツェの町がミュンヘン条約締結の翌日、一九三八年十一月二日付けのウィーン裁定によるトリアノン条約改正で、チェコスロヴァキアからハンガリーに返還されていた。ハンガリーはコシツェとコマルノ、ムカチェヴォの町と同時に、スロヴァキア南部一帯の一万二、一〇三平方キロメートルとその住民百三万人（内八十三万人はハンガリー王国時代からの多数民族マジャール人）を併合してあったのだ。すでにミュンヘン協定によってズデーテン地方をもぎとられ、つぎにテッシェン地方のポーランドへの割譲を余儀なくされ（人口二十万の七割はポーランド人）、チェコ＝スロヴァキア第二共和国は一九三八年十一月十九日の憲法による国家体制補強をはかり、スロヴァキアと下カルパティア＝ルテニアとに自治政府の樹立を認める。だが一九三九年三月十四日および十五日、スロヴァキアが独立を宣言してチェコ＝スロヴァキア共和国は解体する。

（2）一九三九年九月当時、スタニスワフ・プズィナ（一九一七〜四二）はポーランド空軍の着弾観測中尉だった。フランス降伏後、イギリスに渡り、ポーランド空軍の夜間戦闘飛行第三〇七中隊〈ルヴフ〉の士官となった。一九四〇年七月一日からイギリスに移ったポーランド空軍の八、三〇〇名（士官一、四五〇名を含む）はバトル・オブ・ブリテン（英独航空戦）に参戦し、当時その活躍は称えられたものの、時とともに彼らの役割は忘れ去られた。一九四二年、プズィナは英国エクセター空軍基地での飛行機事故で死亡。Lynn Olson et Stanley Cloud, *A Question of Honor. Forgotten Heroes of World War II. The Kosciuszko Squadron*, New York / London, Random House, 2003（「名誉に関わる問題。世界第二次大戦の忘れられた英雄たち。コシチュシュコ飛行中隊」）参照。

（3）一九三九年三月以来ハンガリーは、下カルパティア＝ルテニアを併合した結果、ポーランドと約二百キロメートルの国境を持つようになった。一九三九年九月十七日のソ連侵攻後は、ポーランド軍の大隊がそろって撤退するのに、同盟国ルーマニアよりもこの新しいハンガリーとの国境を越えるのが可能になった。マチェイック機甲旅団もこうして退却し、すると民間人もそのあとを追った。十月三日付け駐ハンガリー・ポーランド大使館の発表によると、ポーランドからの亡命者は民間人八千名、士官五千名、兵士三万名を数え、間もなくすれば民・軍を合わせて六万名になるとある。そういう事情から、駐ハンガリー総領事ジャランスキとその陸軍武官は九月二十日付けで本国政府代表という肩書きを与えられ、亡命軍人（士官および兵士）をユーゴスラビア経由でフランスに避難させる任務に就くが、ハンガリー政府の多大な協力を得られたという。一九三九年秋には、レジスタンスの軍事部門SZP＝ZWZの司令部が亡命政府との第一連絡拠点（コードネームは〈ロメク〉）をブダペストに設置、その指揮をアルフレド・クラジェフスキ大佐に任せ、それが著者ヤン・コジェレフスキの会った相手である。

（4）このポーランド軍キャンプは、パリ北部のクリシー門とサン・トゥーアン門に挟まれた十七区のベシエール大通りにあった。

（5）アダム・クワコフスキ（一九一六〜四三）はクラクフ近郊の生まれで、父親は販売員。シコルスキ将軍には、ワルシャワからルヴフ、ルーマニア（一九三九）を経由してフランスへと同行し、個人秘書となる。ジブラルタル沖の飛行機事故で将軍と運命をともにした（一九四三年七月四日）。

（6）スタニスワフ・コット（一八八五〜一九七五年）はクラクフのヤギェウォ大学で文化史の教授だった（一九二〇年より）。オーストリア＝ハンガリー帝国民として生まれ、二十歳ですでにポーランド独立運動に参加、一九一四年、ウィーン在住のポーランド人代議員が創立した反ロシアのポーランド軍団、NKN（国民最高評議会）のメンバーとなる。彼自身は、ルヴフ出身の技師で予備役大尉シコルスキ指揮下にあったNKN軍事部門の広報・情宣担当に任じられる。このときの協力関係で培われた友情は、一九三九年に実を結ぶことになる。一九二〇年、コットはPSL（ピャスト農民党）に入党して、文化活動を行う。一九三〇年、ブジェシチ・ナド・ブギエム（ベラルーシのブレスト）にて野党指導者の投獄に抗議するヤギェウォ大学教授陣を先導した。一九三三年の大学改革時に彼の講座は廃止される。PSLの全国執行委員になり、党の創立者ヴィトスの側近となった一九三六年、彼は〈軍事政権〉を容赦なく批判し、シコルスキ将軍に近い中道派の野党連合〈モルジュ戦線〉に接近する。彼らとは一九三九年九月にルヴフで打ち合わせて、ブカレスト経由でパリに向かい、十月初旬、組閣中のシコルスキ政権に加わる。無任所大臣から内務大臣（一九四〇～四一）、駐モスクワ大使（一九四一～四二）、情報・資料大臣（一九四三～四四）を歴任、首相が耳を傾けるブレーンのひとりとなる。過去にピウスツキ信奉者だったという理由だけで、有能な軍人や愛国者たちに怨恨と不審の念を抱く、とコットを非難する人々が少なからずいる。一九四五年二月のヤルタ会談以降は、スタニスワフ・ミコワイチクの堅実路線を認め、共産党が支持する国家統一に向けたワルシャワ臨時政府に加わり、駐ローマ大使（一九四五～四七）となって〈ロンドン組〉およびヴワディスワフ・アンデルス少将との折衝に苦心した〔ソ連が後押しする国内政府と、それを拒む在ロンドン亡命政府の対立は冷戦期ずっと続く〕。一九四七年以降も亡命生活を続けながら、農民運動の国際組織にて活動。シコルスキ将軍との書簡集を出版した。コットの評価については、いまだに多くの論議がある。*Listy z Rosji do generała Sikorskiego*（「ロシアからシコルスキ将軍への手紙」）、*Conversation with the Kremlin and dispatches from Russia*, 1963（「クレムリンとの会話とロシアからとどいた公文書」）参照。

（7）ここでヤン・カルスキ（コジェレフスキ）が言及しているのは、スタニスワフ・コットに頼まれアンジェにて口述した以下四つの質問に対する秘密報告書のこと。一、カルスキがたどったルートと、その手配と首尾。二、ナチス・ドイツ占領下の生活状況。三、占領下ポーランドにおける政治的見解の変化。四、ナチス・ドイツ占領下およびソ連占領下におけるユダヤ人の生活状況。

　ユダヤ人の置かれている状況に触れた〈カルスキ報告書〉のこの部分が有名になり、略されたかたちで頻繁に引用されるようになる。ソ連占領地域については未知のままだが、逆に、ナチス・ドイツの占領開始から三カ月で、ポーランド人のあいだにユダヤ人排斥の傾向が強まっているとのカルスキの観察は一種のリファレンスともなった。〈カルスキ報告書〉の四番目の部分は Artur Eisenbach, *Dzieje Najnowsze*, 1989, n°2, p.189-196 に全文掲載された。《ソ連占領下のユダヤ人》の章から長い引用が *Wokół Iedwabnego*, Warszawa, IPN, coll. «Dokumenty», tome II, p.127-128（「イェドヴァブネの辺りで」）に掲載されている。報告書の原本は、ポーランド亡命政府の記録文書といっしょにカリフォルニアの〈フーヴァー戦争・革命・平和研究所〉に保存されている。侃々諤々の議論を引きおこした部分、六と九、十、十一の各ページ（それぞれ新旧二版）と、カルスキが「Uwaga（要注意）!!」と手書きした報告書の表紙を、スタニスワフ・M・ヤンコフスキが二〇〇九年に複製して出版したのはすばらしい考えであった。前出の Stanisław M. Jankowski, *Karski, Raporty...*, *op. cit.*, p.53-61 参照。

（8） 前置きしておくと、フランスのフォッシュ元帥の特使ヴェガン大将は、一九二〇年、ソ連を相手にしたワルシャワの戦い、〈ヴクラ川の攻防（八月十四～十六日）〉における、ポーランド第五軍を沈着冷静かつ巧みな作戦で指揮したシコルスキ将軍にたいへん感銘を受けていた。その後シコルスキ将軍は、フランスではポーランド随一の名将軍と見なされたのみならず、フランス語にも堪能だった。二〇年代に彼が歴任した幕僚本部長（一九二一～二二）、首相（二二～二三）、国防大臣（二四～二五）の要職のおかげで、フォッシュとペタン両元帥のほか、影響力のある将官や政治家との個人的な信頼関係を築くことができた。さらにシコルスキは、自分の著作、技術的なものと政治的なものを錚々たる人物に序文を書いてもらいフランス語で出版した。一九二八年刊行の *La Campagne polono-russe de 1920*（「一九二〇年のポーランド＝ロシア戦役」）の序文はフォッシュ元帥、つづいて一九三一年 *Le Problème de la paix, le jeu des forces politiques en Europe orientale et l'alliance franco-polonaise*（「平和問題、東ヨーロッパにおける政治力の駆け引き、そしてフランス＝ポーランド同盟」）の序文はパンルヴェ首相、一九三五年の *La Guerre moderne, son caractère, ses problèmes*（「現代戦、その特徴と問題点」）の序文はペタン元帥。

（9） 一九三九年十一月二十三日、地下出版社から政治倫理典範が発行された。これは、パリにいるカジミエシュ・ソスンコフスキ将軍の命令である。一九四〇年四月十六日、国内問題を検討する閣僚会議は、対敵協力や裏切り、密告、スパイ行為を裁いて刑罰を科す地下の民事・軍事裁判所の設置を命じた。一九四二年四月、政府国内代表部は、軍事機構からの出向部署として民間闘争局を設け、その管理をステファン・コルボンスキに任せた。民間闘争局は禁止された役職一覧を発表し、違反者は恥辱刑に処されるとした。

（10） カジミエシュ・ソスンコフスキ（一八八五～一九六九）、コードネームを〈ゴジェンバ〉という。ワルシャワの元貴族、知識階級の家庭に生まれ、十八歳で社会党員、一九〇五年の革命時には党の武闘組織（ＯＢ＝ＰＰＳ）に加わり、しばらくしてその指導員となる。党分裂の際には、ユゼフ・ピウスツキへの忠誠から社会党の革命分派に属する（一九〇六）。その後、ルヴフの大学にて建築学の学位取得に努めるが、一九〇八年にＺＷＣ（主体闘争連合〉を結成、一九一〇年からは後にポーランド軍団の骨格となる準軍事集団、〈射撃手連合〉の指導に携わる。一九一四年、ポーランド軍団第一旅団の大佐、そして参謀長となる。一七年には、ピウスツキの補佐官として占領国ドイツに捕らえられてマグデブルクに幽閉される（一七年七月二十二日～一八年九月九日）。陸軍少将で国防副大臣となり、一九二〇年のポーランド・ロシア戦役で国防予備軍の指揮をとる。一九二〇年から国防大臣、したがって二一年のフランス・ポーランド軍事協定は彼が調印している。二五年からポズナンのポーランド軍団指揮官、翌二六年五月にピウスツキがクーデターを起こしてしまうと、彼は合法的政府への忠誠とピウツスキへのそれとのあいだで深いジレンマに陥った。自殺を試み、一命はとりとめたものの大手術のせいで、一年間の療養を必要とするほどだった。国軍監察官（一九二七～三九）、三六年に陸軍准将、ポーランド復興勲章参事会総裁、三九年のドイツによる侵攻時は南部戦線の総指揮官を務める。パリに脱出後は、一九三五年憲法第十三条に基づき、W・ラチュキェヴィチ大統領よりその後継者となるよう指名される。三九年十一月十三日、シコルスキ将軍より国内レジスタンス軍事機構であるZWZ（武装闘争連合）の総司令官、同時に国内問題担当の閣僚委員会議長に任じられる。一九四一年七月、ポーランド＝ソ連間のシコルスキ＝マイスキー協定に危惧を抱いたソスンコフスキは内閣から辞任する。一九四三年七月四日シコルスキが死亡すると、ラチュキェヴィチ大統領からポーランド国軍の最高司令官に任命される。その人事は、ソスンコフスキを〈反動分子〉と見なすソ連および、その後押しをするチャーチルとから激しい非難を浴び、ソ連はミコワイチク首相との交渉妥結の条件に彼の更迭を提示した。

ソスンコフスキは一九四四年夏の状況を見て、個人的にはワルシャワ蜂起に反対の立場だった。同九月一日、イタリア戦線にいた第二ポーランド軍団の指揮官ヴワディスワフ・アンデルス少将に宛てた手紙のなかで、ソスンコフスキは「一九三九年九月一日時点でのポーランドの孤立」と「現時点のワルシャワの孤立」に言及している。こういう理由からチャーチルの憤激を買い、四四年九月三十日、彼は更迭された。その後はカナダに移住。J. Kasprzyk,《Sosnkowski Kazimierz》in *Encyklopedia biatych plam*, tome XVI, Warszawa, Radom, 2005, p.249-252 参照。

第11章 秘密国家[I]

一九四〇年四月末、わたしは在仏ポーランド共和国政府から国内レジスタンスに宛てた最重要指令を携えてポーランドに向かうところだった。指令には、各地下組織が秘密国家の構成要員として結集・統一されるべき、とあった。国境近くの秘密連絡所で数泊したあと、わたしはクラクフに着いてレジスタンス代表と連絡をとった。そこで知ったのだが、レジスタンス運動すべてを統一するという基本構想はすでに議題になってはいたが、その実現までにはまだ時間がかかるだろうということだった。

クラクフで、地方のレジスタンスがいかに機能しているか実地に見た結果、活動が露見しないよう、すべてが高度に組織化されて複合的な機構をなし、だがきちんとした秩序に基づいているのだと、はじめて理解した。そういえば、わたしは一瞬のあいだもひとりにされたことがない。後になって知ったのだが、わたしの全行動、全発言、それに食べた料理の内容まで、わたしの上官に筒抜けだったのだ！　泊めてもらっている知人宅にもどると、アパートの前にかならずだれかが待っているから、合い言葉を交わさなければならない。もしだれも待っていない場合はすぐにその場を立ち去り、絶対なかに入ろうとしてはならない。

ある朝のこと、九時四十五分、わたしはアパートの前で青い傘とジャガイモの入った買い物カゴを持つ白髪頭の老婦人と会う手はずになっていた。当日の朝、どうしてもミサに行きたくなって、しかもそれが終わったのは九時三十分だった。教会から帰るとその婦人がわたしを待っていて、いっしょに次の待ち合わせ場所に向かった。翌日の晩になると連絡員が現れ、外泊して組織外の者と交友関係を持ったとの理由で、レジスタンス支部がわたしを譴責処分にした、と告げる。あの温和そうな老婦人は、わたしがアパートから出て来たのではなく、どこか別のところから来たということをちゃんと報告したのだった。

たえず監視されていると思うと、わたしは神経質になった。だから、指導部に理由を問いただした。わたしの慎重さにまだ確信が持てないというのが彼らの答えだった。ほかにも、わたしがゲシュタポに疑われるか捕まるかした場合すぐにそれを知り、早急な必要措置を講じなければならないからなのだそうだ。このように、最重要の指示を携えて帰還した密使は、どれだけ信用を得ていようとも、そんなふうに扱われる。

四カ月半も留守にしていたあいだ、国内では大きな変化があった。帰国後に何人かと話して、地下活動の組織強化がほぼ完了していると知らされた。運動は主要二分野に統合され、まず農民党（PSL）、社会党（PPS）、キリスト教勤労党（SP）、国民民主党（ND）の四大政党からなる連立指導部、次に地下武装組織だが、それは在仏ポーランド国軍とまったく同じ正規軍である。

連立指導部は、現状では未創設の国政全般、つまり行政と司法、経済、救難などすべてを担うポーランド政府国内代表部を設置すべく努力していた。当然ながら人選、とりわけ全国組織をとりまとめる代表部総代の候補を具体的に決める問題が出てきた。

わたしが持ち帰った指令は、基本的にその点についてきわめて明確だった。在アンジェ政府は、全政党が一致する候補ならば認めるつもりである。シコルスキとその閣僚は、候補の人となり、所属政党にはまったく関心がなかった。風格と度量があり、ポーランド国民から信頼の厚い人物を望んでいた。シコルスキにしても、ボジェンツキの名を仄めかしたにすぎない。(1)

わたしがポーランドに帰国して最初に耳にした出来事は、ボジェンツキの逮捕だった。ポーランド秘密国家がそこまで組織化された成功の陰で、ボジェンツキほか多くの者が命を犠牲にしていた。

キリスト教勤労党の党首テカも銃殺刑に処されていた。(2) 政党同士の接近および対話を進めるうえで、最も活動的、最大の成果を上げていたのは彼だった。

仏独開戦の知らせをクラクフの人々は熱狂で迎え、早晩ヒトラーが敗北するものと信じた。シコルスキやコット、ソスンコフスキの見解を踏まえたわたしの意見など、だれひとり聞こうとしなかった。

わたしは戦前からの知合いのひとりユゼフ・ツィナ(3)のクラクフのアパートに泊めてもらった。彼は名の知られた社会党員であり、才能あるジャーナリストでもあった。二十五歳になったばかりなのに、その貫禄と爽やかな弁舌、円熟さを感じさせる判断力で周囲の人間を驚かせた。行動は控え目かつ現実的だった。地下活動には不可欠の得がたい才能に恵まれていたから、自分にも、またその行動にもまったく周囲の注意を向けさせないのだ。旅行をしたり会合したりするのも、彼の暇つぶし、あるいはふつうの人づきあいとしか思われない。わたしが会ったレジスタンスの指導者のなかで、フランスの軍事力を過信するのが致命的な誤りかもしれないと理解していたのは彼だけだった。(4)

「ドイツ軍はすばやく前進してフランスを占領するだろう」彼は言ったものだ。「その状況は、もし連合軍が攻撃の火蓋を切るならば好転する。ドイツ軍が攻撃を開始したという単純な事実は、彼らにその用意ができていたことの証明だ。一方、連合軍が陸あるいは海、空から先制攻撃しなかった事実は、連合軍側にその用意ができていなかったことを示している。戦争においては、攻撃をしかけた側が、戦略上も作戦上でも、かならず有利な立場につくものだ」

彼のアパートには三晩泊まった。クラクフの郊外にあり、彼は偽名で住んでいて、仕事はまだドイツ人に解散させられていない数少ない協同組合のひとつに勤めていた。アパートは建物の三階にあると届け出ているが、じつは一階にある地下組織の連絡員の家に住んでいた。

「ドイツ人がぼくを逮捕しに来ても、やつらは三階に上がるにきまってる」ツィナはわたしに説明した。「三階はもぬけの殻で、ぼくはやつらが来たことにもう感づいている。そこで、ぼくはここから外に抜けだすのさ」ツィナは台所の床板二枚をはずして言った。「地下倉の通路に続いていて、三軒向こうの裏道に出られる。逃げだすチャンスは大いにあると思っているよ」

彼は満足そうな笑いを浮かべた。わたしがアパートを去るとき、ツィナはまるでふと思いついたかのように言った。

「ついでで悪いが、これを持っていって、列車のなかとかワルシャワ市内で配ってくれないか。まずは、読んでみてくれ。五月一日メーデーのために用意した社会党の宣言《マニフエスト》なんだが」

「何、これをどうしろって？」わたしは差しだされた包みを受けとりながら聞いた。

「チラシだから、配って欲しいんだ。演説するだけじゃあ足りない、こちらの考えをわかってもらうには、説明しに行かないと」

チラシには《一九四〇年メーデーに寄せる自由宣言》とタイトルがついていて、非合法のポーランド社会党（ＰＰＳ）の方針と占領下ポーランドの現状分析をまとめたものである。


苦境下にある労働者、農民、知識人、ポーランド全市民に告げる。

いま隷従を強いられている日々のなかから、われわれは声をあげたい。ヴァリンスキ、モントヴィユーウ、オクジェヤたちと同じ声、あなたたちも聞いたことのあるポーランド社会主義者の声を。わがポーランドが独立国家であったとき、その声は専制的指導者による政治を糾弾するため、何度も何度も響きわたった。それはワルシャワとグディニャ〔バルト海に面した港湾都市〕の労働者たちが侵略者たちに向かってあげた声でもあった。今ここであなたたちに呼びかけるのは、あの独立と社会主義の日を思いだして欲しいからである。五月一日メーデーが迫っている。ブグ川の両岸で祝日となる。おわかりのように、これはスターリンとかヒトラーを称えるための日ではなく、勇敢なる闘争を展開するための日だ。ポーランドは敗れた。ドイツ軍の徹底攻撃に、目にすべき反撃さえ加えることもできなかった。（……）

歴史はポーランド国民に恐るべき教訓を与えたのである。

今日、わたしたちが自由への道をたどるためには、ゲシュタポやGPUの拷問部屋、監獄や強制収容所、大量処刑のなかを通りぬけるほかないのだ。

圧政に苦しみ、虐待・搾取されてやっと、わたしたちは苦い真実を知った。ポーランドを強く正しい大国にするだけの能力がなかった支配階級の代表などに、もうわが国の未来を任せてはおけない。大地主や資本家、銀行家のためのポーランドはもう存在してはならない、労働者と農民、知識人が国を再興すべきなのである。

西側では、イギリスとフランスがドイツと戦っている。わが新生ポーランド軍も、連合軍と肩を並べて戦っている。しかし、ポーランドの運命がマジノ線やジークフリート線〔仏独両国が互いに築いた防戦のための要塞線〕で定まるのではないのだという点を、わたしたちは理解しなければならない。ポーランドにとって決定的な瞬間が訪れるのは、ポーランド人自身が侵略者を相手に戦うときである。われわれはその時が来るのを忍耐強く待っている。その時のため、われわれは政治的な巧妙さと賢明さを磨いておかねばならない。武器を蓄え、戦士には訓練させねばならない。

新しいポーランドにおいて、権力は人民のものである。新しいポーランドは、自由と正義、民主主義の国でなければならない。主権在民のもとに法を定め、新体制――社会主義を築くのだ。

新しいポーランドは過去の過ちも正さなければならない。土地は農民に分け与えられるが、地主への補償はない。鉱山ならびに銀行、工場は社会から監視される必要があろう。言論および信仰、思想の自由を法令化しなければならない[5]。学校や大学は人民の子弟子女に開かれなければならない。

毎日のようにユダヤ人の苦しみを目撃しているわたしたちは、共通の敵からあのように迫害されている人々との調和ある共存を学ばねばならないことを教えられた[6]。自分たちも国を失った今、わたしたちはウクライナやベラルーシの人々の願望を尊重することも学んだ。

解放されたポーランドに人民政府を打ち立てたとき、正義と自由、豊かなポーランド国家を建設するのはわたしたちの役目である。

ポーランドの、いや世界の歴史においてもいまだかつてなかったような迫害を味わっている今、あなたたちの闘争心と忍耐力を奮い立たせるべくわれわれはここにいる。

メーデーの日を迎え、ポーランド全土にかつての革命スローガンが響きわたらんことを！

わたしは百枚近いチラシを配り、一枚だけ自分のためにとっておいた。

レジスタンス組織に加わった四大政党のなかで、この時期のポーランドの世論にいちばん影響力を持っていたのは社会主義運動を展開していた社会党《PPS》である。この党が伝統的にも、独立運動ではいちばん長い歴史を持っていた。それが理由で、ポーランド独立運動の前衛を形成する労働者たちに強大な影響力を与える政党となったのである。

最も勇敢かつ献身的な闘士といえば、それはたいてい彼ら社会党員であった。一九〇五年、ＰＰＳは帝政《ツァーリ》ロシアの高官を襲うテロをくり返し、その活動で多くの党員が命を落とした。現レジスタンスが発行する地下新聞の前身は、第一次大戦前のツァーリ警察に公然と立ちむかい、圧制者に抵抗するようポーランド国民に呼びかけたPPSの機関誌『労働者《ロボトニク》』である。一九三九年のワルシャワ防衛戦で、今は亡きミェチスワフ・ニェジャウコフスキの下で主要な役割を演じたのは彼ら労働者たちである。ついに開城せざるをえない事態を迎えたときにも、ニェジャウコフスキは降伏を拒否しただけでなく、敗北の事実さえ認めなかった。ドイツ軍が市内に入っても、彼は逃げも隠れもせず、本名のまま自宅に住みつづけていた。ゲシュタポの尋問が始まり、ヒムラー自身も尋問に加わった。

「われわれに何をしてもらいたいのだ？　何を期待しているのか？」と、ヒムラーは聞いたと報告書に書いている。

ニェジャウコフスキは、ずり落ちたメガネを直してから挑発するように相手をにらんだ。

「あんたたちには何も期待していない。あんたたちとは戦うだけだ」

その直後、ヒムラーはこの誇り高い不屈の労働運動指導者を銃殺刑に処した。

ＰＰＳは、十九世紀初頭にマルクス主義思想を唱えて以来、ずっとその立場を変えていない。生産手段を政府管理下に置き、組織計画化された経済と農民による土地の分配、政治的には議会制民主主義を標榜する。

国民民主党（ＮＤ）も、ポーランド人の政治意識のうちに根強い浸透を見せていた。その「すべて国家のため」というスローガンは、ポーランドが一国家として生き残り、数知れない悲劇的状況を乗りこえる闘争のなかで計りしれない影響力を行使した。党員の出身階層は多岐にわたる。カトリシズムと個人主義とを基盤とし、自由主義経済を信奉する。最も有名な人物にはロマン・ドモフスキがおり、ヨーロッパ地図上に百二十三年ぶりでポーランドの国名を復活させたヴェルサイユ条約に調印した当人である。

まだ分割されていた時期、十九世紀終わりに結成された国民民主党は、学校を建てて運営基金の調達にも貢献したほか、政治と社会の両面から、国家としてのポーランドの主権という考え方を国民に行きわたらせ、国家資産を用いて農民を支援、潜在的な経済力をつけさせることを目指した。

歴史的に見るなら、農民党（ＰＳＬ）がいちばん若い党である。この党の最大の功績は、人口の六〇パーセントを占める農民に彼ら独自の政治意識を植えつけた点であろう。何世紀も前からポーランドの農民は、政治に関して無知で受動的、原始的ともいえる生活を送り、国の動向に何ら影響力を持たなかった。農民党は、彼らに権利意識を芽生えさせ、それなりの役割を果たすよう呼びかけた。そして、数百の学校と協同組合をつくったのである。

前述の二政党と同じように、農民党も議会制民主主義を非常に重んじる。国の行く末に関し、民主制と議会制だけが農民にも発言権を与えるのだと、党は農民に理解させた。農業政策の根本的見直し、人口集中が起きている農村地域の工業化および都市への人口移動を政策として掲げていた。指導者のなかでも傑出したひとり、ポーランド共和国下院議員として何年か活躍したマチェイ・ラタイは、一九四〇年ナチ当局に逮捕されて銃殺刑となっている。[7]

四大政党の最後はキリスト教勤労党（ＳＰ）、これはカトリック教会の教えに基盤を置きつつ民主主義の原則を実現しようと努める党である。信仰と愛国主義が色濃いこの党の活動家は、国家と国民の古くからの伝統に重きを置き、とくにポーランド国家とカトリシズムの切っても切れない関係を際立てるような活動を重視する。最大の目標は、ローマ教皇の回状によって伝えられた見解、あるいはもっと一般的なカトリック教義の実践化にある。

上記四政党のいずれも、戦前、つまり最後の政府には加わっていなかった。ポーランドの政情の関係で、四政党どれもが国会議員選挙の実施をボイコットしていたからだ。当時の政府が、ポーランドには強権政治が必要だと判断した。周囲の国がどれも専制国家であったという状況もその判断に影響を与えたのだろうが、政府は一九三五年憲法によって制度を改正、具現化しはじめた民主的な自由と議会制を制限すべきだと考えた。憤慨した前述四政党は、提案された選挙が民主主義に反していると判断、参加を拒んだ。その結果、新たに選出された下院には彼らの代表がひとりもいなくなってしまった(8)。

理論上はポーランド国家をそのまま継承させたはずのレジスタンス組織内で、逆説的な状況が出現し、独立を失った代わりに民主制が復活されたのである。したがって、一九三五年から三九年までの独立共和国の時期に較べ、地下活動をする政党はより広範な自由および可能性を享受することになった。

この四大政党が、レジスタンス運動においては、ポーランド国民の大多数を代表していた。ほかにも極右から極左、共産党も含めた政治組織は存在した。連立組織に入らなかった党の多くが、地下活動における政治的に自由な雰囲気のなか、はじめて羽を伸ばせるようになったという点は留意しておくべきであろう。占領下という特殊状況のなか、彼ら諸派が実際にポーランド社会にどれだけ影響力を与えていたか査定するのはむずかしい。大多数は拠点が一箇所にしかないという実態にすぎず、だが機関誌だけはちゃんと発行していた。

ワルシャワにもどったとき、わたしは人々がクラクフ市民と同じ精神状態にあるのを見た。レジスタンスの組織強化はまたたく間に進んでおり、だが一方、首都ワルシャワの住民のほとんど、組織の指導的立場にある者でさえ、フランスとイギリスが無敵であると信じていた。フランスがドイツ国防軍の国境侵入を許したのも、そのあとで包囲し壊滅させるためだと信じて疑わない。フランスがマジノ戦による防御しか検討していなかったのだと教えても、彼らはわたしを悲観論者だと決めつけた。ワルシャワに約二週間いたあとクラクフにもどり、もういちど指導者たちの話を聞いてから、わたしはふたたびフランスに向かう予定でいた。今回の主要任務は、レジスタンス機関内部に政府を代表する特別職を設ける件に関してである。それはつぎの二点を承認することが基本となっていた。

一、いかなる戦局を迎えようとも、ポーランド国民はドイツ人への協力をどんなかたちにせよけっして認めてはならない。〈売国奴《クヴィスリング》〉はかならず処刑しなければならない。(9)

二、ポーランド国家は、亡命政府と緊密な関係の下、秘密の行政機構により継承される。

この二原則の一番目は、侵略者に対するポーランド市民の態度そのもので証明された。ポーランド国民はけっしてドイツによる占領を承服せず、ほかの被占領国とは違って〈クヴィスリング〉も生みださなかった。

二番目についていえば、国家継続の原則を受け入れたとなれば、つぎは政府を代表する者の指名もする必要があった。代表は偽名で地下に潜り、したがって連合軍とも接触できず、たえず危険にもさらされるだろうから、ポーランド国内に住めないのは明らかだった。

わたしは、それが決まる前にも、政府の所在地をどこにするかの議論に何度も立ち会ったが、最終的に決断が下された。

一八三〇年と一八六三年にあった帝政ロシアに対する蜂起の伝統を引き継いで、秘密政府機構は地下抵抗組織の中枢に据えられることになり、したがってそれは秘密裏にしておかなければならなかった。当面の問題として、ポーランドは連合軍との接触を断つほかなく、対外政策を継続する手段がなくなるという結果を招く。それに、もし秘密政府が暴かれてしまったような場合、その後継を指名することなどとうてい不可能になってしまう。戦争の全期間中、政府を亡命させておくという決断の決定的要因となったのは、レジスタンスの続行を技術的に可能であらしめるには、危険区域外にある中央組織から指導者の指名をしなければならないとの判断があったからである。そういう仕組みであれば、ゲシュタポがしかけてくる襲撃を想定しても、地下活動の継続性は確保できよう。というわけで、ポーランド政府の高位責任者が倒された場合、ただちにその後任者を合法的に指名する手続きが確立された。その一方で、レジスタンス指導者たちが推挙してあった人物の後任指名に関し、政権がむやみに優先権を行使しないよう制限もかけたのである。組織というものは、柔軟性と同時に相互性も兼ね備えねばならないからである。

ここまで至った時点でいちばんの問題点は、レジスタンス組織の執行部に加わった政党が最後の総選挙に候補を立てず、戦前の政権に閣僚を送りこんでもいなかった事実にあった。ということは、国内で現実にどの程度の知名度と影響力を持っているのか、それを推定するのは不可能だった。四大政党の連立がポーランド国民大多数の支持を受けているというのは明らかだったが、各党がどの程度なのかはわからずじまいである。

ほかにも、状況をさらに複雑にしていたのは、四党いずれもが自主独立を主張する点だ。戦前数年の経験から、中央行政機関というものをことごとく警戒し、各自の個別問題に政府が介入するのを欲しなかった。だから各党に対しては、レジスタンス組織が設けた執行機関は、なんら各党の利害および方針に反するようなものではないと説得しなければならなかった。

クラクフとワルシャワのレジスタンス機関の指導部が、広範な権力を手にする連立政府の首席代表の人選で一致を見ることは、きわめて重要な手順である。結局のところ、交渉と議論、いろいろ紛糾もしたが、総代ならびに地方代表、四代政党の規模に応じた比例代表たちを選出することで合意が得られた。

同時に、四大政党は秘密国会の創設も決定する。国民の純粋な代表機関であるほかに、国会にはレジスタンスの幹部人事と財政を監督する役割もあった。秘密行政機関の各部門にそれぞれの政党が参画するよう、決まりをつくるとの合意も得られた。

わたしの二度目のフランス行きは、秘密国家立ち上げに際しての複雑な手順および国家自体の構成について報告する任務だった。それは、連立機関内における話し合いの経過および合意を得られた妥協点についての報告であり、そして最後に、国内レジスタンスがシコルスキを支持する見返りとしての条件、それを在フランス亡命政府に提示することもあった。

さらに、わたしにとっては最大の栄誉と思われる身分も与えられた。つまり、重要な計画案すべてと、レジスタンス機関の内部問題に関する秘密の詳細事項を伝える宣誓受託人に指名されたのだ。そして各政党も、シコルスキ内閣に入っている各党代表宛の独自の使者であるかのようにそれぞれわたしに宣誓させたのである。伝達内容を当事者以外には明かさないこと、政党への攻撃材料に用いないこと、自分自身の栄達に利用しないことを、わたしは誓った。要するに、わたしは各党の告解を聞く司祭のような立場で、もっと正確に言うと、ワルシャワ＝パリ間を結ぶ〈情報経路〉となったのだ。[10]

わたしは誇らしい気持ちに胸を膨らませた。

（1）「シコルスキにしても、ボジェンツキの名を仄めかしたにすぎない」という一文は、おそらくヤン・カルスキの同意を得た上だろうが、一九九九年に初版が刊行されたヴァルデマル・ピアセツキ訳の本書ポーランド語版では削除されている（*Tajne Państwo*, Warszawa, Twoj Styl, p.108）。あとの節でのボジェンツキを称える内容は変わっていない。実のところ、一九四〇年、シコルスキ将軍は亡命政府の国内総代表にリシャルト・シュヴィエントホフスキを立候補させるよう望んでおり、そのシュヴィエントホフスキを全面的に支持するボジェンツキの助言や意見をとりいれる意向だった（第8章注4と6）。しかし、国内地下組織の各政党幹部はそれを圧力と感じ

て嫌悪感を示し、将軍の信頼厚い人物を指名することを拒んだ。感情を害したシュヴィエントホフスキは、同年四月、直接に信任を得ようと密出国してフランスに向かう途中、ハンガリー国境で逮捕され、アウシュヴィッツに送られてそこで命を落とすことになる。この友人がたどった〈個人的な悲劇〉のせいで、シコルスキは政界の一部とずっとぎくしゃくした関係を持つことになる。**R. Buczek, 《Tragedia Ryszarda Swiętochowskiego》, in *Zeszyty historyczne*, n° 25, 1973, p.150-169**（「リシャルト・シュヴィエントホフスキの悲劇」）。

（2）テカの実名はヴワディスワフ・テンプカ（一八八九〜一九四〇）、法学博士、クラクフに地盤を持つキリスト教勤労党の地下組織代表で、一九三七年の野党連合〈モルジュ戦線〉以来シコルスキとはたいへん親しくしていた。一九四〇年四月十八日に逮捕されてアウシュヴィッツ第一強制収容所に送られる。一九四〇年六月十二日、銃殺。

（3）〈ツィナ〉は、本名をユゼフ・ツィランキェヴィチ（一九一一〜八九）といい、一九三五年からＰＰＳ（ポーランド社会党）クラクフ支部の書記である。しかしカルスキが居候していたのはツィランキェヴィチのところではなく、もうひとりの社会党員、カルスキとはウッチの高校時代からの友人タデウシュ・ピルツの住まいであり、クラクフの町はずれの労働者協同組合の団地内チャロジェイスカ通りにあった（ピルツは第20章でもキェレツの名で登場する）。一九三七年以来、ツィランキェヴィチとピルツは社会党系の出版協同組合チテルニクにて活動家また友人としての交友を持っていた。ピルツの家は、一九四〇年当時、社会党のレジスタンス闘士たち会合の場所であり、密使〈ヴィトルド〉がフランス任務を終えてクラクフに着いたとき最初に会ったレジスタンスの政治指導者もツィランキェヴィチだった。前出の **Stanisław M. Jankowski, *Karski, Raporty..., op. cit.*, p.84-85** 参照。

ツィランキェヴィチが社会党に入党したのはヤギェウォ大学法学部に在籍していた時期で、すぐに党員としても雄弁家としても重きをなし、さらにアダムとリディア・チョウコシュ夫妻など著名な先輩たちから支持された。一九三九年、予備役の砲兵中尉として動員されてドイツ軍の捕虜となるが脱走し、クラクフに帰還。ただちに社会党の最初のレジスタンス組織ＰＰＳ＝ＷＲＮ（自由・平等・独立）に参加する。一九四一年四月十九日に逮捕され（第20章）、投獄と拷問のあと、アウシュヴィッツ第一強制収容所に送られる（囚人番号六二九三三）。一九四五年初頭にマウトハウゼン強制収容所に移され、そこで共産党員と接近。五月、米軍に解放されてポーランドに帰還。だが彼は、親ソ容共派の与党を選んで、ＰＰＳ＝ＷＲＮの元同志たちを愕然とさせた。リディア・チョウコショヴァ（チョウコシュ）は回想録のなかで、彼が元同志ジュグムント・ザレンバに語ったという釈明を記している。「連合国はわが国を裏切った。われわれにはソ連を頼りにするほか方法がなかった。わたしが対岸に移ったのは、それが理由だ」と。Lidia Ciołkoszowa, *Spojrzenie wstecz*, Paris, Éditions du Dialogue, 1995, p.129-130（「過去への視線」）参照。

（4）〈奇妙な戦争〉は多くのポーランド人に激しい動揺を与え、なかでも一九四〇年の二月と三月パリにいて、悠長なようすを目の当たりに見たヤン・カルスキにとっては衝撃であった。それに加え、一九四〇年五月、ドイツ国防軍によるフランスに対するブリッツクリーク（電撃戦）があり、同盟国フランスを無邪気に信じ、そのフランスで再編成してあった八万四千名のポーランド軍に取り返しのつかない二度目の大出血を強いたシコルスキ将軍の、いずれ非難されるべき〈致命的な過ち〉もあった。

（5）補足しておけば、ポーランドでは一九三九年以前、これらの自由は一九二一年三月十七日の憲法（第九五〜一〇五条）および一九三五年四月の憲法（第五条）によって保証されている。

（6）一九三一年に実施された国勢調査によれば、クラクフ市民のうち五万六、五〇〇名、つまり総人口の二五・八パーセントがユダヤ教徒である。一九三九年十一月二十一日付けの調査で、ナチス・ドイツ当局は亡命者の増加で六万八、四八二名のユダヤ人（内一万七、七三二名が十六歳以下の子ども）と記録している。ハーケンクロイツ（鉤十字）が翻り、悪名高い総督ハンス・フランクの〈都〉と化したクラクフでは、ほかのどこよりもユダヤ人迫害が早く始まった。すでに一九三九年十月からダヴィデの星のついた白の腕章、公園や公共の場所が〈ユダヤ人立入り禁止〉となり、ユダヤ人商店への目印、往来でとつぜんユダヤ老人の長いあごひげを切ってしまったり、と……。一九三九年十一月二十八日に設置されたユーデンラート（ユダヤ人評議会）は、最初の議長がマレク・ビーバーシュタイン教授、つぎがアルトゥール・ローゼンヴェイク博士、そしてダニエル・グンター、この三番目の人物の卑屈さは物議をかもした。一九四〇年五月、社会党がユダヤ系市民への連帯を訴えるチラシを配った時点では、まだ閉ざされた区域はなく、一九四一年三月二十日になってヴィスワ川右岸にユダヤ人ゲットーが設けられた。同年七月十三日には、もう一万四千名がゲットーで住んでいた……。歴史学者エマヌエル・リンゲルブルムが指摘していることだが、クラクフにおけるポーランド人とユダヤ人の関係は歴史的背景から〈そこそこの状態〉にあり、それが市内の〈アーリア人区域〉に住む二千人あまりのユダヤ系市民を救ううえで役立ったという。それは住民のごく自然な感情から、あるいは仕事上の関係あるいは近所同士という理由から始まり、そのあとはポーランド人レジスタンス機構が組織的に動いたのである。社会党のレジスタンス組織PPS＝WRN（自由・平等・独立）はここでも迅速に対応し、独自に百五十カ所もの隠れ場所を用意した。この救援策は、市議会における社会党の強い政治力で可能となったもので（一九三八年の選挙では三三・八パーセントの得票）、早い時期に民主党ならびに農民党のほか、ZWZ＝AK（国民民主党系の武装闘争連合と国内軍の共闘組織）および、管区大司教アダム・サピエハが絶対的な権威を振るい、南部ポトハレ地方に修道院や孤児院の組織網を持つカトリック教会の同意をとりつけた。ジェゴタ（ユダヤ人救済委員会）のクラクフ支部も一九四三年三月十二日に開設された（第29章注2を参照）。**Andrzej Chwalba, *Kraków w latach 1939-1945*, Kraków, W.L., 2002**（「一九三九〜一九四五年のクラクフ」）。

（7）　マチェイ・ラタイ（一八八四〜一九四〇）は農民出身、一九一四年まではザモシチの高等学校教師で、創立間もないPSL（ピャスト農民党）を擁護するジャーナリストでもあった。一九一九年、最初の下院選挙に農民運動の左派ヴィズヴィレーニェ（解放）から出馬して当選、だが一九二〇年にピャスト農民党の創始者ヴィトスの率いる穏健派に合流。国民防衛評議会委員（一九二〇年）、ヴィトス内閣の公教育・宗教大臣（一九二〇年七月〜二一年九月）、下院議長（一九二二〜二七）として二度ほど臨時大統領（一九二二年十二月と二六年五月）を歴任のあと、一九三一年にSL（農民党）と名を変えたPSL（ピャスト農民党）の中央委員と党機関誌『緑の軍旗』の編集長、そして党中央委員会の議長（一九三五〜三九）となる。ワルシャワ攻防戦では首都防衛市民委員会に加わり、一九三九年九月二十七日、最初の軍・民合同のレジスタンス組織SZP内に設けられた中央政治委員会（国家防衛中央評議会とも呼ばれる）に対し、農民党としての信任を与えた。そして一九三九年十一月二十八日、ゲシュタポに逮捕されて翌年二月十四日まで投獄されたが、釈放されると同時に農民党の地下指導部を組織した。三月三十日にまたもや逮捕され、六月二十一日ワルシャワ郊外のパルミリにて、SZP＝ZWZ（武装闘争連合）の同志十三名とともに銃殺刑に処せられる。

(8) 実際は、一九三五年憲法が選挙候補者の指名に関し民主主義の原則を侵害したのではなく、一九三五年六月八日制定の新しい選挙法がその権利を政党から奪って(区議会や職人会議所、労働組合連合などの)介在機関を優遇したことから、騒動が起こった。社会党(PPS)と農民党(SL)、国民党(SN)の三野党は選挙ボイコットを決める。一九三五年九月八日の投票率は四五・九パーセントまで下がり、ほかの大都市ではその傾向がもっと顕著(ワルシャワの二九・四、ウッチ三六・四、ポズナン三七・四パーセント)で、シレジアのみ七五・七パーセントと好調だった。しかし、一九三八年十一月六日の選挙でもボイコットは続けられたものの、それほどの効果を上られず、投票率は六七・一パーセントに達した。一九三九年の地方選でようやく野党も選挙に参加、農民党の得票率が一〇・九パーセント、国民党が六パーセント、社会党一・三パーセント、キリスト教勤労党〇・八と、与党の五七・一パーセントに比して野党合計で二三・九パーセントの得票でしかなかった。**Andrzej Albert (W. Roszkowski)**, *Najnowsza historia Polski, 1918-1980*, London, Puls Publications Ltd, 1991(「ポーランド現代史一九一八〜一九八〇年」)参照。

(9) ヴィドクン・クヴィスリング(一八八七〜一九四五)はノルウェー人、対独協力を唱える国民連合党の創始者で、一九四二年から四五年まで首相を務めるが、彼の名はナチ協力者の代名詞となった。ナチス・ドイツが降伏すると、クヴィスリングは逮捕され、死刑を宣告されて絞首刑になった。一九四二年八月、ワルシャワの労働者K・シムチャクは日記に記す。「この国に集団裏切り行為がなかったことを誇りに思う。あるのは集団墓地と、占領者を助けた裏切り者がいくらかいるだけだ」(Tomasz Szarota が *Tygodnik Powszechny*, n°27, 2003 のなかで《クヴィスリングなき国での対敵協力について》と題する討論会の内容を引用したもの)。

(10) AK(国内軍)の各兵士および文民レジスタンス(デレガトゥーラ)の各構成員は、下記の宣誓をしなければならなかった。

「わたしは全能の神のみ前にてつぎのことを宣誓します。ポーランドを占領者から解放するため、わたしに与えられた使命を忠実に、規律を守りつつ、妥協せずに遂行します。わたしは上官の命令に絶対服従し、所属する組織の秘密をけっして洩らしません。(……)」カルスキのような特別密使は、さらにつぎを宣誓する必要があった。「わたしは神のみ前で、自分に託された伝言と報告、文書をその宛先人に確実に手渡すことを誓います」宣誓はかならず「神のご加護がありますことを」という言葉で締めくくられる。Waldemar Grabowski, *Delegatura rządu Rzeczypospolitej na kraj, 1940-1945*, Warszawa, Pax, 1995, p.220（「国内の共和国代表　一九四〇〜四五年」）参照。

第12章
転落

ワルシャワに二週間ほど滞在したあと、わたしはクラクフ経由で前回と同じルートでフランスへ向かうよう指示された。十七歳の少年がいっしょで、ワルシャワの有名な医師の息子だ。少年の両親はわたしのたどるルートなら安心できると言い、息子がフランスでポーランド軍に入隊できるよう、どうしてもフランスまで連れて行ってくれと頼むのだった。クラクフに三日いてレジスタンス指導部との会合を重ね、それから若い連れを伴って国境に向かった。わたしはマイクロフィルムを持たされており、それは三十八ページ分のレジスタンス当局による計画と組織案をフィルムに撮ったものだった。それは未現像であり、もし必要とあれば、感光させることで一瞬のうちに解読不能にさせられる。山越えのガイドとの待ち合わせ場所に向かいながら、わたしはどうしても不吉な予感を拭えずにいた。たどるべき山越えのルートはもう知った道だったし、前回の体験はきわめて評判のよい今度のガイドの助けを得てさらに役立つにちがいないのだ。ところが、何かしっくりいかない気配が感じられるのだった。クラクフの上官たちがいくらか過剰なくらい今回は慎重で、わたしの安全に気を配り、いろいろ忠告してくれた。国境方面に向かう列車の席で何が起こるか予想をたくましくしながら、わたしは自分が保護してあげなければならない少年を見つめた。

ザコパネに着いて、あと四キロメートルほど歩けばガイドと会える。そこからは彼の保護下に入るので、いってみればガイドに責任が移るのだ。決まりでは、全行程のルート選択はガイドがやり、出発日時および休憩場所の決定、危険に際して何をすべきか決めるのも彼である。各密使はそれぞれ個別のルートをたどる。指名されたガイドは、密使と会って自分の保護下に置いた場所から、もはや危険がない中立国の地下組織——この場合はハンガリーだが——に引きわたすまでのルートを熟知している。その引き渡しまで、ガイドは〈患者〉としばしば呼ばれる密使の〈健康状態〉に全責任を持つ一方、密使の方はガイドの指示に絶対服従しなければならない。

当のガイドに会ったとき、今回の山越えに関し、なぜか彼もひどく慎重であるように感じられた。わたしは当初、それを自分の思いすごしだ、不安がそう感じさせるのだと考えるようにしたのだが、間もなくガイドは慎重になっている原因を教えてくれた。最後の任務に出かけた仲間のひとりが、一週間前にもどっていなければならないのに、まだすがたを見せていなかったのだ。わたしと話しているとき、わたしのガイドは山越えの時期をずらしたらどうかと言った。しかしわたしの任務はあまりにも緊急を要するものだったから、ガイドの意見をほとんど聞かず、ただちに出発すべきだと、わたしは主張した。一九四〇年五月末のことである。オランダとベルギーが陥落、ドイツ軍はパリに向かっていた。だがわたしは大多数のワルシャワ市民と同じように——それは情報通といわれる人々も含めてだが——フランスが持ちこたえ、深みにはまったドイツ軍の攻撃を粉砕するだろうと信じていたのである。とはいうものの、フランスの敗北が何を意味するか、と思わずにもいられなかった。そのころのわたしは、あらゆる可能性を考慮することに慣れはじめていた。なぜなら、地下活動をやっていると、予想もしなかったことがしばしば起こってしまい、恐るべき結果をもたらすことがあるからだ。フランスが負けてしまえば、わたしは十七歳の少年を抱えたままヨーロッパのどこかに見捨てられてしまうだろう。ポーランド国内と亡命政府間の連絡は、すべて欧州大陸内の連絡網を用いて行われている。フランスが崩壊するとき、その網が破れてしまうのだ。

いつまでとはっきり口に出さないものの、ガイドは山越えを延期したいという希望を露わに示すので、わたしは今度の任務に影を落とされたように思った。わたしは苛立ちを隠さずに反論し、早急に出発しようと主張した。とはいっても、天候の回復を待たねばならなくて、ガイドの父親の山小屋で二日間待った。出発の前夜、情報を得るため彼は村まで下りていった。父親はがっしりしたいかにも山村の人間で、わたしは父親と、ガイドの妹だという十六歳くらいの才気煥発な少女といっしょに夕食をとった。少女は兄の活動内容をすべて知っており、それをとても誇りに思っている。ふだんの彼女なら何事にも動じないはずなのに、その晩は元気がなく、どことなく変なようすだった。

食事のあと、わたしたち全員はむっつり黙りこんでいたが、少女はわたしの若い連れに山小屋の外に出るよう合図をした。わたしは不審に思ったが、止める理由もないので黙っていた。十五分間くらいだったろうか、その間わたしと父親はたまに視線を交わすだけで話もしなかったが、若いふたりがもどってきた。少年の顔は青ざめ、冷静さを保とうとしているのが明らかで、だが表情は動揺を見せていた。少女の方は目を赤くし、でも毅然とした表情を見せながらも視線を落としていた。わたしは、父親が娘を叱るか、少なくとも質問ぐらいするだろうと待っていたのだが、それどころか彼は立ちあがって娘を外に連れだした。もうわたしは我慢しなかった。

「何があったんだ？」わたしは少年を問いただした。「こそこそと何をしている？　彼女が何を言った？」

「たいしたことじゃないです」少年は震え声で答えた。

「冗談はよせ、言ってみたまえ」わたしは言った。「きみに責任があるのは、このぼくだよ。よくわかっているはずだ」

少年はしぶしぶ説明しはじめた。断片ごとに、少女との会話のぜんぶを聞きだした。少女は、兄の同僚のガイドがゲシュタポに捕まったのではないかと、父親と兄が心配していることを少年に教えた。もしそうだとすれば、山越えルートはきわめて危険だった。少女の兄はわたしを不安がらせることはないと言ったが、彼女はほぼ同い年の少年にそれを伝え、もしできるなら、彼の出発を思いとどまらせるのが義務だと考えた。そして、山小屋にとどまり、ほんのしばらく待っていれば、国境を越えるような機会がまた訪れるにちがいない、と少年を説得したのだという。

わたしはすぐさま決断した。外に出ると、言い争っていた父親と娘の方に近づいた。ふたりは、少年がわたしに打ち明けた話の内容を認めた。このような状況で少年を同行させるのは犯罪的である、なぜなら彼にとって危険なだけでなく、何らかの事故が起きた場合、きっと兄とわたしの足手まといになるだろうから、と娘はつけ加えた。わたしは、ガイド本人が帰ったら全員で話しあってみよう、と彼女には言った。

しばらくしてガイドは帰ってきて、機嫌もよくなっているように見えた。ほかの三人がいる前で、わたしは彼の留守中の出来事を伝え、意見を求めた。そして、状況を考えるなら、出発を遅らせた方がよいだろうと、わたしの意見もつけ加えた。

その瞬間からきっぱりと、ガイドはそれまでのためらいなど捨ててしまったかのように、国境の向こう側にわたしをとどけるという、いかに危険であろうとも、義務を果たすよう訓練されたレジスタンス闘士の原点にたち返ったようだった。

「出発を遅らせるだって?」ガイドは唸るように言った。「冗談じゃない。バカな若者ふたりが訳のわからんことを話しあったからって、このおれが予定を変えると思うか?」

そして、妹がべそをかきはじめるのを見て、ガイドはすさまじい目つきでにらんだ。

「そうさ、バカな娘というのはおまえのことだぞ」

あまりの手厳しさをいくらか気まずく思いながらも、わたしはガイドに全面的な共感を覚えた。どう見ても、彼が責任感と恐怖心との板挟みになり、思い悩んでいるのは明らかだったのだ。ひどく居心地が悪そうで、どうしてよいのかわからないように見えた。

「しかし妹さんが言っているのが事実だとすると、慎重になるべきではないかな」わたしは念を押してみた。

「慎重になるべき?」彼は挑発するようにわたしの言葉をくり返した。「いや、今何をすべきかと言うと、寝に行くことだろうな。思いだしてもらいたいんだが、おれに会った瞬間から、あんたはおれの指示に従うしかない。すべてに関し、責任を持つのはおれだし、この件をぐずぐず話しつづける意味はないと思う。おたがい、興奮するだけだよ」

「そうはいっても、話しあわなければならない点が残っている」不安に押しつぶされたようにそばの椅子に腰かけている少年に目をやってから、わたしは食いさがった。

「こっちにはもう話すことなんかないね」ガイドは吐き捨てるように言った。

それから、わたしの視線に気づいて、つけ加えた。

「おれの命令はこの若者には関係ない。ということは、ここに残ってもらう。だから、あなたはもう休んでくれ。外は雨だ。三時間後に発とう。雨のあいだに旅する方が都合がいいし、おそらく雨は二、三日続いてくれるだろう」

少年と別れるのは残念だった。愛着も感じはじめていたし、彼の夢、軍隊に入る計画が実現しないというのも気の毒に思った。彼自身は、旅を続けたい意欲を見せ、彼の勇気と耐久力が信用されなかったことで傷ついたようだった。彼とはかなり興奮した話し合いを持ち、ふたりは別行動をとった方が賢明だと納得させた。わたしは一、二時間うとうとしたところで、ガイドに起こされた。

「起きてくれ、もう行かないと」

急いで服を着るとリュックサックを担いだ。外は墨を流したような暗闇、雨が顔を叩く。まだ目が覚めてないから頭が重い。わたしは機械的にガイドのあとを追うだけだった。地面はまるで泥海のようで靴に粘りつき、歩むのに力が必要だ。曲がりくねったでこぼこ道を、わたしとは違ってガイドはしっかりとした足どりで進んでいくが、こちらはしばしば重心を失い、前方の彼にのしかかるように倒れてしまう。そうなるたびに、文句を言われるだろうと覚悟していたが、連れはわたしの不慣れを笑うだけだった。彼はとても陽気で歌を口ずさみ、ときどきわたしをふり返っては、国境警備隊の警戒心をゆるめるにちがいない雨に感謝を述べるのだった。

「大雨よ、やまんでくれ!」彼は叫ぶ。「雨さえ続いてくれるなら、警備兵はずっと雨宿りだ……」

ガイドの予想どおり、大雨のおかげで警備兵は見張りを怠り、わたしたちは問題なしにスロヴァキアとの国境線を越えた。

かなり強い雨が三日間も続いた。とにかくわたしたちは執拗に進みつづけ、必要な会話以外はほとんど口もきかなかった。木はどれも濡れてしまっているから、歩行にうんざりしても、火を焚いて気持ちよく身体を温めることさえ叶わなかった。洞穴があるとそこでときどき休むくらいである。湿って硬くなった地面に転がり、ひとりが見張っているあいだに、もうひとりが仮眠する。

わたしが通常の山越えに利用する避難小屋で休もうと提案したとき、ガイドは曖昧な理由でそれを拒んだ。

「やめた方がいい、危ない感じがするんだ。要するに、あんたたち都会人には耐久力も常識も欠けているってことさ!」彼の言い分だった。

四日目、太陽が雲間から現れると、空気がうっとうしく感じられた。アフリカの密林のように、木々から湯気が立つ。わたしたちは予定より約一日の遅れがあった。ひどく用心深くなったガイドはやみくもに進もうとし、わたしはへとへとになりながら、彼の体力にはついていけないながらも、とにかくあとを追った。わたしの唯一の欲望、それは靴を脱ぐことだった。両足は膨れあがり、足首を登山靴が万力のように締めつけていたのだ。その苦痛をわたしは可能なかぎり我慢しようと思っていた。休もうなどと言いだしてガイドの怒りを買いたくなかった。だが、体力と我慢は限界に達してしまい、ついにわたしは遠慮しながら連れの肩を叩いて伝えたのだ。

「悪いが、ほんとにこれ以上は無理だ。休まないとだめなんだ。一晩休めるような場所が近くにないかな」

驚いたことに、ガイドは怒らなかった。反対に、こちらの事情を理解し、優しい態度を見せるのだった。それからわたしの肩に手を置いて言った。

「あんたがどのくらい疲れているのかちゃんとわかっている。おれだってつらいんだ。だがね、ハンガリーとの国境までほんの二十キロメートルまで近づいているんだよ。最後の力を振りしぼってくれ……なっ？」優しくわたしの同意を得ようとした。

「できることならもちろんそうする！　しかし、二十キロだろうと二百キロだろうと差がない、今のぼくには同じなんだ。ほんとうに無理なんだ！」

その言葉で、ガイドの堪忍袋の緒が切れてしまった。

「差がないだって……！」彼は怒りを静めようと歯を食いしばって言った。「この辺りで休むのは、ほんの数時間でも非常に危険なんだというのをわかってもらいたいんだよ。この辺はゲシュタポが見張っているんだ。尾行されていないと言いきれるか？　それから、やつらがわれわれを待ち伏せていないと断言できるのか?」

「いくら何でも、それは大げさじゃないかな。きみの同僚がもどらなかったのには、いろいろ理由が考えられるんだと思う。もしそれが心配の種なんだったらね。いずれにせよ、もし捕まったとしても、彼は余計なことをしゃべらなかったかもしれない」

わたしと旅立ったことを悔やむような目つきで、ガイドはわたしを観察した。

「好きなようにすればいいさ」肩をすくめて彼は言った。「この近くにスロヴァキアの村があるから、そこで夜は過ごせる」

そして、わたしに視線を合わせてきた。無言の圧力……。

「あまり悲観的になる必要もないじゃないか」彼との関係をこじらせたくなかったので、わたしは笑い顔を見せながら言った。「休めれば、きっときみにとってもいい結果になるさ」

「そうは思わんが」彼は悩ましげに応じた。「また前進を始めるまでは安心できないんだよ、おれは」

緊張した空気のなか、ふたりは山道を二キロほど歩いた。足の痛みは耐えがたくなっていた。山道を離れて街道に向かいながら、わたしは勇気をふるって今晩泊まる家がどこにあるのか教えてくれと聞いてみた。それが危険だと彼が思うなら、彼はおそらく外で野宿をし、朝わたしがそこへ会いに行くというような段取りになるのだろう。

「指示内容はよくわかっているだろう」彼は落ち着いた声で答えた。「旅を始めた時点から、われわれは一心同体で行動しなければならない。何が起ころうとも、おれの義務はハンガリー側にぬけて、コシツェの同志たちにあんたを引きわたすことなんだ」

それを聞き、ひどく疲れていたこともあって、連れの態度を恨めしく思っていたにもかかわらず、わたしは心から彼を称賛せずにいられなかった。慎重で、規律を遵守、レジスタンスへの忠誠を裏づける行動、その断固たる冷静さ、余人がまねできないものだった。ようやく街道に出て、一時間ほどその踏みかためられた路面を歩いた。農耕馬のようにぬかるみのなかを這いずりまわっていたあとでは、快適だと言ってもいいくらいに思えた。

街道の曲がり角から、近くの村の明かりが見えた。ガイドはカシの大木の裏に入り、わたしにも来るよう合図を送ってきた。彼の口調には、あきらめとふてくされたようなニュアンスが感じられた。

「このままの格好では村に入れない。数軒しかない集落みたいなところだから、すぐ目について、うわさが広がってしまうぞ」

「どうすればいいと思う?」わたしは彼の機嫌をとりたいから言わずもがなの質問をした。

「リュックサックは降ろし、ひげを剃って身体を洗う。できるだけ見栄えをよくするんだ。これは命令だ」

わたしたちは小川を探しはじめ、十五分後に見つけると、すぐ腹ばいになってひげを剃った。簡単に身体も洗えた。目印になりそうな木を見つけ、その根元に穴を掘ってリュックサックを隠した。ガイドの要求に逆らい、わたしはマイクロフィルムの入った財布は持っていることに決めた。手元に持っていないと、絶対に眠れないと思ったからだ。

密使たちが定宿にしているという藁葺きの家はすぐ見つかった。扉を叩く前、ガイドは家の周囲と街道、わたしたちが出てきた林の方角をもういちど観察した。扉を開けたのはスロヴァキア人のずんぐりした農夫だった。愛想よくわたしたちを迎え入れてくれたのはいいが、うんざりするくらいおしゃべりな男だった。

わたしの希望はただひとつ、服を脱いで眠ることだ。だが、わたしの連れには違う考えがあった。薪の炎が音をたてている台所のストーブのそばに座るより前に、彼は農夫に対して一連の質問を浴びせた。

「フラネクを見たかね？　フラネクの消息を最後に聞いたのはいつだった？　その後、何か聞いてるか？」

「おい、すげえ剣幕だな、ハハハー」農夫は奇声をあげ笑いころげた。「脅かそうたって、そんな手には乗らねえ、乗らねえぞ」

それから思いだそうと頭をかきながら始めた。

「待てよ……フラネクか……」

「おい、頼むから答えてくれ！　最後にフラネクに会ったのはいつだった？」

「三週間くれえ前だったかなあ」間延びした口調で農夫は言った。

「何を言っていた？」

「いんや、べつに変わったことなんか言ってなかったな、元気だった。ハンガリーから帰ってきたところだった。でも、どうしてそんなこと聞く、何かあったのか？」

ガイドは、そんな無邪気な質問をされると眉をひそめ、もの思いに沈んでしまった。フラネクというのが、おそらく彼がずいぶん心配しているあのもどってこない同僚のガイドなのだろう。スロヴァキア人農夫は、わたしとガイドを交互に見てから、やっと深刻さに気づいたのか、左右に首を振り振り、足を引きずりながら土間に行って酒瓶とソーセージ、パン、牛乳を持ってきた。わたしはコップの酒を空けてからがつがつと食べはじめたが、ガイドは食べ物にはほとんど手をつけず、思いだしたようにときどきほんの少し酒を喉に流しこむくらいだった。農夫はあいかわらずしゃべっている。わたしはもう寝に行きたいのだと主に頼むと、やっとわたしたちをベッドまで案内してくれた。急いで服を脱ぎ、わたしは枕の下に大事なマイクロフィルムを隠してから冷たい敷布のあいだに潜りこみ、すぐ眠ってしまった。

三時間も眠らなかったと思うが、甲高い叫び、そして頭を銃床で殴られ、わたしは目を覚ました。度肝を抜かれて呆然とし、なんとか意識をとりもどしたところで、スロヴァキア人の憲兵ふたりにベッドから床に蹴落とされた。部屋の隅には、ドイツ軍の憲兵二名が立っており、にやにやしながら見物している。連れのガイドは苦痛に身体をよじり、口から血を垂らしていた。わたしはひとつのことだけ考えていた。枕の下のマイクロフィルムである。あまりの不安から釘づけになったように転がっていたが、つぎの瞬間、憤然と立ちあがり、わたしはマイクロフィルムをつかむとストーブのそばの水を張ったバケツに投げいれた。

わたしの脇に立っていたスロヴァキア憲兵は、わたしが手榴弾を投げたと思ったのだろう、恐怖でその場に凍りついた。そして、何も起こらないのを見て、ドイツ人憲兵のひとりがバケツの水に手を入れ、容器に入ったフィルムをとり、わざわざ念を入れてフィルムを容器から引っぱり出してくれた……。もうひとりのドイツ人憲兵は、猪首で赤ら顔、まるで闘牛のような男だが、すさまじい力でわたしに平手打ちを食らわせた。倒れそうになったわたしにつかみかかり、闘牛は質問を浴びせてきた。

「荷物はどこだ？　だれといっしょだった？　何を隠した？（……）」

わたしが答えないでいるものだから殴りはじめた。部屋の向こう端では、連れのガイドが同じ目に遭っていた。束の間、血だらけの顔を上げ、怒りも憎しみもない、ただ深い悲しみとあきらめだけ見せて、彼は農夫に声をかけた。

「なぜこんなことをした？　なぜだ？」非難のこもった声だった。

スロヴァキア人農夫は無言で首を振りつらそうに目をしばたたくと、膨れてざらざらした頬に涙が伝った。わたしは、農夫が裏切ったとは思わなかった。わたしは理解した。ガイドの妹が正しく判断したのである、フラネクは捕まったのだ、と。拷問を受けたフラネクは、山越えの全ルートと休憩場所を明かしてしまったにちがいない。ガイドの予感は間違っていなかった。密使の出国を助けるという任務を重ねた経験から、今回は危険を察知したにもかかわらず、義務感と忠誠心から彼はわたしを案内したのだった。ひどい恥ずかしさに、わたしは泣きたかった。どんな根拠があって、わたしは彼に無理強いしたのだろう。どうしてわたしは最後まで歩きつづけようとしなかったのか。

家から引きずり出されながら、わたしは叫びつづけていた。

「ぼくを許して欲しい！　お願いだ、許してくれ……」

弱々しく笑いを浮かべている彼のようすは、まるでわたしを許し、勇気と自信を捨てるなと言ってくれているように見えた。わたしたちは二手に分けられ、それぞれ反対の方角に連れて行かれた。二度と彼とは会っていないし、その後どうなったかもまったく知らない。(1)

（1）　本名はフランチシェク・ムシャウ、ＺＷＺ＝ＡＫ〈武装闘争連合と国内軍の共闘組織〉内でのコードネームはミシュカ（ハツカネズミ）。製パン職人で、南部のタルヌフから一九三九年にピヴニチナの町に来ると、クラクフ・シレジア地域レジスタンス組織に所属してノヴィ・ソンチ拠点の宣誓ガイドとなる。カルスキを案内することになった時点で、〈ミシュカ〉はブダペストに向かう越境案内をすでに三十一回こなしていた。カルスキと同じように投獄されたうえ拷問に遭い、数カ所の強制収容所を転々としたが生きのびて、一九七〇年末に亡くなった。

第13章 ゲシュタポの拷問

わたしはプレショフ(1)のスロヴァキア軍の監獄に連れて行かれ、不潔な独房に放りこまれた。わら床と水差し、それが備品のすべてだった。鉄格子の向こう側にはスロヴァキア人憲兵たちがうろつき、何の感情も興味もなさそうな目でわたしを見ている。わたしは血だらけの顔を拭いてから、汚いわら床に横たわった。銃床による頭への一撃と袋叩きにされたせいで、頭がぼんやりしていたのだ。

プレショフの一般の刑務所が満杯だったからか、というより、わたしを軍事刑務所に入れた方がいいと判断されたのだろう。軍事刑務所だからスロヴァキア兵も収監されていて、たまに彼らの会話が聞こえてきた。実際のところ、犯罪人というより、ちょっとした軍紀違反で懲罰を受けているのだろうか。だから彼らにはある程度の自由があって、中庭をぶらぶら歩きまわったり、洗面所で身体を洗ったりするのが許されている。

だいぶ頭がすっきりしてきたので、胸に膝を引きよせて頬杖をついた。ふたりの憲兵に代わってこんどは年寄りのスロヴァキア人が見張りとなったのだが、同情と鈍感さの入りまじったその目つきが気になり、わたしは落ち着けなかった。束の間、ゲシュタポはわたしのことなど眼中にないのだろうかと疑った。看守たちも確かにナチにはちがいないが、彼らに任せっきりのようだったからだ。しかしそんな楽観的な予測はたちまち裏切られた。ふたりの男が独房に入ってきて、わたしをわら床から引きずり落とした。ひとりなどはこれ見よがしに、わら床につばを吐き、それから乱暴にわたしを独房から出して、待たせてあった車の方に向かわせた。

わたしが連れて行かれたのはプレショフの警察署だった。雑然と備品の置かれた小さな部屋に入れられた。ひどいタバコの煙で部屋が暗くなっているように感じた。真四角のテーブルの向こう、赤毛で華奢な体格の男が書類を調べている。壁際の椅子にはドイツ軍の制服を着た数人の男が座っていて、まるでわたしがいないかのよう、いたとしてもまるで目に入らないか、置物としか見えていないように雑談しながら、遠慮もせずにタバコをふかしている。赤毛の男は書類を読みつづけ、向かいに立ったわたしは、彼の黒い軍服の襟と肩についたふけを眺めていた。交互に左右の足に体重を移しながら、手前の椅子はわたしのためだろうかと考えていた。しばらくして、わたしを連行してきた看守のひとりがやっと室内のざわめきを抑えるくらい大きな声を出して言った。

「おい、ブタ野郎、そこに座れ!」

そのばかでかい拳で腰を殴りつけられたから、わたしはよろめいて椅子に尻を落とした。

なるほど、これがよく耳にしていたゲシュタポの尋問というわけか、とわたしは思った。それまでも、ゲシュタポの凶暴さに関するイメージはかなり明確なものとしてあったが、どこか曖昧、非現実的だった。この自分がほんとうにそんな破目に陥るなどとは思ってもみなかった。しかし、わたしは生《なま》の現実に向きあっていた。不安を抑えられなくて唇を噛み、湿った両手をこすり合わせた。思考力が麻痺してしまい、何も考えられなかった。

ほっそりした男は書類から視線を上げ、日常業務の邪魔をしに来たわたしをうさんくさそうに見つめた。書類の一部をわたしに見せて、素っ気なく聞いた。

「この証明書類はきみのものか?」

全身が硬直してしまい、わたしは返事ができなかった。どんな些細なミスでも、わたしの防御線を突きくずす突破口にされてしまうだろう。男の透きとおるような青い目が不気味な光を放っていた。まったくユーモアの欠けた笑みが薄い唇に浮かんだ。

「おいおい、わたしたちなんぞとは話せないと言うのか……。われわれが身分不相応ということかな?」

その皮肉に全員が笑いころげた。わたしの後ろに座っていた看守が、跳ねるように立ちあがり、わたしの首根っこをつかんで怒鳴った。

「ブタ野郎、捜査官殿に返事をせんかい!」

看守の指がすさまじい力で首を揉みしだく。

「そうです、わたしのです」

自分の意思とは無関係に声が出て、まるで赤の他人がわたしの口を使って話しているようだった。捜査官は皮肉っぽく上下に頭を振って相槌を打つ。

「ご親切に答えてくれて、ありがとう。そういう心がけならば、きみと非合法組織との関係がどういうものか、真実すべてを打ち明けることに異存はないだろう」

わたしはすぐに答えた。

「非合法組織との関係なんかないです。証明書を見てもらえばわかりますが、ぼくはソ連占領下にあるルヴフの町に住む教員の、大学教員の息子です」

実際、書類上のわたしは、ソ連に占領されたルヴフの大学教授の息子となっていた。氏名やその他の記載事項もすべて本物であり、当該の人物はとっくの昔に国外に亡命していた。したがって、もしゲシュタポが身元照会をしたとしても、わたしが当の教授の息子でないという確証は得られないのだ。

捜査官は不機嫌そうに横目でわたしを観察している。

「そうだろう、そうだろうとも。ちゃんと証明書に記載されているって言うんだな、そうだろう？　ところで、いつからきみはルヴフの大学教授の息子になったんだね、二カ月前か……三カ月前だったかな？」

舌を鳴らす音やばか笑いがまた部屋中からわき起こった。どうも捜査官は田舎町のゲシュタポ支所では一応名の通った皮肉屋らしく、その尋問ぶりをわざわざ見物に来ている者もいるようだった。しかし、それほど悪い展開を見せてはいなかった、今までのところは……。捜査官が漫才のまねを続けるつもりなら、こちらも余裕を持って返事ができるかもしれないと思い、わたしはいくらか安心した。

得意げに口をすぼめたところ見ると、捜査官はきっと大向こうを唸らせるような冗談を見つけたのだ。

「というわけで、きみはルヴフの大学教授の息子である。つまり、非常に頭がいい。わたしたちも、せっかくの相手なら優秀な人間であってもらいたいのだ、わかるだろう?」

捜査官が室内に視線を巡らすと、素直な犬のように全員がうなずいた。その反応に気をよくするようすは、まるで喝采を催促する舞台役者のようだった。

「大学教授の息子くん、ひとつ答えて欲しいのだが、きみは生まれてからずっとルヴフ住まいかね?」囁くような声だった。

「そうです」

「ルヴフは美しい町だ、そうだね?」

「ええ、そうです」

「いつかもどって、もういちど見たいと思っている、違うかな?」

どう返事をしても笑いものにされるだけだと思い、わたしは問いを無視した。

「この質問には答える必要がない、そう思ったんだな」捜査官は優しい口調で聞いた。「では、きみの代わりに答えてあげようか。そう、きみはもどりたいと思っている。では聞くが、どうしてルヴフを離れる気になったのだね?」

最後の質問はひどく慇懃な口調で発せられた。偽装身分を頭に叩きこんであったわたしは、条件反射のように勢いよく答えてしまった。

「それはソ連のせいです。父は、ぼくがソヴィエト占領下のルヴフに住むのを望まなかった」

いかにも同情するように、捜査官は顔をしかめた。

「父上はロシア人を嫌っているんだ、だがきみはどうなんだ、好きかね？」

「そうは言ってません。ぼくも嫌いですよ」

「わたしたちの方を好むと？」

嫌みたっぷり、皮肉な口調だった。

「そうですね……」困っているが正直に答えようとするそぶりを見せ、わたしは言った。「あなたたちの方がもっと信用できました」

「わたしたちの方がもっと信用できた……。つまり、今は違うと言いたいんだね。それは困った！」

「ドイツ人を信用していないと言っているんじゃないです……。ぼくの言うことをどうして信用してもらえないのか、それが問題なんです」ほんとうに当惑している面持ちで言った。「ぼくはただスイスに行きたかった……ジュネーヴなんですが……友人の家に」

「きみはわたしたちが大好きで、信用もしている……」捜査官は皮肉たっぷりにつぶやいた。「だがしかし、挨拶にも寄らず、通りすぎるつもりだったのかね？　このわたしは大学教授の息子ではないので、どうもきみの言うことが理解できないでいる」

この捜査官は道化である、だが狡知に長けていた。わたしの発言の意味を巧妙に変えてしまう。わたしは、真剣でまじめそうな印象を保とうと努めた。

「ぼくは学生ですが、戦争で中断されました。それでもう嫌になってしまい、スイスに行って研究を続けようと思ったんです」

「ひょっとして、フランスへ行き、ポーランド軍に合流しようと思ったのではないかな?」

「違います。誓って言いますが、ぼくはスイスに行き、そこで戦争が終わるまで平和に暮らしたいと思っていました。あなたたち相手にでも、ほかのだれとでも、ぼくは戦いたくない。ただ研究を続けたいだけです」

「なるほど、なるほど、続けなさい」笑いを浮かべて相手は言った。「きみの言わんとすることが今ひとつわからない」

また爆笑が起こった。静聴を求めて捜査官は手を挙げた。芸の途中で喝采され、それを鎮めようとする芸人のようにへりくだり、そして芸を続けるのだった。

「ぜんぶ話してくれないか、山越えの旅にはとても興味があるのだ」

「かならずしも興味あるものではないと思います。旅の計画については、父と話しあいました。そしてある日、ぼくは独ソ境界線を超えてワルシャワに行ったんです。どうしてもソ連占領地域から出たかった……」

「それが違法行為なのは知っているだろう!」捜査官は大げさに驚いて見せた。「そんな行動は間違っている」

そして、自分の顔の前で手を振りながら言うのだった。

「きみの言葉をさえぎってしまったのはよくなかった、許してくれ。では、続けてくれたまえ」

「ワルシャワで偶然に中学校時代の友人に会いました。その旧友に、ぼくはジュネーヴに行きたいので助けてくれないかと頼みました。彼の名前はミカといい、ワルシャワではポルナ街三〇番地に住んでます。ミカはどこか秘密めいていて、再会した翌日にカフェでまた会おうと提案してきました。そのカフェで彼は、爆撃されたワルシャワの写真を彼の友人にとどけてくれるなら、ぼくがハンガリーのコシツェまで行くのを助けようと約束したのです。ぼくは条件を呑み、そして彼からフィルムと四十五ドル、国境近くの町に住む山岳ガイドの住所を受けとりました。あなたたちに逮捕されるまでのいきさつはこれですべてです。ぼくは誓って言いますが、これが真実です」

コシツェに住む友人の友人という人物の名前と住所はでたらめだった。しかし、わたしを助けてくれたというワルシャワの友人ミカは実在の名である。住所も本物で、ただしわたしが白状しても危険のないことはわかっていた。本人が三カ月前にポーランドを逃げだしていたからである。

わたしが話しだすと、捜査官は椅子の上でほとんど仰向けになってしまい、頭の下に組んだ両手をおいたまま目をつぶり、えもいわれぬ美しい独唱に聴きほれているかのようだった。わたしの話が終わると、ゆっくり目を開き、ばかにしたように口をもぐもぐさせる。

彼から少し離れた場所に座り、膝にクリップボードを置いている男に向かって言った。

「ハンス、今の感動的な話をちゃんと記録してくれただろうな。一字一句も変えてはならんよ。そのままのかたちで、もういちど読みたいのだ」

それから、わたしの顔を見つめ、つぶやくように言った。

「よろしい、よろしい。きみの話をこれ以上聞かないが、許してくれるね。明日、わたしの同僚がだね、喜んできみの話を聞くことになっている。もっともっと愉快な会話になるはずだ」

捜査官はいくぶん顔の向きを変え、わたしの後ろに控えていた大男の看守を、それまでとは打って変わった凶暴な声で怒鳴りつけた。

「とっとと、このウジ虫を独房に放りこめ！」

看守はあの大きな手でわたしの首をつかんで立たせ、突きとばした。わたしがよろめくと、もうひとりが同じようにはね返し、ほかの兵士たちも立ちあがって仲間に加わりボールのように小突きまわした。ドアのそばまで近づくと、大男の看守がわたしを頭から外にほうり投げた。骨が砕けたかと思った。

独房にもどると、わたしのために創意工夫をこらした設備が用意されてあった。強力な白熱電球の上につけた大きな反射板である。独房のなかはどこもすさまじい明るさで、逃げようがなかった。

わら床にひっくり返った。捜査官の前では自制できていたのに、それが崩れてしまったのだ。脚に力が入らなくなり、尋問されているあいだ抑えていたものが時間差反応で現れたのか、全身が震えだして止まらない。痙攣に襲われながら、反射板の強烈な光から目を守ろうとした。思考が混乱してそれに秩序を与えることも、何かひとつのことを思い描くこともできずにいた。

わたしは自分の話が信用されるとは思っていなかった。また、最初の尋問が思いのほか手ぬるかったのも、長くは続かないとわかっていた。話ができすぎている一方で、事実にしては難点が目立ちすぎる。とわかっていても、より重要な情報を知られないためにも、わたしは最初の話で押しとおすほかない。言ってみればそれは一種の鎮痛剤のようなもの、もっともらしい話をもう捏造しなくていいと思えるだけ、わたしにとっては大いなる気休めだった。その晩は、頭のなかであの作り話の筋書きがずっとくり返されていた。明け方、例の看守が独房に現れた。ひげも剃っていないし、服装と髪もひどく乱れたままだ。すごい形相でわたしをにらみつけるのは、こんな早朝から起こされたのがわたしのせいだからである。わたしが向かうべき方向を、黙って指で示す。わたしは寒さと不眠で青ざめていた。歩いているあいだも、歯はがちがち、膝も震えて今にも倒れてしまいそうだった。

前日の尋問が行われた部屋にまた連れて行かれた。備品の位置が少し変わったかもしれない。小さなテーブルが昨日の大テーブルの横に並べてあり、そこに新品のタイプライターとクリップボードがいくつか、それと鉛筆が置かれてあった。壁際に並べられていた椅子はとり払われていた。室内にはわたしのほか、四人しかいなかった。大テーブルの向こうに昨日とは違う係官がいて、回転椅子に腰かけていた。

係官はドイツ人には珍しくない身体的特徴のある男だったが、ポーランドのゲシュタポ部門で働く者になぜかそのタイプが多い。太っていて、均質なひとかたまりの肉という感じがする。つまり、脂肪のたわみのようなものがなく、どこを見ても曲線なのだ。顔は、北方系というより、むしろスラヴ系を思わせる。くすんだように浅黒い顔色、細い目の瞳も黒く、厚ぼったい顔の輪郭とぶよぶよした頰の下に頑丈なあごがひどく突きでていて、それから見ると、若いころは痩せていたのだろう。剃ったばかりのひげは濃そうで、重そうに垂れた頰を青く染めている。

ポマードできちんと後ろになでつけた黒い髪の下、大きな顔の固く閉じた冷酷そうな唇は、粗暴な破壊力とそれに混ざるようなひどく女性的な繊細さと残酷さとをうかがわせ、まったく相反する妙な印象を与えてくる。大柄な男にしては驚くほど細い指をしており、先にいくほどさらに細くなって、きれいに手入れされた爪で終わっている。部屋の四方に目を向けながら、男はしきりに指でテーブルを叩いていた。

ほかの三名はどこにもいるようなゲシュタポ隊員で、上背があって筋肉質、きちっと制服を着こなしている。そのうちのふたりがゴム製警棒を持っているのが見えて、わたしの血は凍りついた。

「そこに座り、事実を述べるんだ」責任者らしき男は言った。「必要に迫られないかぎり、われわれは実力行使に出ない。わたしの正面に座って、視線をわたしの目からそらさぬように。頭の方向を変えるのも、視線をずらすことも許さない。わたしの質問にはただちに答えてもらう。考えてから答えるというのも許さない。あらかじめ言っておくが、矛盾する返事をしたり、きみがすでにでっち上げた話をくり返す目的で、もしいい加減なことを言ったりするなら、きみの立場は悪くなる一方だ」

もう何十回もくり返されたかのように、それらの言葉は機械的に発された。

椅子に座りながら、恐怖が表に出ぬよう、わたしは懸命の努力をしなければならなかった。けれども、頰の筋肉が痙攣してしまうのをどうしても抑えられない。相手はわたしから目を離さずにいた。その無言の監視はほんとうに耐えがたかった。靴底が床にこすれる音、耳障りな看守の呼吸音が余計に緊張を募らせる。結局、係官はアザラシのように椅子から優雅な動きですべり出ると、計算された繊細さで大テーブルの空いた場所に屈んで肘をつき、両手の指先を合わせてからくぐもった声、だがよく響く柔らかな声で始めた。

「わたしは捜査官のピックだ」重々しく言った、「名前をまだ聞いたことがないのなら、きみはその分だけ得をしたことになる。というのは、真実を吐きださせるまでは、わたしは何人にも両脚で立ってか、あるいは這ってか、この部屋から出ていくのをけっして許さないからだ。もしや成功しなかった場合、一般論だが、該当者はその顔によって身元確認できるような状態にもはやない。これは保証してもいいが、一度わたしたちにかわいがられたあとは、死が贅沢なものに思えるだろう。きみに告解を強いているのではない。きみがそれをしようとしまいと、わたしには興味がない。理性的になり、真実を述べるならば、きみの命は助けてやろう。その反対なら、きみは死ぬ一歩手前まで殴られつづける。ヒロイズムというものを、わたしはまったく尊いと思っていない。人間常識を越えて極度の虐待に耐えられる英雄もいるが、わたしはそういうものにまるで感動しない。今からきみに対する尋問を始めようと思う。わたしはきみが躊躇したりするのを許すつもりはないので、忘れぬように。質問されると同時に、一瞬で答えること。それが守れなければ、そのたびにきみは後悔することになる」

長い前置きで、当人は疲れてしまったようだ。革張りの椅子にぐったりしたりして座りこみ、身体を揺らしはじめた。

「フラネクという名の男を知っているか?」猫がごろごろいうような単調な声で聞いてきた。

「フラネク……フラネク? 知らないと思います」わたしの声は頼りなく、震えていた。

「きみがそう答えるだろうと思っていた。最初の嘘だからご褒美はやらない、というか、まだやらない。フラネクは地下組織のために働く山岳ガイドだ。数週間前だが、われわれは彼を捕捉した。すべて語ってくれた、ルートも休憩場所も。きみたちの仲間でこのルートを通る連中に関し、われわれは多くのことを知っているんだ。きみは何をしている、旅の目的は何だ? レジスタンス機関におけるきみの役割を否定するな、むだなあがきだ。きみの知っていることすべてを語ってくれるよう期待する。密使殿、いいかな?」

わたしは舌で唇を湿らせた。喉がひどく渇いて、痛いくらいだった。相手はかなりのことを知っているか、推測できているようだった。わたしはバカみたいに彼を見つめ、それから弱々しいしゃがれ声で抗議した。

「あなたが言っていることを理解できないです。ぼくは密使なんかじゃありません」

彼はわたしの後ろに待機していた男たちを見てから、両手を胸の前で組んだ。それが合図だった。ゲシュタポのひとりが警棒でわたしの耳の後ろを殴った。強烈な痛みが電流のように全身を走った。それまでに味わわされた苦痛のうち、このゴム警棒による激烈な痛みに較べられるものはなかった。全身の筋肉が断末魔のときのように痙攣してしまう。歯科医院でドリルが神経に触れたときの衝撃に似ているが、そのドリルが無数あって全身の神経を切りきざまれるようなのだ。

思わず悲鳴が出てしまい、視界の隅にもう一本のゴム警棒を見て、わたしを後ずさりした。捜査官は片手を上げて、部下の動きを止めた。

「チャンスをもう一回だけ与えてやろう」嫌みったらしく言うのだった。「たいした我慢もできそうにないな。さあ、話してもらおうか」

「話すのはいいですが、信用してくれないじゃないですか……」わたしはもぐもぐと言い返した。全身を麻痺させたあの苦痛はわりあいすぐに消え、痛みの記憶と、またあのゴム警棒で殴られるのではないかという病的な恐怖だけが残った。とはいえ、疲労困憊だったし、食料と睡眠の不足、袋叩きに遭ったこと、神経を消耗させる試練の連続で、わたしはめまいと吐き気に襲われた。わたしは口を閉じたが、椅子から転げ落ちそうになった。審問官は上品ぶったしぐさで後ずさった。

「外に出すんだ！」部下のゲシュタポに命じた。「便所に連れて行かんと、腹のなかぜんぶをここでまき散らされるぞ」

わたしは椅子から立たされ、汚い洗面所まで連れて行かれた。汚臭を放つ小便器に向かったとたん胃が勝手に動きだし、苦しくなって吐いた。ようやく治まって上体を起こし、ゲシュタポのひとりがシュナップス〔ドイツの強い蒸留酒〕の瓶を差しだした。わたしが一口飲み、すると男たちは瓶をとりあげ、また部屋まで連れもどした。椅子にぐったり座ったが、頭は空っぽ、身体のどこにも体力などもう残っていなかった。

捜査官ピックはポケットのハンカチで自分の口をぬぐった。

「気分はどうだ？」嫌悪を露わに見せて、わたしに聞いた。

「だいじょうぶだと思います」わたしは弱々しい声で返事をした。

「では、また質問に答えてもらおうか。きみが旅に出た出発地はどこだった？　身分証明書とフィルムはだれが用意した？」

「昨日の捜査官にはもう言いましたが、ぼくはワルシャワから来ました。フィルムは友人、中学校時代の友人から預かりました」

「そんなふざけた話をくり返すつもりか。ワルシャワの焼け跡を撮った写真しかなかった、それをわれわれが信じると思っているのか？」

「ほんとうにそれしか写ってなかったはずです」

「だとしたら、どうしてバケツの水に捨てた？」

わたしはためらった。最後に残されていた気力が、マイクロフィルムが水で破壊されたと知ったことで得られた。偽造の証明書をのぞけば、わたしの話を覆すための物的証拠は何もない。

「答えろ！」興奮して甲高くなった声で言われ、わたしははっとした。「どうして水のなかに捨てた？」

「よくわからないんですが、きっと友人をかばおうとしたんだと思います」わたしはためらう口調で答えた。

「友人をかばおうと思っただだと」相手は呆れたようにくり返した。「どういうことかね？　フィルムには友人の名が出てくるということか？」

「いいえ。直感的にそうしてしまったんだと思います」

「直感？　ふだんからきみは直感で行動するのか。だから、荷物を隠したのも直感だったと言い張りたいのだな？」

「ほかに荷物なんか持っていませんでした」わたしは口をとがらせて反論するそぶりを見せた。

「きさま、とんでもない嘘つき野郎だな！」ゲシュタポのひとりが口を狙って殴ってきた。

歯が一本折れて、ぐらぐらになった。口から出血している。舌で唇をなめてから、折れた歯に触れた。そこを吸ってみて、なぜか完全に抜いてしまおうとしていた。

捜査官は、部下を押しのけてから、わたしに視線を合わせた。

「国境地帯を四日間もうろついていたのに、食料も持たずにいた……。きみはわれわれにそんな話を納得させようとするつもりかね？」

「だって、それが事実なんですから」わたしは強硬に反論した。「信じてくれませんか。食料は、山越えの途中で農家から買ったんです」

「それが嘘だというのはちゃんとわかっているんだ」ピックは猫なで声で言った。「われわれはだね、フラネクから聞いた休憩地点すべてに人員を手配した。きみたち二名はプレショフの近くで捕捉されたね。きみたちに食料を譲った者はあの辺りにはいないし、きみたちが立ち寄った村もない。もし立ち寄っていれば、われわれはそこで逮捕しただろう。では、もう一度だけ聞く、これが最後だが、荷物をどこに隠した？」

わたしは必死で頭を働かせた。リュックサックには、見つかって困るようなものは入れていない。しかし、これまでの話を変えてしまえば、せっかくこしらえた筋書きを見失ってしまう可能性があるし、言うことに困って、何か大事なことをばらしてしまうかもしれないと思った。

激烈な痛みに襲われて、予告もなしにまたゴム警棒で耳の後ろを殴られたのだとわかった。失神を装い、椅子からくずれ落ちて床に転がった。捜査官ピックの声が、遠くの飛行機の爆音のように室内に響くのが聞こえた。

「気を失ったように見せてもむだだね。耳の後ろを叩くという方法は、わが国最高の生理学者による研究で生まれたものだ。ひどい苦痛を与えるというのは知っているが、失神あるいは意識に混乱をもたらすようなことはない。どんなに立派な演技をしても、科学的事実は変わらんのだよ」

警棒で殴るべき場所に関するピックの講義は、部下のゲシュタポたちにサディスティックな娯楽と映ったようで、たちまち辺りは狂騒に包まれた。その喧噪を縫って、興奮したピックのばかにしたような甲高い声が響いた。

「諸君、仕事にとりかかってくれ!」ピックは叫んだ。「答えてもらわねばならんから、声は出せる程度にだぞ」

部下連中がわたしに飛びかかり、壁際に立たせる。顔はもちろん全身にげんこつの嵐が襲いかかった。くずおれるわたしは抱えおこされた。意識が朦朧としてとぎれとぎれになりながらも、わたしは攻撃が終わって、壊れた人形のように床にうち捨てられるのを感じていた。ゲシュタポはわたしの耐久力を過大評価したため、新たな尋問に応じられるためのエネルギーを根こそぎにしてしまった。

三日間まったく邪魔されることなく、わたしは独房に放っておかれた。身体の節々が痛んだ。顔も傷だらけ、腫れあがっていた。ほんの少し身体を動かすだけで、痛めつけられた肋骨が激しく痛んだ。わたしは自分の置かれた立場が絶望的なものだと理解していた。ゲシュタポから見れば、わたしが嘘を言っているのは明らかだろう。今後の尋問で、わたしが返答できない質問はますます多くなるに決まっている。しかしながら、自分を救う道はただひとつ、最初に決めた筋書きを守りつづけるほかないのだ。

わたしに水や食べ物を持ってきてくれるスロヴァキア人の老看守が食べるよう忠告してくれるが、コンソメのような薄いスープさえ飲みこむのもつらかった。二日目、老人が洗面所まで連れて行ってくれたので、乾いて顔にこびりついた血をなんとか落とそうとした。何人かスロヴァキアの兵士がひげを剃っていた。わたしが顔を洗っている洗面台の上の窓枠に、剃刀の古い替え刃があるのに気づいた。ごく自然に、べつに何かの目的があったわけでもなく、わたしはだれにも気づかれず刃を手にとり、すばやくポケットにしまった。

独房にもどってわら床に横たわり、貴重な宝を指のあいだに隠した。夜になるのを待ち、拾った木片に替え刃を挟むように細工した。立派な武器になる。拷問が続くなら、それはたいそう役に立つと思いながら、武器をわら床のなかに隠した。

三日目の夕方、ゲシュタポ隊員が数人で独房に入ってきて、そのひとりが嫌みたっぷりに告げた。

「われわれとの話し合いをまたやりたいんじゃないかと思ってな。こんどこそ、もっと頑丈なところを見せたいにちがいないからな。というわけで、ご期待に添うことにした。だが今日はな、おまえを親衛隊《SS》将校殿に会わせる用意をしなけりゃならんのだ。自分が偉くなったような気分だろう、どうだ?」

あらゆる意味で無気力状態に陥っていたにもかかわらず、その知らせを聞くと、身体の奥から何か強い力のようなものが湧きあがってきた。どんなかすかな希望、ほんのわずかな生命の光あるいは自由の明かりであっても、それに夢を託さねばいけないと心がけていたからだ。もしかしてSS[2]はわたしの話を最終的に信じるかもしれないし、あるいはすでに期待したように、わたしがとるに足らない下っぱで相手にすることさえむだであると思うかもしれない。その期待は、わざわざわたしのひげ剃りに呼ばれた男を見て、ますます膨らんだのである。ひげ剃りのあいだ、ゲシュタポ連中はわたしの服と靴を持って外に行き、もどってきたときはどちらもブラシがかけられ、とてもきれいになっていた。

わたしの楽観的観測は、SS将校の待つ部屋に入ったときも変わっていなかった。将校はわたしを連行してきたゲシュタポ隊員らをとっとと追っ払い、そのしぐさにはいくらかばかにしているようなようすさえ見えた。それから、見るからに上品な態度でわたしに椅子を勧めた。部屋の反対側まで歩き、そこに待機していた傷痍軍人を部屋から出した。その間ずっと、わたしは注意深く観察して、この未知の相手にどういう態度で臨むべきか作戦を練った。

どう見ても二十五歳以下のたいへん優雅な青年で、痩せて背が高く、心持ち額に落ちかかる金髪は、これもきっとわざとそう手入れをしたにちがいない。ざっくばらんで冷静、そんな男性的な態度を強調しようとしているようだった。違った状況であれば、ひとつひとつ研究しつくされたしぐさや姿勢を保とうとする青年将校の努力に、わたしの興味は向けられたにちがいない。軍服は、その繊細なカット、丹念な仕上げ、勲章とそのリボン、すべてがみごとと形容するほかない。まちがいなくこの青年はプロイセンを代表するユンカー(3)の典型として軍上層部から目されており、本人もその期待に添うべく努めているのだ。

わたしに近づくにも、彼の分身が厳しく動きを監視し、つぎにとるべき態度まで決めているかのように計算ずくだった。この人物の何かがわたしを魅惑した。ナチズム教育とプロイセン伝統主義のあまりにも純粋なる結晶、そのありようが現実離れしていた。彼にとって動くということは、ナチズムに賛美され、その輝かしいシンボルとして奉られたあげく、銅像にされてしまった青春像がその台座から下りてくるのと同じくらい突飛なのである。

彼がそばに来て、若者らしい恥じらいを見せながらわたしの肩に優しく手を置き、心のこもった言葉を口にしたとき、わたしは呆気にとられてしまった。

「心配しないで欲しい。きみに危害が加えられることなどなきよう、わたしがしっかり監視しますから」

あまりに純真なその言葉に予測がすべて狂ってしまい、わたしはどぎまぎするほかなかった。「ちょっと驚きました。でも感謝します」というようなことをつぶやいたように覚えている。

「感謝など無用、あたりまえでしょう」青年将校は応じた。「見たところ、きみはわれわれがふだんここで相手にする連中とは違うようです。教養があり、気品もある。生まれがドイツであれば、おそらくわたしと似た境遇にあったのでしょう。そうですね、ある意味で無知な人間とシラミしかいないここスロヴァキアの片田舎で、きみのような人物に会えるというのは嬉しいことです」

わたしの脳みそは、この新しい手口がどんな目的を持っているのか知ろうとフル回転していた。ゲシュタポと関わり合いを持った経験のあるわたしの知り合いからは、こんなタイプの相手のことはいちども聞いたためしがない。暗闇のなかで穴ぼこだらけの道を進むような覚悟をし、わたしはきわめて慎重に言葉を選んだ。

「言わせて欲しいんですが、ここで今までに会った人たちと、あなたはずいぶん違うように思います」

どんな答えが来るかと、もどかしい思いで待ったが、否定も肯定もせずまっすぐにわたしの目を見つめただけだった。そして、頭を横に傾けながら言った。

「わたしの部屋に行きましょうか、こっちです」

ほんの一瞬だが、行きたくない、と言ってもいいのだろうかと自問した。わたしはうなずき、虫が食ったように古びた廊下を歩きはじめたが、青年将校はその古さが気になるのか、軍服についた埃を指先ではじくようなしぐさをくり返した。彼の執務室はまったくドイツふうにしつらえてあった。部屋の主の好みに合わせて改装されたにちがいない。マホガニー材のいかめしいテーブル、脚に細かい彫刻がほどこされ、茶色の革を張った肘掛け椅子が四脚その周りに置いてある。やはり茶のビロードを張ったソファが壁際、大きな事務机が窓のそばにある。壁全体は褐色に塗ってあり、大きく拡大した写真が二枚飾ってある。ヒトラー青年団《ユーゲント》の指導者バルドゥール・フォン゠シーラッハと、もう一枚は全ドイツ警察長官のハインリヒ・ヒムラーだった。何たる奇跡、ヒトラーの肖像がどこにもない！　事務机を見下ろす壁にはチュートン騎士団の古い剣がかけてある。二枚の写真から目を外したところで三枚目の小さな写真に気づき、そこには繊細な顔だちの気品のある中年女性が思春期の少女といっしょに映っており、少女の金髪と顔の輪郭はわたしの前に立っている青年将校のそれとそっくりであった。当の青年はわたしの連想に気づいたようである。

「母と姉です。父は五年前に亡くなりました」

気まずい沈黙があった。男性らしい態度、自信に満ちたようすを見せていても、異端審問のようなナチの厳しい尋問の専門家ではなさそうだった。わたしという厄介な問題を前にして、どこから手をつけるべきか思い悩んでいるように見えた。その躊躇が、まったく同じような居心地の悪さをわたしに感じさせた。ふいに思いついたかのように困惑を隠し、芝居じみたしぐさで、彼はフォン＝シーラッハの写真を指さした。

「この人物を知ってますね」絞りだすような声、顔を自嘲にゆがめながら青年将校は言った。「真の指導者です。人間的にもすばらしい。以前、わたしは彼を崇拝する集団の一員でした。彼から信頼された側近のひとりだと思いこんでいたのに、ここにいるんだ、今のぼくは！」

話すのをやめ、彼は興奮して室内を歩きはじめた。この戦争のあいだにわたしは、表面上は無表情、というより、厳めしくて無口、感情を表に出さないような男たちが憑かれたように真情を吐露し、自分のことをしゃべりたがるのに立ち会った。この中尉の態度は、ずっと前からだれかに心の内を打ち明けたいけれども、あまり相手が親しすぎると危険なのでそうもいかず、我慢していた者のそれである。ただし、いかにも告白めいた口調が、わたしにはどうも腑に落ちなかった。

わたしが承知していたのは、告白をされた側の人間が、聞いてしまったがゆえに、あとで苦しむ例もよくあるということだ。この若い中尉のようなたぐいの人間は、あとになって自分が感情に流されてしまったことをふつう恥に思うものだ。自分が弱みを見せてしまった証人に対し、結局彼らは恨んだり憎んだりしてしまう。だが、そういった反応を避ける方法を、だれもまだ見つけられずにいるということだ。わたしは訳がわからなくなり、罠にはまるのを恐れた。青年中尉はわたしの前に椅子を置いて座り、屈むようにしてわたしに顔を近づけ、それから自分の人生を語りはじめた。

生まれたのは東プロイセン、地主貴族《ユンカー》の家柄である。繊細過敏、芸術を好む少年時代は、彼のそういった面を嫌い、どうしても立派な軍人に育てようとする厳格で横暴な父親に対し、憎しみを募らせた。容赦なくしつけようとする父親から彼をかばってくれたのは、彼をとても大切にする母親と姉だった。十七歳になると、中世の城塞を利用して〈新秩序〉のエリートを育てる養成学校にした、あの名高いナチス党オーデンスブルクに入れられた。当時はまだヒトラーが政権に就く前で、オーデンスブルクは秘密裏に運営されていた[4]。

オーデンスブルクの話をするとき、そのころのことを思いだすのか、彼は目を輝かせ、感動に声を震わせるのだった。そのナチ〈修道院〉でフォン＝シーラッハと出会い、その愛弟子のひとりとなった。シーラッハはよく訪ねてきて、近くの森へ長い散歩に連れだしてくれた。入学三年目になって、お気に入りの地位をもうひとりの生徒に奪われてしまった。その生徒が彼よりドイツ古謡《ルートヴィヒスリート》を上手に歌い、また円盤投げでも学校一になったからだ、と当のライバルがわざわざ教えてくれたそうだ。

その事件を思いだすのは古い傷をなぞるようにつらいことのようだった。そのつらさに思わず両手を目の前にかざすすがたは、目をくらます光源を避けているようである。そして、とつぜんひとり語りは終わった。

「そのあと親衛隊士官学校に入り、卒業時は首席だった」しばらくしてから、彼はまた話を続けた。「だから、現在の任務にも誇りを持っている。きみに会ってみようと思ったのは、きみの態度を聞いて印象づけられたからなのだ。わたしたちはかならず理解しあえる、そう確信している。これは信じてもらいたいんだが、わたしがきみに悪意を持ち、個人的に何かしてやろうとか、同胞を裏切って欲しいとか、あるいはわれわれのスパイになれ、と言うつもりはまったくない。わたしがきみに話すことは、ポーランドの将来、つまり国の存亡がかかっている」

思いがけない面接を急に決めた理由が明らかになりつつあった。純粋培養されたこのナチの申し子は、わたしに〈新秩序〉の教化をするつもりだった。信仰告白と帰依への誘いを、どのように切りぬけたらいいか、わたしは必死に頭を働かせた。わたしを誘うがため、彼は自分の心を開いて引きこもうとした。もちろん、好意でそんなことをするはずがない。彼のあの態度は過度に真に迫っていたし、感動的にすぎた。

せっかくの努力がむだに終わり、魅力ある提案が効果なしとわかっても、彼のわたしに対する好意と配慮は失われず、わたしのために何かしてくれるだろうと、しばらくわたしは希望を捨てずにいた。だが、そんな幻想を追いやるのに頭など使う必要はなかった。ああいうふうに打ち明け話をしたあとだから、その分なおさら酷薄になるだろうと予感させるテクニックのことはさておいて、彼が力と残忍さを原則とするナチのやり方を習熟しているのは明らかだった。

彼は記憶をよみがえらせながら話しつづける、こんどは誇らしげで屈託がない。

「知っているだろうか」彼は言った。「国家社会主義ドイツ労働党というのは最初、純粋に理想的な男性像を追求すべく原則を決めていた。徹底した男性至上主義の思想ということなんだ」

そして、誇らかに続けた。

「オーデンスブルクに入っていた時期だが、わたしはけっして女性とは話さなかった。女性といっしょに出かけたこともない、任務の場合をのぞいてだが。わたしは腹蔵なく話すのが好きなんだ、男同士一対一でね。貴君とはかならずわかりあえると信じている」

ずいぶん突飛なことを言ったあと、彼は部屋の隅まで歩いていって、小さな戸棚からコニャックのボトルを持ってきた。それを注いだグラスとタバコをわたしに勧め、それから自分の椅子をずらしてわたしに近づいた。

「さて、本題にもどるとするか」彼は笑みを浮かべて言った。「最初に言っておかねばならないのは、貴君を軍人として扱うよう変えさせたことで、したがってそれに準じた待遇をするよう指示を出しておいた」

「感謝します」わたしは答えた。

「いや、何でもないことだ。結局のところ、貴君は犯罪人ではないし、それにわたしの話を聞いてもらったのだから、われわれのために働きたいという気持ちになり、われわれを敵にしないと決めてくれたんだろうと思う」

わたしはおそるおそる抗議するような口調で言った。

「あなたたちを敵と思ったことなどありません、あなたはそう考えているようですが。非合法活動とはぼくがいっさい関係ないというのを、信用していただけますよね……」

青年中尉はそれをさえぎり、眉を曇らせて言った。

「そういう冗談を続けるのはやめにしてもらいたいな。あとでご覧にいれるが、貴君がレジスタンスの密使だという証拠は挙がっているのだから」

彼は、わたしが否定しつづけるかどうか探るような視線を向けてきた。わたしが黙ってしまったものだから、わたしの膝を指で叩いた。

「きみ、わかってくれたようだね。明らかな事実を否定するなど愚の骨頂だ。きみの強情さは理解できないね。そう、きみたちポーランド人はまったく救いようのない状況に追いこまれているんだ。フランスは降伏し、イギリスは交渉を提案してきており、アメリカは……何千キロも離れたところにいて中立を守っている」遠くを見るような目つき、コニャックをちびちびなめながら彼は言った。

そしてとつぜん、大仰な芝居がかった口調で始めた。

「総統は間もなくロンドンを平定する。そして数年後、ワシントンのホワイトハウスを背にして、わが国の新秩序を宣言しているだろう。その平和は恒久的なものであるから、ユダヤ民主主義に侵された今の金権政治家たちの空約束や偽善とは何の共通点もない。パックス・ゲルマニカ、ニーチエをはじめとする新秩序のために力を尽くした大思想家や詩人たちの夢であった平和のことだ。世界中がわれわれを恐れていることは知っている。彼らは間違っている。われわれはだれにも危害を与えようなどと思ってはいない。もちろん、ユダヤ人は例外だが。彼らのための場所がないのだから、彼らは始末されよう。そのように総統は決められた。われわれは非ゲルマン民族にも公正でありたく思っており、正義を行きわたらせるつもりである。労働によってパンと暮らしが保障されるだろう。ナチス・ドイツに対して忠誠を示せば、彼らにもその対価として新文明への参加を認めよう。ほら見たまえ、われわれからの条件はなかなか穏便なんだ……」

酒と室内の暑さ、中尉の熱狂的な演説、わたしは疲れてしまった。わたしは一種の無気力状態にあり、いくらか酔ったようにも感じていた。だから、少し横柄な態度で彼の演説をさえぎって言った。

「そういう内容ならば、そのほとんどはもう聞いたことがあります。ぼくに何をお望みなんですか?」

無礼な言い方、内容に気づかず、中尉は輝く未来をまぶたに浮かべているようすだった。それからわれに返り、自信に満ちたリアリスト、有能な実力者のような厳めしさをとりもどした。

「貴君には寛大でありたいと思っているんだ。貴君が何者で何をしていたかもわかっている。レジスタンス機関からの情報をフランスにいる親分たちに伝えるのがきみの役目だ。それにもかかわらず、わたしはきみの祖国、上官、友人たちを裏切れと言うつもりはない。われわれはそのきみの上官たちと接触したい、ポーランドとドイツとの協力によって利益が得られることを説得したいと思うからだ。ドイツ国家の栄誉に賭けて、彼らの安全は保障するつもりだ。きみ自身、その接触を確立するという仲介役を果たすことになる。祖国を愛するならば、わたしの提案を拒めないはずだ。現在の状況についてわれわれと話しあう機会をきみの上官たちに提案するというのは、きみの義務だろう。ほかにも占領された国々を見るがいい。どの国にも、それぞれ現実的思考を持つ者たちがいて、祖国および自分たちのために協力という道を選択しているではないか。きみたちポーランド人はというと、ずいぶん変わっていて、それはきみたち自身にとって不幸なことである。わたしが提案しているのは、何ら貴君にとって不名誉でも恥ずべきことでもないじゃないか」

わたしを勇気づけるように見つめるその表情は、感極まったというか、懇願するようで、そして厳かに言い足した。

「わたしの提案を呑むか?」

わたしはゆっくりと答え、自分でもその毅然とした口調に驚いたほどだ。

「呑めません。理由は二点あります。力ずくで得た結果の美徳をぼくは信じません。協力というのは、相互の尊重、自由、理解の上にのみ立脚できるものです。それに、もしあなたの方針を受け入れられるとしても、ぼくとしては何もできません。あなたはぼくが重要人物だと買いかぶっています。非合法活動なんか関係ありませんし、その幹部たちも知りません。ぼくがそう言っているのですから、信じてくれませんか」

彼の目に浮かんだすさまじい軽蔑と獰猛さを見て、わたしはとんでもなく無謀な発言をしてしまったと気づいた。ためらうか時間稼ぎもできたろうに、率直な話し合いといった雰囲気にだまされ、気が大きくなってしまった。

「そういうばかげたコメディーを続けるつもりなのだな」

その時点から、彼は慎重に言葉を選ぶようにし、その一語一語が鞭の一撃のように襲いかかってきた。彼は呼び鈴を鳴らした。足を引きずるようにして例の傷痍軍人が入ってきて、わたしに好奇の目を向けてから中尉の前に立った。

「ハインリヒ、フィルムをここに持ってくるのと、ゲシュタポの警官にも来るよう伝えてくれ」

兵士は足を引きずりながら出ていき、その間も中尉は、歩きまわっては憎悪に燃える視線を向けてきた。わたしを軽蔑しきっているのだとわかったが、それはわたしがドイツの頑迷な敵であるだけでなく、彼の協力相手としてふさわしくない人物、要するに彼を失望させたからである。

傷痍軍人はゲシュタポの警官二名を伴って現れた。ネガフィルムを中尉にわたすと、中尉はそれをわたしに見せた。

「きみが水のなか捨てたフィルムを拡大したものだ。ほんの一部分、現像するのに成功したんだ。ほんのわずかだが重要である。ほら、見たまえ」

わたしは震える手でフィルムをとった。一瞬、自分への怒りと無力感で、その場で死んでしまいたいと思った。ライカで撮ったフィルム、最後の三枚が目に入った。ロールの中心までは水が侵入しなかったのである。何も暗号は入っていない、人名と地域名だけしか映っていない。三枚ともカムフラージュされてないが、幸いにもゲシュタポが現像できた三枚の写真には、重要なもの、危険なものは含まれていなかった。わたしにフィルムを託した人物は、テキストを暗号化する時間がなかったのか、あるいは不用心にすぎた。恐怖を感じる代わり、そんな怠慢を犯した当人を追求できないのが腹立たしかった。青年中尉はじっとわたしを観察していた。

「書いてあるものに見覚えがあるね？　腹を割って話そう。写真は三枚しか残っていない。残りの三十三枚はだめだったんだ。きみがフィルムを水のなかに捨てるのを見逃したバカ者どもは前線に送ったから、そこでもっとましな働きをしてくれるだろう。それはさておき、残りのフィルムに何があったのか説明してくれるのを待とうと思う」

わたしはかすれ声でやっと答えた。

「いや、それはできません。何かのまちがいです……ぼくがだまされたのかもしれない」

中尉の顔が怒りで青ざめた。

「潔白の証明をしたいのだろうが、ばかげた話はいい加減にしたらどうか」大股で部屋をよこぎり、コニャックをしまってあった戸棚から乗馬用の鞭を出した。

「ついさっきまで……」中尉の言葉は激高のあまりとぎれた。「男同士の話、わたしが尊敬できるポーランド人としてのきみと話をしていた。ところがどうだ、きみはただの女々しい臆病者、偽善者で、おまけに愚か者ときている！」

鞭でわたしの頬を打った。ゲシュタポ二名が飛びかかってきて、すさまじい勢いで殴りはじめた。視界がぐらぐら揺れ、雪崩のように襲いかかる殴打の下、わたしはくずおれてしまった。

勝利の感覚などとはほど遠い状態で独房にもどった時点で、わたしはまたしてもゲシュタポによる袋叩きを生きのびられたのだとわかった。

わら床に横たわり、足の先から頭のてっぺんまで無慈悲な痛みが行きわたり、身体がどこかに触れるとその箇所が苦痛をさらに耐えがたいものにする。血だらけの歯茎に舌で触れて歯が四本なくなっていると知っても、とくに感慨はなかった。顔はもう人間のそれではなく、血まみれに腫れあがり、見るも恐ろしい仮面と化していた。同じような目にあったらもう耐えられないだろうと自分でもわかった。無力であることに屈辱を感じ、わたしは憤激していた。

すべてが終わり、もうけっして自由の身にはなれず、つぎの尋問を生き抜けないだろう、そして朦朧とする意識のなか、同志を裏切るという不名誉を回避するには、剃刀の刃を使って自死する道しか残されていないと思った。

ある理想のために死んでいく人々のことを、わたしはよく考えてみることがあった。きっと彼らは自分が命を捧げる大義について考えているうち、ずっと高い次元に至ってわれを忘れてしまえるのだろうと、ほぼわたしは確信を抱いていた。正直なところ驚かせられたのだが、そういうふうに事が進むのではないのだとわかった。憎しみと嫌悪、それだけを肉体的苦痛さえ超えて感じていたからだ。

母のこと、そして自分の子ども時代のこと、外交官になる夢、かつての希望が胸をよぎった。人に踏みつぶされる惨めな虫けらと同じように、栄誉なき死で滅びていくのかと思うと、わたしはとてつもなく悲しくなった。自分の家族、友人たちだれにも、わたしの身に起こったこと、どこに死体があるかも知られずに終わってしまう。偽名を多く使ったから、もしナチどもがだれかにわたしの死亡を知らせようと思っても、おそらくほんとうの身元はわからないにちがいない。

わら床に寝たまま、わたしはスロヴァキア人看守が見回りを終えるのを待った。そこまでは、わたしの計画が勝手に進んでしまっているように思えた。ということは、準備も熟慮もされていないということである。単にわたしは、苦痛に刺激され、自己逃避と死ぬことへの欲求から行動しているにすぎなかった。宗教上の信念と、それに反して自分が犯すことになる罪についても考えた。けれども、最後に受けた尋問の光景があまりに鮮明でありすぎた。たったひとつのことしか頭に浮かばなかった。うんざりだ、もううんざりした、と。

看守は巡回を終えた。わたしは剃刀を手にとって、右手首を切った。たいした痛みは感じない。あたりまえだ、静脈までとどいていないのだから。こんどはもっと先の方に刃をずらし、えぐるようにできるだけ深く切りこんだ。とつぜん噴水のように血が噴きだした。こんどこそうまくできたと自分でも感じられた。それから、血だらけの右手でしっかり剃刀を持ち、左手の静脈も切った。わら床に座って両腕を下ろした。噴きでる血は一定の勢いを保ち、見る間に足元で血だまりをつくっていった。数分すると、だいぶ力が抜けてしまったように感じられた。靄に包まれたような感じながら、血がもう止まっているのに自分がまだ生きていることに気づいた。せっかくの企てが失敗に終わるのが恐ろしく、わたしはまた血が出てくれるように腕を振りまわした。血がほとばしる。息苦しく感じ、口で呼吸するようにした。吐き気を催し、吐いてしまった。そして、気を失った。

（1）プレショフはスロヴァキアの町、ポーランドとの国境とコシツェの町に挟まれている。

（2）親衛隊もしくはSS（**Schutzstaffel** シュッツシュタッフェル）と呼ばれ、当初はヒトラー護衛のために創設された私兵組織（一九二五年）。一九二九年にヒムラーの指揮下に入り、一九三四年、彼が全ドイツ警察の実権を掌握し、それまで力を誇っていたSA（ナチス突撃隊）にとって代わる。一九三九年の時点で隊員は二十五万名を数えた。ありとあらゆる弾圧を暗示させずにはおかない規模の数字と言えよう。翌一九四〇年、ヴァッフェンSS（武装親衛隊）と呼称を変えたころには四十個師団を数えるまでになっていた。

（3）ユンカーとは、十五世紀のホーエンツォレルン家時代からドイツ東部の支配層だった（爵位を継承できない）地主貴族のこと。これは社会経済および政治論において、マルクスからマックス・ウェーバーまでが用いるキーワードとなった。つまり、今日でも議論のある〈生まれながらのユンカー〉だったビスマルクの政治的な選択を象徴する政治的保守性、および一八七一年にドイツ帝国を築くに至ったナショナリズムの代名詞である。**Sandrine Kott, *Bismarck*, Paris, Presses de Sciences-Po, 2003** の第八章《**Être Junker**（ユンカーであること）》**, p.175-221** 参照。

（4）オーデンスブルク（秩序の城塞）は、中世の城を学校に改造し、（ナチス党の青少年教育責任者）バルドゥール・フォン゠シーラッハ（一九〇七〜一九七四）の庇護の下、ヒトラーユーゲントを完璧なナチス党員に教育する場とした。「わたしは粗暴で傲慢、恐れを知らぬ青年たちを欲している」と、ヒトラーは『我が闘争』（一九二五）で述べた。一九三五年から、三つのナチス・オーデンスブルクがポメラニア地方のクレスィンゼー、南部オーバーアルゴイのゾントホーフェン、そして東エイフェルのフォーゲルザンクに設けられた。

第14章 病院にて

どれだけのあいだ気を失っていたのかわからない。感覚は徐々にしかもどってこなかった。最初に意識できたのは、身体中が痛むという感覚だった。口の内側と舌が乾いて腫れあがり、苦い味がした。耳鳴りもしていた。どこにいるのか知ろうと力なく身体を動かそうにも、何かがそれを邪魔して、わたしが抜けでようとする眠りの世界へまた引きもどしてしまう。

押さえつけるようなものから逃れようとしているうち、反応が徐々にもどってきた。ひとつ明らかになった。わたしは独房のわら床ではない、もっと固いものの上に寝かされていた。

身体は緊張してこわばっていた。横向きになろうとした。また何かが邪魔する。もういちどこんどは力をこめてやってみた。どうしても動けない。麻痺してしまったのだ、きっと神経系統をやられてしまって、だから脳が命じても手足がそれを実行できない、わたしはそう確信した。パニックに襲われたが、全身の力を抜き、すると身体のところどころ、肉まで食い込んでいるものがあると感じた。それでわたしは、自分が手術台のようなものにしっかり縛りつけられているのだと理解した。目をこじ開け、周囲を観察しようとした。強烈な光源が目を直撃し、何度も瞬きをしなければならなかった。天井から吊られた電灯だった。光線がわたしめがけて集中するよう覆いをつけてあったから、わたしはまるで舞台のスポットライトを浴びているようだった。

見せ物にされ、不愉快に思った。わたしの頭上に顔がひとつ浮かんでいるが、はっきりわからないし、異様な大きさに見えた。耳鳴りを抑えて聞こえてきたのは、スロヴァキア語で話す声だった。

「怖がらないでだいじょうぶ。ここはスロヴァキアのプレショフ、あなたは病院にいる。あなたの治療はわたしたちがやる。間もなく輸血をしよう」

ということは、もう監獄ではなく病院にいるのだった。

最後の言葉に背筋が寒くなり、わたしはなんとか相手にわかってもらえるようにつぶやいた。

「輸血は受けたくありません。死なせて欲しい。あなた方が理解できないのはわかりますが、お願いだから死なせて欲しい」

「落ち着くんだ、心配はいらないから」

医師は——白の手術衣を着ているのを、もうわたしは気づいていた——遠ざかり、すると部屋の向こう、椅子に座り新聞を読んでいるスロヴァキア憲兵の恐ろしげな背中が見えた。医師がわたしの視界のなかにもどってきて、こんどは彼が手足の短いずんぐりした男だとわかった。わたしの脚に先のとがった器具を刺した。注射か……。

「これで気分がよくなるだろう」医師は言った。

医師と看護婦たちを止めよう、彼らの手から逃れようとした。そうやって抵抗しているうち、結局また気を失ってしまった。

意識をとりもどすと、わたしは細長くて狭い病室にほか三人の患者といっしょで、わたし以外は皆スロヴァキア人だった。きついフェノール消毒水とヨードホルムのにおいが漂っている。だいぶ夜もふけていて、ベッドとそこに横たわる三人の患者のすがたが窓からの月光に浮きあがっている。三人ともひっきりなしに寝返りを打ち、大きないびきをかいていた。禿げた男が顔を引きつらせ、悪夢にうなされているのか、ときたまうめき声をあげる。

ベッドの上で上体を起こし、苦痛を感じないのがわたしには驚きだった。こめかみが押されるように感じるのをべつにすれば、雲の上にいるような気分だった。ひどく困難に感じたけれど精神を集中させ、また自殺を試みられるか、あるいは逃亡できないかと考える。部屋のなかを見まわした。監視はされていないようだった。だがドアの隙間から見ると、わたしにつきまとうあのスロヴァキア人憲兵の制服が見え、あいかわらず新聞を読みふけっていた。疲れたのと同時に気力も失せてしまい、枕に頭を沈めた。

あまりもう希望は残されていなかった。もしや脱走の機会が訪れたとしても、わたしにはもうそのチャンスを活かすだけの力も残っていないように感じられた。おそらくまたゲシュタポの尋問と向きあわねばならないのだろうし、ならば再度自殺を決意しなければならない。その覚悟ができたという成果にささやかな安心感を抱きつつ、わたしは眠りに落ちた。

翌日の朝、陽気な女性の声で目が覚めた。体温計を手にした修道女がベッドのそばに立っていた。体温計をわたしの口にくわえさせてから囁いた。

「スロヴァキア語がわかりますか?」

体温計を口に入れたまま、わたしはもぐもぐわかると答えた。スロヴァキア語はポーランド語にそっくりで、わたしはほとんどの単語を理解できるのだ。

「では、注意深く聞いてくださいね。ここにいる方が監獄よりも絶対にいいのです。あなたがなるべく長くここにいられるようにしますからね、わかりますか?」

言葉自体は理解したものの、具体的にどういうことを意味するのかよくわからなかった。何か言おうと焦って、体温計が落ちてしまった。彼女は有無を言わさずまた体温計をわたしにくわえさせ、人差し指を口に当て、なだめるように首を振った。

「また計りなおさないとだめね。もう少し感情を抑えるようにしないといけません」

一週間経つとわたしの容態は目に見えて回復した。けれども両手はまだ使えず、食事もひとりでできなかった。手首には副木が当てられ包帯も巻いてあり、ボクシングの厚いグローブのようだった。それでも修道女に指示されたとおり、日ごとに薄れてゆく衰弱がそのまま続いているかのように、わたしは演じた。スロヴァキアのプレショフ、あの病院で過ごした日々はわたしの人生で最も奇妙な体験だったかもしれない。療養のあいだ、いろいろな思いが脳裏に去来した。高揚感と、自分でも驚くくらい体内にまた湧きあがってくるエネルギーが、つぎにはゲシュタポに再尋問されると想像したとたんに襲ってくる恐怖と入れかわり、周期的に滅入ってしまう。衰弱を装うのがしだいに重荷になってきた。起きあがって歩く、散歩する、庭に出て日向ぼっこ、そういうものがお預けになるとどうしても神経質になってしまうのだ。スロヴァキア人医師と看護の修道女たちがたいへんに親切で、わたしの希望や要求に快く応じてくれてはいたが、それでもわたしは会話をするときなど警戒を怠らないようにした。たえず憲兵や警官の制服が目に入ったから、とても秘密を打ち明けるような気分にはなれなかった。

驚いたのは、病院のほとんどの人間がわたしについての話を知っていることだった。患者たちは同情を示そうと、しょっちゅう修道女たちに頼んで、わたしにチョコレートやらオレンジまでプレゼントしてくれるのだった。わたしのいる病室を監視するよう命じられたゲシュタポの者さえも、嫌がらせなど何ひとつすることはなかった。充分な餌を与えられ、何の不満もない番犬と同じで、彼ら係りの警官は廊下の壁際に置かれた椅子でたいてい居眠りをしている。

五日目を迎え、わたしはベッドで寝そべっているのに耐えられなくなった。最初の日に体温を測ってくれたあの修道女が現れたので、わたしは新聞を読ませてくれと頼みこんだ。目をむいて反対しかけたが、結局わたしの願いを聞きいれてくれた。廊下まで憲兵の許可をとりに行った。憲兵はぶつぶつ言いながら許可を与え、彼女はスロヴァキアの新聞を手にもどってきた。一面の見出し、とてつもなく大きな黒い活字が目に入ってきて、頭のなかで大爆発が起こったように感じた。「フランス降伏(1)！」

一語一語、というのは文章をさっと理解できるほどスロヴァキア語に堪能ではないので、わたしは記事の本文を読んでいった。何度も何度も読み返したのは、親衛隊《SS》中尉が言っていたけれど嘘だと思いこんでいたその事実が、くり返し読めば変わってくれるかもしれないと思ったからである。

すなわち、ドイツ軍を前にしてフランス軍は潰走してしまい、ペタン元帥が〈コンピエーニュの森〉で休戦協定に署名、老元帥は絶対的服従、対独協力《コラボラシオン》……をフランス人に呼びかけたのである。ドイツは西ヨーロッパを制した。理解して現実を把握するのに数分かかり、そのあと完全に絶望感にとらわれてしまった。何世紀ものあいだフランスとは歴史的・文化的な絆で結ばれていた。そして、われわれポーランド人にとってのフランスは、ほとんど第二の祖国と言っても過言でない。祖国愛と似た、理性では割り切れない愛情をフランスに抱いているのだ。おまけに、ポーランドを解放するというわたしたちの期待すべては、フランスの勝利が前提となっていた。それがゆえに、その記事はもはやどこにも活路など見つからないことを意味していた(2)。

それで気づいたのだが、記事はイギリスの状況についていっさい触れていなかった。わたしは焦って新聞をめくり、〈英国〉という言葉を探して、ようやく「英国は抵抗を続けることで自殺行為を冒し……」という文章に行きついた。あの運命を左右する日々、まだ自由な国の人々ならばきっとだれもがそうするように、というより、敗北を味わわされた民だけが知る熱情をこめ、わたしは祈りはじめた。試練に立ちむかっているチャーチルに抵抗する力が授けられるよう、英国の戦闘員が頑強な防衛戦を断固として保持できるよう、けっして彼らが敗北など認めぬよう祈り、そして戦うのをあきらめなかったすべての者たちが勇気を失ってしまわぬよう祈ったのである。英国は降伏していなかった。その事実を前にして、ほかのすべては二次的でしかない。まだまだあきらめるのは早すぎた(3)。

新聞記事はほかにたいしたことを書いてなかった。床に新聞がすべり落ちたのをそのままにして、わたしは目を閉じた。

毎日、医師が回診で顔を見せるたび、わたしは英国についての最新ニュースを教えてくれと頼んだ。しばしばそれは不可能で、というのは警官が近くにいたからだ。しかし、わたしの容態を確かめるように上体を屈めてから、耳元に数語囁いて教えてくれるのだった。ダンケルクの戦いについてや英国本土の爆撃のことを知らされた。ドイツ軍侵攻が目前に迫っていて英国市民の士気が芳しくないこと、内閣が危機に瀕していることなどを聞かされた。暗いニュースばかりで、医師自身も悲観的な見方をしていた。英国は数日内に講和を申し込むほかないのだろう。ドイツは無敵だった。

しかし、わたしはあきらめない。記事が親ドイツの情報源から得たもののような感じがしたのと、ナチのもくろみに都合のよい解釈で真実らしく見せるナチの宣伝相ゲッベルスの遣り口もよくわかっていたからだ。わたしは医師にそういった感想は述べない。一九三七年とその翌年、わたしは英国に滞在した。イギリス国民をどうしても好きになれない点がいくつかあった。愛想がないし、態度がぎこちない。大多数が大陸側のヨーロッパの事情を理解しないし、知ろうともしない。けれども彼らにはしぶとさ、力強さがあり、また現実主義者でもあった。それがフランス人やポーランド人であったなら、大げさな身振り手振りが得意で、しかし何かで挫折すると自殺さえしかねない。イギリス人なら、そんなことは絶対にありえない。あのダンケルクの撤退作戦にしても、その知らせにひどく動揺させられたのは事実だが、それでもわたしの確信は揺るがなかった。ビジネスマンやブローカー、それに植民者や政治家たちの国でもあるイギリスは、自らの力をよく知っており、それをどこでどのように使えばよいかよくわきまえている。そういう人間たちは、手札がひどければ勝負に出ない。英国がまだ抗戦しているのならちゃんと計算ずくで、まだ勝算ありと判断しているからにちがいない、そうわたしは思った。

ちょうど一週間目の早朝、二名のゲシュタポが長靴の音も高く病室に入ってきた。ひとりがたたんだ服をベッドの上に投げ、後ろをふり返って連れの男に言った。

「服を着させろ、急げよ。こんな死体安置所に一日中いるのはごめんだからな」

連れは小柄で四十代、瘦せて頭は禿げており、やたらに威張った態度でわたしに近づいた。わたしは黙っていた。寝たまま半ば目を閉じて、ひどく衰弱しているようなようすをした。その小柄なゲシュタポは怒って大声をあげた。

「立て、ポーランドのブタ野郎！　そんな芝居でごまかされると思ってるのか！」

怒鳴り声を聞いて、医師が抗議しながら駆けつけた。

「何だこの騒ぎは！　どうしてこの患者を起こすんだ」医師は怒った。「容態がひどいから、移動は無理じゃないか」

「ああ、そうかね」椅子に腰かけていた背の高い方のゲシュタポ警官が挑発するように言った。「ところで先生、あんたは錠剤を数えてればいいんだよ。囚人を扱うのはわれわれの領分だ」

「しかし、もしここから出すなら、この患者は長くはもつまいね。治療を続けないとだめだ」

のっぽのゲシュタポが茶化したそぶりで大きくうなずき、小さい方は皮肉のつもりでばかなことを言った。

「そうなら、おれがこいつのおふくろさんに手紙で知らせてやるが……」

医師の顔は怒りで青ざめた。医師は衣服をちびのゲシュタポからつかみとって言った。

「わたしが着させる」

ゲシュタポふたりは椅子に腰かけ、タバコを吸いはじめた。医師はわたしのボタンをかけながら、耳元で囁いた。

「できるだけ重態のふりをしなさい。ゲシュタポにはわたしの方から電話をしておく」

気づかれぬようにうなずいて、わたしは理解したことを伝えた。わたしたちは薄暗い廊下に出た。ゲシュタポふたりがわたしを支えていた。副木がついたままだったから、腕は途中までしか降ろせない。病院を出たところで、わたしはくずおれそうなようすを見せる。まぶしい陽射しのなか、ふらふらとよろめいた。ゲシュタポはぶつぶつ罵りながら、わたしを抱えるようにして玄関の前に停めてあった自動車に押しこんだ。

車は走りだした。窓の隙間から入ってくる冷たい風に当たって元気が出てきた。悟られぬよう、胸一杯に空気を吸いこんだ。ゲシュタポの視線を感じるたび、わたしは衰弱を装う。効果はなかなか上首尾のようだった。のっぽのゲシュタポが運転手にスピードを落とせと怒鳴った。それから、「道路の穴に気をつけろ。またこいつに出血でも起こされたら面倒になる……。ぴんぴんしていてもらわんとな……今のところは……」と、にやにや険悪な笑いを浮かべて言った。

刑務所の入り口に近づきつつあった。目の前に灰色の壁、得体のしれない畏怖、恐怖だけを与え、希望の余地などいっさい与えない壁が立ちふさがる。わたしは車から飛びだしたかった。でもそんな決断をする前に、もう車はタイヤを軋ませて停まっていた。ちびのゲシュタポがわたしを肘でつついた。

「さあ、出るんだ、ぼうや。またおうちに帰ってきたんだぞ」知性の片鱗もない口調で言った。

わたしはそのちびのゲシュタポを見つめたまま、まるで意思をコントロールできなくなったかのようにシートに座って動かず、無言で待った。のっぽがドアを開けて外に出た。ちびがわたしを転がすように押しだして、のっぽがわたしを抱きとめた。引きずられるようにして、わたしたちは事務室に向かった。部屋に入りながら、わたしにとって最初の審問官、自分では機知に富んでいると思っているあの痩せたゲシュタポ捜査官のすがたが目に入った。わたしはわざとよろめき、その場で床にくずおれた。

痩せた捜査官がわたしを護送してきた警官たちに皮肉を浴びせた。

「そいつの顔をいつまで覗きこんでいるんだね？　羽を生やして自分の独房まで飛んでいってはくれんぞ。ご多忙中のところ悪いんだが、そいつを独房に放りこみ、ちょっと水を飲ませてやったらどうだ」

ふたり組はぶつぶつ言いながらわたしを起こした。かなり手荒にわたしを独房まで運んで、わら床に寝かせた。ひとりが水をとりに行ってもどると、わたしの顔と身体に水を浴びせ、それからふたりとも出ていった。

眠ろうとむだに試みたあとあきらめ、目を開いた。手首の静脈を切る少し前、炭のかけらで向かいの壁に書いた十字架が見える。十字架の下、わたしは子どものころに習って、今はうろ覚えの詩の一文を書きそえたのだった。「貴き国、愛する祖国よ……」

その言葉を飽きずにくり返した。呪文を唱えるようにしていたら不思議と心が休まり、わたしは深い眠りに落ちていった。

二、三時間も眠っただろうか、目を覚めますと体力ももどっているようで、不安感もだいぶ治まっていた。独房のなかに、あの気のいいスロヴァキア人看守が座りこんでいた。膝の上に丸い包みを載せていて、心のこもった挨拶をゆっくり口にした。

「また会えてよかったと」と始めたのはいいが、自分の言葉に困惑してしまったようだ。「わしは何を言っているんだろう、老いぼれて頭がおかしくなってるんだな、きっと……」

「あなたが何を言いたかったのかわかりますよ」わたしは笑いながら言った。「ありがとう、あなたは親切ですね」

老人は膝の包みを開いて、白パンとリンゴをとりだした。

「うちのかみさんからでね」彼は言った。

「お礼を言っておいてください」

「さあ、食べなさい。腹が減っただろう」

老看守はわたしが食べおわるのを当然のように待って、それから静かに首を振った。

「ホースの水のように血を噴きだして、あんたがここに倒れていたのを発見したんだが、あれは絶対に忘れられんね」

「あなたが見つけたんですか……。わたしがそんなことをするって、どうしてわかったんです？だって、見回りの時刻ではなかったでしょう？」

「うめき声とあんたが吐くのが聞こえたんだ。だから監視穴から覗いたら、あんたが血だらけになって倒れていた。あんなことをやってはいけない」老人は厳かに断じた。「罪深いことだし、人間だれでも生きる理由があるからね」

苦痛とか拷問についての無益な議論は、それが人ごとである場合にできることだ、とわたしは思った。苦痛がある限度を超えると、死がまるで特典のように感じられるというのを、どうしたら説明できるのだろう。老人に理解してもらおうと、わたしのような境遇に置かれた人間は耐えがたい拷問、完全に封じられた未来しか持てないことを、わたしはできるかぎり平坦な言い方での説明を試みた。看守はそれを注意深く聞いて、わたしが話しおえると膝の上で手を組み、身体を前後に揺らして一生懸命に考えていた。

「やっぱり自分で死のうと思うのは、わしは罪だと思う」と、ようやく言った。「ある人間にとって、未来にはまるで希望がない、とあんたは言った。でも、どうしたら未来のことがわかるんだね？」

わたしは苦笑いを浮かべざるをえなかった。

「ぼくは自分の未来をわかっていますよ。ゲシュタポは尋問を終えたあと、ぼくのことをどうしたいと思います？」

「あんたが考えるほどひどいことになるとは決まってないよ。ずっとここにいるかどうか、それだってわからない」

「ぼくを釈放したりすることは絶対にない」

老人はわたしを勇気づけるように笑みを浮かべた。

「わしの意見は違う。病院の医者がここの医者に電話をしてきたのを聞いていたんだ。それでわかったのは、病院の医者があんたをこの刑務所から移せと主張し、そうでなければ、もう責任はとらんということらしかった」

とつぜん波が押しよせたように、わたしの胸は希望で張り裂けそうになった。でも、すぐにそれを追いやった。またがっかりさせられるのが恐ろしかった。

「この刑務所の医師というのは、どういう人間なんですか?」

「怖がることはないよ、ドイツ人じゃないから」

ということは、スロヴァキア人の医師だろうが、まるで医師の国籍がすべてを保証すると言いたげだった。

まだそんな話を看守としているその最中、刑務所付の医師がわたしの独房に入ってきた。病院の医師と同じように短軀でがっしりとしていて、何も隠し立てなどできそうにない灰色の柔和な目つきまでいっしょだった。わたしを安心させるように笑顔を見せた。

「カルファ先生から聞いたんだが、あなたはかなり弱っているようですね。わたしも診察をして、あなたの容態を当局に報告することになります」

医師はかなり手抜きの診察を開始した。しかしながら、だれに見られても完全な診察でなければならない。おもむろに医師は立ちあがり、結論を一言で言った。

「あなたはひどい状態にありますな」

そしてわたしを元気づけるように肩を叩いて、さっさと独房から出ていった。

その一時間後、もうなじみになったゲシュタポの大小コンビが現れた。彼らのがっかりして不景気そうなようすから、わたしはすぐに病院へもどされるのだとわかった。いつも指示を出すのっぽの方が口を切った。

「あのまぬけな医者を仲間に引きいれたようだな。というわけで、また病院に連れもどさないといかんというわけだ。そうだろ?」

わたしは無視した。

彼は精一杯の皮肉をこめて続けた。

「ご親切にも患者さんは、ひとりで車まで歩いてくださるんですか、それともチャンピオンみたいに、おれが肩に担いでさしあげるんですかね?」

「いや、歩く」ばかにしたようなその顔を殴りつけたい気持ちを抑え、わたしは冷たく言い放った。

わたしは薄笑いを禁じえなかったようで、すぐに自分の不用心さに冷や汗をかいた。わたしは挑発してしまったのだ。のっぽのゲシュタポは勘の働く男だったから、挑戦されたのかどうか確かめようと、わたしを不吉な視線でにらみつけた。幸運にも、ちびの方がふたりのあいだに割って入るかたちとなった。

「歩く、歩いた方がいいんだとさ」ちびがわたしの声音をまねて言った。

のっぽは自分の相棒をひどくばかにした目つきで見つめ、その見え見えの嫌悪感たるや、かなり面の皮が厚くなければ耐えられないほどすさまじいものだった。それから、わたしをうんざりしたようすでふり返った。

「起きるんだ。行くぞ」のっぽが吐き捨てた。

わたしの病院への帰還はかなり喜劇的な見せ物だったようだ。珍妙なコンビにつきそわれ、薄汚いわたしが包帯に巻かれた身体で廊下を進んでいくのである。にもかかわらず、再入院手続きはきわめて慇懃に行われた。廊下を歩いていくと、医師や看護の修道女、患者たちが嬉しそうな笑みを浮かべ、番犬たちと表だって対立する危険を避けながら、わたしに向かってかすかにうなずいて見せるのだった。のっぽの顔は怒りで真っ赤になり、行き交う者たちの顔を威圧するようににらみつけ、ちびの方はといえば、衆人環視のなか威張りくさって歩くその滑稽なようすがさらにのっぽの怒りを煽った。

周りの人々から示される好意がいくら慰めになっても、将来のことを思うとそれはあいかわらず真っ暗で、どこにも突破口は見えなかった。ここのスロヴァキア人たちがどれだけ善意を持っていようと、わたしの逃亡を助けてくれる危険など冒せるはずはないし、それはわたしもよくわかっていた。予想できるのは、未回復の患者を装い、医師や修道女たちが耳元で囁いてくれる慰めの言葉を聞いて過ごす毎日、終わりのない日々である……。

そのようにくり返される毎日は、わたしが予測したとおり退屈きわまりないものだった。しかし、病院にもどってから十一日目ある事件が起こった。その日、見るからに退屈しきっている怠惰なナチの警官を視界に入れながら、わたしはベッドでうつらうつらしていた。いちども会ったことのない若い女性がおずおずと病室に入ってきた。どちらかというと、むしろ品のない顔だち、きれいとは言えない、けれども善意のかたまりといった感じを与える。着ているものは上等で、バラの花束を手にしていた。彼女がドイツ語で話しかけてきたので、わたしはびっくりした。

「ドイツ語がわかりますか？」彼女は優しい声で聞いてきた。

わたしの返事は短く、というか突っぱねるようになった。

「ええ。何を知りたいんです？」

見張りのゲシュタポが椅子に座ったままもぞもぞと身体を動かし、興味津々で女を見つめているのが目に入った。とはいえ、状況に危険な兆候などまったく見えなかった。若い女が病室を間違えたくらいにしか思っていなかった。彼女を押しとどめ、患者を間違っていると言おうとしたら、女は遠慮がちに、けれども早口で言った。

「わたしはドイツ人で、盲腸の手術を受けたばかりです。この病院では、入院患者はだれでもあなたのお話を聞いたことがあって、皆があなたに同情しています。このバラは、ドイツ人ぜんぶがこの戦争中にあなたが会われるドイツ兵ほど悪人ではないと信じていただきたく、あなたにさしあげたいと思ったんです」

わたしは呆気にとられてしまった。わたしの近くに座った私服の男がゲシュタポであるのは、この女性にも明らかなはずだった。わたしは相手を困らせないよう充分に考えたはずなのに、やはり口にしてしまった。

「でも、ぼくはあなたに会ったことがないですよね……。ぼくはあなたを知らないし、話したこともない。なぜ、ぼくを困らせに来たんです?」

彼女は誇りを傷つけられ、困惑したようすだった。

「お願いです、そんなに厳しい見方をなさらないで。赦すことも知っていただきたいわ。そうすれば、あなたご自身ももっと幸せになれます」

彼女は花束をベッドの上に置き、部屋から出ようとした。ゲシュタポが猫のようにすばやく動いた。

「とにかく、バラをありがとう!」わたしはやけになって言った。「あなたのことは知らないし、いちども会ったことがないし……」

ゲシュタポの見張り員は、何事もなかったように椅子から立ちあがり、病室をよこぎって出口をふさいだ。

「ご立派な演説だったな」彼は言った。

ゲシュタポは若い女の腕をつかみ、わたしのベッド近くまで連れもどした。ドイツ語で話しかけられたとたんに、彼女は真っ青になって震えだした。わたしは心から気の毒に思った。だから、私服のゲシュタポに掛けあってあげようと試みた。

「この人には悪意などありませんよ。断言しますが、わたしはこの女性を知りません。放してあげたらどうです?」

ゲシュタポは冷たい視線を向けてきた。

「おまえはそんな元気があるんだったら、あとのためにとっておくんだな。すぐ必要になるぞ」

私服ゲシュタポは、隠されたメッセージを見つけたいのか、バラの花束をちりぢりにばらした。それから女の手首をむんずとつかみ、引きずるように病室から出て行った。

一時間ほど後、まだ見たことのないゲシュタポが会いに来た。通常のゲシュタポ流のやり方では入手できない情報を得たいときなどに呼ばれる係官のひとりで、ほかの者より巧妙かつ繊細なタイプが多い。四十歳前後、鼈甲フレームのメガネをかけ、着ているものも上等で、大学教授といったところだ。彼の手口は、それまでわたしを拷問した連中のやり方より洗練されてはいたが、もう見え見えであるのは相変わらずだ。

控え目ながら威厳を見せて自己紹介したあと、わたしの容態を尋ねた。病院についてや科学のこと、社会、戦争と行き当たりばったりに話題を変えて自分の意見を述べた。そして、ふと思いついたように深いため息をつき、言うのだった。

「多少とも政治活動をやった経験のある者ならば、バラの花束を持った娘などを送ってくる以外の方法を考えつくだろうに、とわたしは信じていたんだがね」

そこで言葉を切って反応を待ったが、わたしは黙っていた。

「いや、きみの仲間たちの判断力についてちょっと言いたかったのだ」反応を得られなかったことを気にしないふうに続けた。「きみのやったことを告発しようと言うのではない、その役目でここに来たのではないのでね。ところで、二時間後、きみはこの病院から移送される」

その知らせにわたしがどう反応するか、係官はわたしを観察する。

わたしは平静な表情を保とうと努めた。

「当然のことだが、その移送がきみの容態では非常に危険であるかもしれず、場合によっては致命的であることもわれわれは承知している。われわれ自身、人が言うほど怪物ではないと思っている。だが、ほかに選択肢がないのだ。なぜなら、きみの仲間がきみのいる場所を見つけてしまったのだからな……」

彼は途中で口をつぐんでメガネをはずした。そして、ポケットからハンカチを出すとレンズを磨きはじめたのだが、それは彼のむずかしい質問に対し、相手が頭の整理をして答えられるよう、時間を充分に与えてやろうという、たいへん余裕ある態度を見せたつもりであった。わたしは退路を断たれてしまった。そんな策略が仕組まれた裏には、不運としか言いようのない現実、つまりバラの花束を抱えた女はわたしの脱走を準備しに来た工作員でしかありえない、そうゲシュタポが思いこんでしまったという事情があった。わたしがゲシュタポにたったひとつの真実を明かしたというのに、彼らが信じてくれないというのは運命の皮肉だ。わたしは肩をすくめるしかなく、運を天に任せた。わたしの負けである。

「あの女性はまったく関係がないですよ。そんなことに関わるには、正直すぎる……」

ゲシュタポ係官はわたしの言葉をさえぎった。

「そういうことなら、もう聞きたくない。さあ、出かける支度をしてもらおうか」

わたしの残りの言葉は声にならずに消えた。

（1）　カルスキは、フランスへの報われない片思い、絶望感がほぼすべてのポーランド人に共通の感情だったことを述べている。クラクフに住む歴史学者が一九四〇年に書いている。「わたしたちはだれも、フランスに対し揺るぎない信頼を寄せていた。それは愛着心、わたしたちがフランスを崇拝するように育てられてきたからで、もっと年長の者にとっては、あの国が第一次大戦中に英雄的な態度を見せたからである」Karolina Lanckorońska, *Wspomnienia wojenne, op. cit.*, p.65（「戦争の記憶」）。フランスに避難した亡命兵士のなかに詩人が何人かいて、やはりこの在仏ポーランド大使館の文化担当官ヤン・レホン（一八九九〜一九五六）と同じように非常な衝撃を受けた。「こうして六月のある日、理解に苦しむあの日、おまえは涙にむせながら叫んだ『さらば、マルセイエーズ！』と……。さらば、敗退に踏みにじられた美しい歌よ！……」Jan Lechon,《Pożegnanie Marsylianki》in *Wiadomości Polskie*, n°11, 1941。ソ連兵に捕らわれていたグスタフ・ヘルリング＝グルジンスキは、パリ陥落をベラルーシのヴィーツェプスク収容所で、そこに着いたばかりの囚人からじかに聞かされた。「近くに座っていたグループのひとりが熱に浮かされたように、凶暴な叫びを押し殺したような震え声で言った。『パリは陥落してしまったぞ！』（……）もう何も期待できなかった。パリが負けた、パリが、パリが……。いちばん貧しそうな囚人、フランスに足など踏み入れたことがない連中まで、パリ陥落で最後の望みが失せたと、ワルシャワが降伏したときよりもっとひどい事態になったと思っているようだった」Gustav Herling-Grudzinski, *Un monde à part*, Paris, Denoël, 1985, p.299（「ある別世界」）参照。

（2）　ここで留意すべきは、ポーランドが一九三九年九月に降伏していない点である。フランスの大学で用いるテキストの多くが、ワルシャワ防衛軍が降伏した九月二十八日を〈ポーランド降伏〉と同一視している。この情報操作は、権威あるとされる Jean-Louis Panné, *Le Journal de la France et des Français. Chronologie de Clovis à 2000*, Paris, Gallimard, coll. «Quarto», 2001, p.2062, sous la plume de Jean-Louis Panné（「フランスとフランス人の日記、クローヴィスから二〇〇〇年までの年表」）にも見られる。しかしながら、一九三九年九月十七日、ポーランド政府が政府総員をフランスへ向かわせるため、同盟国ルーマニアに通行許可を求め、すぐそのあと三軍総司令官も同様の要請をしたということは、まさに何としても降伏の調印を回避し、その反対に、一九三九年九月四日をもって有効となったポーランド＝フランス間の軍事・政治協定に基づき、同盟国フランスにて軍を再編成のうえ、ともに戦闘を継続する意志のあったことを示している。同じく一九四〇年六月、大統領ラツキェヴィチと首相兼三軍総司令官であるシコルスキ将軍は、仏独休戦協定書とその付随議定書にポーランドを共同調印国あるいは文書内に記入するよう要求するフランスに対し、断固としてそれを拒否した。フランス大統領ポール・レノーとペタン元帥、ヴェガン将軍による再三の圧力があったにもかかわらずである。「どのような選択肢があるとお考えですか？ どこに向かわれるんです？ 貴国の軍隊は敵軍と戦闘をするでしょうが、撤退する場合の艦船も飛行機も充分にお持ちでない……。英国が単独でずっとヒトラーの攻撃に抵抗できると思いますか？」と、レノー大統領は説得を試みた。一九四〇年六月十六日にはもう、英国からラツキェヴィチ大統領とその政府に対する受け入れ歓迎の意向が示された。十七日、チャーチルはシコルスキに飛行艇を送り、十九日、ソスンコフスキ将軍はイギリス海兵隊の支援を得てポーランド軍のフランス脱出作戦を開始した。Yves Beauvois, *Les Relations franco-polonaises pendant la drôle de guerre, op. cit.*, p.141-152（「奇妙な戦争におけるフランス・ポーランドの関係」）参照。

（3） ここでも愛国者カルスキは、ポーランド国民の気持ちに呼応して書いている。前出の歴史学者カロリナ・ランツクロンスカは、同胞の哀れな「フランスへの報われない片思い」がそのまま英国に向かっていった、と指摘する。一九四〇年四月十五日、バトル・オブ・ブリテン（英独航空戦）を控えた戦局のなか、クラクフの大司教サピェハが聖母教会で荘厳なミサを執り行った。「クラクフの全信徒はひざまずいた。（一九二〇年、ソ連軍を相手に勝利した）ヴィスワ川の奇跡の二十周年を記念するこの日、テームズ川のほとりでも奇跡が起こってくれるようにと、サピェハ大司教が祈ることはわかっていたのだ。彼が教会から出てくると、なかに入れなかった群衆から嵐のような喝采がわき起こった。驚き、不安になった占領軍は、カトリック信者たちのいつにない集団行動の理由がわからずにいた」。前出の Karolina Lanckoronska, *Wspomnienia wojenne, op. cit.*, p.69-70 参照。

第15章 救出

また服を着させられ、自動車に乗った。行き先がどこなのかまったくわからなかったし、体調がひどくて、とても憶測などにふける余裕もなかった。ゲシュタポの警官がわたしを挟むようにして座った。黄昏にさしかかる時刻で、スロヴァキアの山景色は夕焼けに染まっている。空気は冷たく、寒く感じるほどだった。つぎつぎに村を通りすぎ、けれどもわたしはまったく注意を払わずにいた。しきりに頭のなかで考えていたのはただひとつ……自動車から飛びおりる機会を見つけ、自殺することだった。

辺りに夜の帳《とばり》が降りるその直前になって、やっとわたしは無気力な状態から抜けでた。とつぜん鼓動が速くなったのは、見慣れた風景、そしてあの鎧戸を紺色に塗った小さな白い家を見たからだ。自動車は国境を越えて走っていたのだった。今、わたしたちは南ポーランドに来ていた。かつてはあの家で、幸せな夏休みを過ごしものだ。そのクリニツァの町を出てからしばらく景色に見とれていると、一時間も走らないうちに、わたしがよく任務で来ていた小さな町に着いた[1]。

レジスタンス組織から命じられた任務で二度ほど外国に行ったときも、この町を出発地にしたものである。だから知りあいが多く、たとえば連絡員とかガイドも町内に住んでいる。ゲシュタポが言った移送先とはこの町のことだろうか。そんなことを期待してしまう自分が怖かった。しかし、自動車は速度を落としはじめた。町の中心部に入り、近郊の農民や自転車と歩行者で混みあうなかを縫うように進んでいった。中央広場の市場まで来て、車は病院の前で停まった。

プレショフの病院に再入院させられたときと同じ光景がここでもくり返されるのだ。護送の警官を従え、玄関に通じる階段を上がる。実際、気分も体調もひどい状態だったが、その衰弱を強調して見せるのを忘れなかった。包帯には血がにじみ出ていて、演技に信憑性を加味してくれた。わたしを三階まで担ぎあげなければならなかった警官たちは、乱暴にわたしをベッドに転がした。

彼らが病室から出たあと、わたしは肘をついて上体を起こし、同室の患者たちを観察した。五人いて、みな老人、見たところ七十から八十歳のあいだのようだ。全員まるでひとつの鋳型からとられたように無精ひげ、禿げてつるつるの頭、歯抜けの口、驚いたようにわたしを見つめていた。奇妙な光景だったが、その時点で、わたしにも滑稽さを笑っている余裕はなかった。ナチどもが何を企んでいるかを夢中で考えていたのだ。自分が置かれたこの境遇さえ、〈支配民族〉が思いついた新手の心理作戦ではないのか。もしかしたら、わたしを自信過剰にさせ、正体が現れるのを待っているのだろうか。それで頭に浮かんだのは、わざわざこの町にわたしを連れてきたのは友人や同士たちをおびき寄せるつもりか、という疑念だった。けれども、この町にわたしの連絡相手がいることなど、絶対にゲシュタポが知っているはずがないと思ってもみた。不安に駆られ、この件に関する細部すべてをひっくり返してみたが、何の結論も得られなかった。

老患者たちのつぶやきがふいに聞こえなくなった。一陣の風がまるで枯れ葉のように彼らをどこかに吹き飛ばしてしまったかと思ったくらいだ。病院暮らしが長くなったおかげで、わたしはその静寂がゲシュタポの入室を告げるものだとすぐわかった。だから目を閉じ、発作に襲われたように身体を震わせた。わたしのベッドのすぐそばで男女が話しあっている。言葉の内容から、男は医師で、その相手は看護の修道女のようだった。監視の警官が近くにいるのだろう、というのは医師が冷ややかに注意するのが聞こえたからだ。

「担当の警官は廊下から病室を監視することになっていたはずだろう。わたしにへばりついたところで何の収穫も得られないが……」

警官は返事をしないで出ていったようだ。

医師は、傷を調べて包帯を換えようと、わたしの上から屈んだ。乾いた血で染まった包帯を巻きとりながら、辺りに気を配って早口で囁く。

「どこで捕まったんです？　わたしに何かできることは？　ここにあなたが着いたことをだれに伝えたらいいんです？」

状況を考えれば、わたしとしてはすぐ信用するわけにはいかなかった。わたしは罠にはめられてはいけないと思い、心外だ、と言いたいように悲しげな声で応じた。

「伝言を頼みたい相手なんかいない。すべては濡れ衣なんです。ぼくの望みは、スイスに行くことでしかなかった。どうして信用してくれないんですか」

「恐れる必要はありません」医師は囁いた。「わたしはおとりの工作員じゃない。この病院の医師、看護婦、看護士の全員がポーランド人で、わたしたちのなかに裏切り者はひとりもいない」

わたしは目を開き、医師の目を見つめた。医者にしてはひどく若い男だった。気のいい農夫のような顔だちで色白の肌はそばかすだらけ、金髪の癖毛で頭はくしゃくしゃだった。純朴そうな風貌を信用して打ち明けてみたくなったけれど、慎重さと警戒心とを第二の本性としていたわたしは、その衝動を抑え、何も答えないことにした。

翌朝、ひとりの修道女が病室に現れた。プレショフの病院と同じように、ここでも看護婦はすべて近くの尼僧院の修道女たちである。修道女は頭で会釈してから、何も言わずにわたしの口に体温計をくわえさせた。わたしをまったく無表情に観察する。それから体温計を抜いて調べた。わたしは気になって水銀柱を見た。三十七度八分。彼女は体温表をとると重々しく三十九度四分と記入、そして出ていった。すぐにもどってきたときは年配の男といっしょで、男は医長だと名乗った。医長は声を張りあげ、わたしに説教を始めた。

「きみが若いということに異論はないが、よく聞きなさい。きみの容態は深刻だ。しかし、きみにその気があれば治すことはできる。われわれには治療しかできない。まだ生きていたいのであれば、身体を休め、興奮を避けなさい。わたしの忠告をどうしても聞けないというのなら（たいした問題ではないと言いたいように、そこで肩をすくめた）、このベッドはほかの患者に回すことも可能なんだ。では、行儀よく横になってもらい、わたしが診よう」

医長は修道女をふり返り、手つかずの食事プレートをどかすと、包帯と膏薬を持ってくるよう命じた。病室を出るとき、修道女はつまずいて見張りの警官にぶつかり、プレートを床に落としてしまった。警官は修道女を助けて落ちたものを拾いだした。それを待っていたように、医長がわたしの耳に囁いた。

「よく聞きなさい……。わたしが出ていったら、あなたは苦しくなってうめき声をあげる。自分がもうすぐ死ぬ、赦しの秘蹟を受けたいとわめきなさい。勇気を出すんだ。われわれはあなたを見捨てない」

修道女がもどってくると、医長は威張りくさった横柄な口調で指示をする。

「二時間ごとに包帯を換え、この患者がベッドから起きないよう見張るんだ。わたしの手が必要なら、医長室にいるから呼んでくれればいい」

包帯を換えてもらったとたん、わたしは正気を失ったように全身を痙攣させた。しだいにトランス状態になり、ときおり奇声もあげた。

「ああイエスさま、もうだめです、わたしは死んでしまいます……。シスター、シスター、お願いですから司祭さまを呼んでください！　告解をしないと……、頼みますから。罪が赦されないまま死にたくありません。お願いします……」

修道女は厳しい表情のまま、わたしを見つめてから、見張りの若いゲシュタポの警官がいるところまで相談しに行った。その若者は、それまでわたしが見たゲシュタポとはほんとうに違って見えた。特筆すべきは、彼にはあのシニカルな面がまるでない。まったく感情というものが欠けた表情はじつに特異だった。知性あるいは愚かさ、優しさあるいは冷酷さ、そういったものが感じられないのだ。座ったままの姿勢を頑なに保っている。任務中に何かを読んだりはしない。ナチの規則と威信を体現するのが自分だと思いこんでいるかのようである。修道女が話しかけて許可を得ようとしたら、彼は姿勢をずらし、ぎこちなく承諾を与えた。

修道女に呼ばれてまたすがたを現した医長は、非常に不機嫌で、露骨にわたしをばかにするような表情をする。腹を立てているようだった。

「もうちょっと男らしくできんかね！　どうしても死にたいと言うなら、どこにわたしの出番があるんだ。シスター、車椅子を用意してやりなさい」

わたしがうめき声をやめなかったので、医長はついに怒りだした。

「泣くのはただちにやめなさい！　告解をしたいのなら、ここにいるシスターが連れて行ってくれる。ほかの患者のことも少しは考えるべきだろう。きみひとりが患者ではないんだ」

車椅子が持ってこられて、修道女はわたしをバスローブで包むようにしてそれに座らせてくれた。病室から車椅子を押して出ると、若いゲシュタポが行進でもするようにあとに続いた。すると目に見えない指揮者のタクトが振りあげられたかのように、一斉に八十歳前後の老人たちの静かな鼓動がふたたび鳴りはじめたような気がした。

病院内の礼拝堂は一階にあった。赦しの秘蹟はとても感じのいい老齢の司祭がやってくれ、ずいぶんわたし個人にも興味を持ったようだった。わたしが告解を終えると、司祭は両手をわたしの肩に置いて祝福する。

「わが子よ、恐れることはない。神を信じることをあきらめてはならない。あなたが祖国ポーランドのために苦しまされているのは、わたしたち皆が知っている。この病院にいる全員があなたを助けたいと望んでいるのだから」
赦しの秘蹟を受けたことで、わたしの心は平安をとりもどしたが長くは続かなかった。それからの日々、わたしは瀕死の患者を演じつづけなければならなかったのだ。必要に迫られたせいなのだろうか、わたしの身体まで悪い方向に向かってしまった。現代の精神医学は、人間の精神面と身体面とのあいだに密接な関係があるという点を強調している。わたし自身の体験から、その見解が正しいのは確かである。食事をしたり身体を洗ったり、服を着ること、洗面所まで行くのさえ、助けがなければ自分でできなくなった。鎮痛剤を服用しているのに、たえず頭痛に悩まされていた。熱を出したかと思うと、こんどは身体が冷えすぎるといったように、つまり体温がいつも異常だった。

そういう状態なので、医師たちは毎日わたしが礼拝堂に行くのを許可してくれた。ある日、車椅子を押していってくれた修道女がわたしの横にひざまずいて祈りはじめた。彼女の明るくて気丈そうな表情を観察したあと、わたしは一か八かに賭けてみよう決意した。礼拝堂にだれかほかの人がいるとき彼女に話すわけにいかないとわかっていたから、わたしは自分の祈りが終わるまで待ってくれるよう頼んだ。修道女はうなずき、わたしは車椅子に座ったまま彼女が手のなかでもてあそぶロザリオのかすかな音を聞いていた。礼拝堂のひんやりした空気、心の休まる静けさ、昔から知っていながらいつもエキゾチックに感じる香のにおい、修道女の穏やかで毅然とした表情、それらにわたしは勇気づけられた。彼女を信じていいと思ったのだ。それに、ちょうどふたりきりになっていた。わたしは上体を横に傾けて囁いた。

「シスター、あなたが気高い心の持ち主であることはわかっています。けれどもわたしにとって、あなたが同時に善きポーランド人であるか否か知ることが非常に重要なんです……」

修道女は、ロザリオの祈りを口ずさみながら、しばらくわたしをじっと見つめ、それからきっぱりと言った。

「わたしはポーランドを愛する者です」

言われてみるまでもなく、彼女の目を見てそれがわかった。わたしは声を落とし、早口で言った。

「あることをやっていただきたく頼みたいのですが、用件を言う前に、それがあなたにとって危険であることをお伝えしなければなりません。したがって、断られても当然だと思っています」

「何をすればいいのかおっしゃってください。できることならば、わたしはやるつもりです」

「ありがとう。きっと引きうけてくれるだろうと思っていました。あなたに頼みたいのはこういうことです。この町にXという家族が住んでいて、娘の名はステフィといいます。彼女に会いに行って、わたしがどういう状況にあるかを教えてやって欲しいんです。ヴィトルドから頼まれたと言ってください」

ヴィトルドはわたしが秘密活動で使っている名である。修道女にステフィの住所を伝えた。

「今日中に行ってみましょう」修道女は落ち着いた口調で言った。

頼んでしまうと、わたしは重荷から解放されたように気分になれた。これといって具体的なことを期待していたのではないが、少なくとも敵ばかりに囲まれているのではないと感じられた。信頼できるひとりの女友だちがいるのだと。いくらか希望が湧いてきた。

翌日、わたしはあの修道女が早く来ないかと待った。彼女のすがたを見て、わたしは問うような視線を向けた。

「ここ数日内に隣の尼僧院のシスターがあなたを訪ねてきます」囁くように彼女は言った。

「シスター？　なぜシスターなんですか？」

「わかりません。でも、あなたにそう伝えるよう言われました」

「しかし……」

「体温を測りましょう」とつぜん彼女は大きな声で言った。

二日間というもの、わたしはじっとしていられなかった。同志たちがわざわざ修道女のような一見して罪なき人物を送ると決めたからには、おそらく明確な計画がすでに立てられていると見てよかった。三日目の正午すぎ、その修道女が現れた。窓からの強い午後の陽射しに、居眠りをする老人たちそれぞれの息づかいやいびきが灰色の病室内に聞こえていた。彼女は足音を忍ばせて、ためらいがちにわたしのベッドに近づいてきた。

修道女の色白の繊細な顔だちを見た覚えがあるような気がしたが、はっきり見ていないのでわからないし、彼女がそばに来るまでじろじろ見つめるわけにもいかなかった。だれだかわかって、わたしは感激するのと同時に恐ろしくも感じた。なぜなら、修道女はわたしといっしょにゲシュタポに捕まったあのガイドの妹だったからである。(2)

まだ子どもっぽい声で、だがしっかりした口調で彼女は言った。

「わたしは隣の尼僧院にいる修道女です。ドイツ当局の許可を得て、わたしたちは囚人にタバコと食物の差し入れを行っています。何か必要なものがありますか?」

たいへん衰弱しているふうを装い、ぜんぜん聞きとれないくらいの声でわたしは話した。彼女はわたしの意図を理解して、わざと監視の警官に聞こえるように言った。

「ごめんなさい、でも何をおっしゃっているのか聞こえないんです」それから前に屈んでわたしに囁いた。「もう本部の人たちはすべてわかっています。もう少し我慢して欲しいとの伝言です」

わたしは唇を動かさずに話す方法を習ってあった。

「やつらはきみのお兄さんをどうした?」監視のゲシュタポから目を離さずに、わたしは尋ねた。

少女の目に涙があふれた。

「何もわからないの」

おざなりの気休めを言っても意味がない。わたしは一言も口に出せなかった。

「毒薬を用意してくれるよう伝えて欲しい。ここへ連れてこられたのは、ぼくにこの地域で活動する同志たちを密告させるつもりにちがいない。もうこれ以上、拷問には耐えられない。毒薬は早ければ早いほどいい。ぼくにとっても、皆にとっても!」ずっと警官を視界のなかに置きながら言った。

「わかりました。でも、元気を出してください。何日かしたら、また来ます」

彼女がまた来てくれるまでの時間は永遠に続くかと思った。病院の壁の外側では、わたしを救出するための作戦が練られている。そう、わたしは確信していたが……でも、どうやって。ベッドに寝て待つだけ、わたしはやきもきするほかなかった。

ガイドの妹は五日目にタバコと果物を持ってまた現れた。最初のときと同じ方法、わたしが聞こえないふりをし、彼女が屈んで顔を近づけて会話を進めた。

「幹部たちはぜんぶ知っています」彼女が囁いた。「あなたに十字軍功勲章(3)が授与されたんですよ」

彼女は枕を整えながら、わたしを見ずに話を続けた。

「枕の下に青酸カリを隠しました。ほぼ即死するといいます。お願いですから、最悪の状況になるのが確実な場合にしか使わないでください」

わたしは目で礼を言った。

彼女が去ったあとも、わたしは気力と決断力をとり返せたように感じていた。最悪の状況への備えがもうできたからだ。毒薬は、拷問はもちろんのこと、わたしがあまりの重圧に負けて組織を裏切ってしまう可能性、つまり最も恐れていたことへの魔除けとなってくれるような気がした。洗面所に行ける最初の機会を辛抱強く待って、毒薬入りカプセルをうまく隠す細工をした。ガイドの妹がそのために持ってきてくれた肌色の湿布用絆創膏を使い、囚人が好んで隠す場所、会陰部に貼りつけた。

すっかり安心したものだから、脱走計画について何も聞かされなかったせいで意気消沈するのも忘れてしまったくらいだった。不満とか要求が多いなどと思われたくなかったので、彼女がいるあいだ、口まで出かかった質問を控えていたのだった。ところが、わたしが思っていたよりもっとすさまじい速さで物事は進展することになる。

その晩にもあの田舎くさい顔だちの若い医師がやってきたが、わたしはいわゆる通常の回診だろうと思った。診察を終え、わたしの表情から回復の兆候を読みとろうとするかのように、医師はわたしを奇妙に見つめた。それから、若干ユーモアをこめた静かな口調で言った。

「ということで、あなたは今晩中に解放されるでしょう……」

わたしは注射でも打たれたみたいにぎくっと身体を震わせた。ベッドに座ったまま肩を怒らせ、囁き声を保ちつつも医師を厳しくなじった。

「頭がどうかしたんじゃないですか、そんな大きな声を出して！　見張りに聞かれるところでしたよ。やつはちょっと席を外しただけです、きっと水でも飲みに行ったのでしょう。気をつけてください、ほんとに！」

医師は笑った。

「心配しないでいいです。あの警官は買収しました。わたしがここにいるあいだ、あの男はもどってきません。さて、それでは話をよく聞いてください。すべての手はずは整っている。午前零時、わたしがタバコを吸いながらこの病室に入りますが、それが合図です。急いでパジャマを脱いで二階に下りてください。一輪のバラを置いた窓がありますから、その窓から外に飛びおりなさい。下に同志が待っています(4)」

医師はそこで一度言葉を切って言った。

「ここまではわかりましたね」

わたしの心臓は早鐘のように鳴っていた。

「ええ、ぜんぶ理解しました」

それから、わたしは言われたことを小声でくり返して見せた。

医師は親しくわたしの肩を叩きながらほほえんだ。

「とにかく落ち着くことです。準備はすべて整っていますから、きっとうまくいくでしょう。幸運を祈りますよ!」と彼はウィンクし、部屋から出ていった。

彼がわたしに与えた忠告ほどむずかしいものはなかった。落ち着くというのも、身体を休めるというのも、とうてい無理な注文である。幾多の疑問が頭に浮かんできた。注意事項を数えあげてみたり、不測の事態を思い描いてみたりと、夢中になって頭を働かせた。その間、もう配置の場所にもどっていた警官から、わたしは監視の目を離さずにいた。わたしに罠をかけるため、あの警官は買収されるふりをしただけではないのか? ナチス思想を徹底的にたたき込まれているはずではなかったか? 彼がこちらに視線を向けてきたとき、わたしはほっと安堵した。口許に欲深さと満足感が浮かんでいるように見えたのだ。思いがけない収入を得た嬉しさが顔に出てしまったのだろう、とわたしは解釈した。

零時ちょっと前、若いゲシュタポの警官は狸寝入りを始めた。頭を胸に垂れ、大きないびきをかきはじめた。教会の鐘が零時を鳴らしたその瞬間、戸口に医師のすがたが浮かびあがった。ポケットからタバコを出しゆっくり火をつけると、そのまま立ち去った。わたしは室内に目をやった。どこからも静かな息づかい、いびき、ぶつぶつ寝言をつぶやく声が聞こえていた。ベッドからすべり出て、病院のパジャマを脱いで毛布の下に丸めた。危険な状況に陥ったらすぐ呑めるよう、青酸カリのカプセルを手に握った。全裸になって、忍び足で二階まで降りた。

少しまごつきながら、薄暗い廊下を観察する。ほんの一瞬だが方向がわからなくなり、というのは同じような階段がふたつあったからで、建物の正面がどちらだったか迷った。恐るべき迷いのなか、ふいに冷たい空気が背後から来るのを感じた。同志はわたしのために窓を開けっ放しにしておいてくれた、わたしひとりでは開けられないだろうと思ったにちがいない。わたしは開いた窓に向かった。風が床に落としたバラを見つけとき、わたしの心は歓喜に躍った。暗闇のなかを探ってしばらく目をこらし、おぼつかないしぐさで窓によじ上って下を見た。

「何を待ってる、飛びおりろ!」わたしは確かに聞いた。

深く息を吸ってから跳んだ。力強い数本の腕に抱えられるのを感じる。わたしが地面に落ちる直前、数組の手がわたしを受けとめてくれたのだ。ひとりがズボンを、ひとりがシャツを、もうひとりが上着をわたしながら命令口調で言った。

「急げ! 早く着ろ! 一刻の余裕もないぞ……。走れるか?」

あまり自信はなかったが、わたしはうなずいた。全員、わたしと同じように裸足だった。敷地内の通路を走り、鉄柵まで来た。わたしはこの〈救出隊〉が何者で、どの組織に属しているかもまったく知らない。鉄柵の前で、わたしたちは休んで息を整えた。

ひとりが言った。

「さてと、あんたは助けなしにこいつを越えることはできないだろう。まずわたしがよじ上る。

ほかの仲間全員であんたを押しあげ、わたしが引きあげて外に押しだす」

男は身軽に柵をよじ上った。彼が言った手順で事は進められ、わたしは自分でもよくわからないうちに外にいた。わたしたちはまた走りだし、石畳の道は避けながら畑の方角を目指した。裸足の足が痛みだし、だんだんひどくなる。肋骨まで痛みだし、肺も火がついたように息ができない。結局つまずいて前のめりに倒れてしまい、息も絶え絶えというありさまになった。

「ちょっと待ってくれないか、息が整うまで……」わたしは言おうとした。

その言葉を最後まで聞かずに、〈救出隊〉でもいちばん体格のいい男がわたしの方に屈んだかと思うと、いとも簡単に肩に担ぎあげた。わたしもひどく痩せてしまっていたにちがいない、というのは、彼はよろめくこともなく、そのまま森をよこぎってしまったからだ[5]。

人家から遠い真っ暗闇になって、ひとりが安堵したようにため息をついた。

「ここまで来りゃあ一休みしてもいいだろう」その男がわたしを担いでいる男に言った。

体格のいい男はわたしを木の根元に降ろした。幹に寄りかかり、わたしも人心地のつく気分になれた。

「タバコは?」男は勧めた。

わたしは断った。吸ったならば、その場で卒倒してしまっただろう。

「ひとりで歩けそうか?」頼もしい男が聞いてきた。

「無理だと思う。でも、まだ遠いんだろうか?」わたしは言った。

それには答えず、彼はまた屈んでひょいとわたしを肩に担ぎあげた。全員が一定の速度を保ちながら十五分ほど歩き、森から出たところはだだっ広い場所だった。それまで雲に隠れていた月が顔を出して川面に反射すると、銀色の川の広がっているのが見えた。[6] 一団は足を止め、わたしの運搬係もわたしを地面に立たせた。ひとりが指を口に入れて鋭い指笛を鳴らした。男がふたり、そばの茂みから出てきた。ひとりは短銃を手に、もうひとりはドイツの軍用ナイフを持ち、それが月光に反射して危険な現実を思い起こさせる。ふたりは近づきながら、小声でヒトラーを罵倒する合い言葉を吐いた。それに交じって「インテリ連中といっしょだと、かならず面倒が起こる……」と辛辣な意見も聞こえた。ふたりはしばらくのあいだ〈救出隊〉と話しあっていた。ふたりが去ると、わたしの運搬係はわたしたち全員に川沿いを一列になって歩くように指示した。ぬかるみのなかを足首まで沈めて歩くこと五分、人影がひとつ現れた。

「やあ、みんな」影は言った。

その男はスタシェク・ロサといい、[7] わたしもよく知っているクラクフ出身の若い社会党員だった。見た印象はプレーボーイ、気楽に暮らす若者のひとりにしか見えない。レジスタンス組織とつながっていようなどと、だれが思うだろう！　当人は、呆気にとられて黙ったままのわたしの肩を親しげにぽんぽんと叩いた。

「どうした、ヤン。ゲシュタポと離婚できてよかったな、おめでとう。きみだってずっと別れたくてしようがなかったんだろう」

「スターシ、感謝している」わたしはもぐもぐ礼を口にした。「これからどこに行く？」

ロサはもう葦の茂みからボートを引っぱりだしていた。わたしたちに乗りこませ、すぐに岸を離れた。全員で五人、ということは、ボートの大きさから見れば二名ほど余分である。体格のいい〈運搬係〉がオールを握っていた。わたしは彼の手前の右側に座らされた。ボートは、すぐ対岸に向かわなければならないのに、川の真ん中で流されはじめた。必死にオールで漕ぐのだが、まったく効果がない。当人は何やら罵り、ボートは大きく揺れはじめた。そして、わたしは舟べりをつかんでいた手を放した瞬間、ボートから落ちてしまった。だが、運搬係はあわてず、片手をオールから放してわたしの襟首をつかんで引きあげた。その間、もう一方のオールだけでボートを操っていた！　尋常ではない力と、それにも負けない精神力を併せ持つ人物だった。

　わたしはボートの床に寝かせられ、濡れネズミのようにぶるぶる震えていた。しかし何という幸運か、わたしが重しになってボートは問題なく操れるようになったのだ！　そのまま一時間あまりも流れに抗った後、ようやくわたしたちは接岸できた。凍えてしまい、わたしは腕を叩いたり片足ずつ交互に跳ねてみたりと、身体を温めようとした。ロサはボートをハリエニシダの茂みに隠した。わたしたちはまた森を目指して歩きだす。どうもスタシェク・ロサは場所を確かめようとしているようである。一時間も川に流されて、予定の場所より遠くまで来てしまったからだろう。それでも見当がついたらしく、結局一時間ほど歩いて、とある村のはずれまでやってこられた。遠くに納屋が建っているのが見える。そこに向かって進んだ。ロサはそれが予定の場所であるか再度確かめた。

「ここが終点だ！　ここで別れよう。きみは納屋に行って、干し草のなかに隠れろ。よく眠っておけ。明日の朝、主人が会いに来て、きみをどこかに匿ってくれるはずだ。ゲシュタポがきみの捜索を打ち切った時点で、わたしたちがまた迎えに来る」

彼らがわたしのためにやってくれたすべてに対し、感謝を伝えたいと思った。だがロサがそれをさえぎり、からかうように言った。

「あまり感謝なんかしてくれるな。われわれは二つの命令を受けていた。一つ、あらゆる方法を駆使してきみを救出し、安全地帯に匿う。二つ、作戦がうまく行かなかった場合、きみを始末する……」

しばらく時間をおいてからロサは続けた。

「感謝するなら、それはポーランドの労働者同志たちにしてくれ。きみを救ったのは彼らだよ」

「いい夢を見な」あの〈運搬係〉がほかの仲間といっしょに遠ざかりながら、ずっとそれまで守っていた沈黙をはじめて破り、短い別れの言葉を贈ってくれた。

わたしは納屋の二階によじ上り、干し草の上でぐったり横になった。わたしはふたたび自由な人間だった。

（1） クリニツァの町、サン川のほとりサノクに近い湯治場で、一九三九年九月二十八日よりソ連の管理区域となっていた。ほんとうはノヴィ・ソンチの町が舞台であったが、一九四四年の執筆当時、カルスキは現地にいるＡＫ（国内軍）を守るため、故意に場所を置き換えている。

（2）〈ステフィ・リジンスカ〉ことゾフィア・リジュヴナは、じつはガイドの妹ではなく、ノヴィ・ソンチでブダペストへの越境支援組織を指揮するＺＷＺ（武装闘争連合）のリーダーの妹である。
（3）十字軍功勲章（Krzyż Walecznych）は、勇敢かつ英雄的な軍人の行為を顕彰するため一九二〇年に制定された。同一人物が四回を限度に受勲できる。
（4）カルスキ救出作戦を手配したひとりで偽名〈ジェンチョウ〉ことヤン・スウォヴィコフスキ医師は、ＺＷＺ（武装闘争連合）の諜報支部メンバー。戦後、ポーランド西の町ヴロツワフの小児科病院で外科の医長を務めた。
（5）カルスキを担いだこの体格のいい男は、作戦隊長のズビグニェフ・レシュである。
（6）ヅナイェツ川はヴィスワの支流で、とても流れが速い。
（7）〈スタシェク・ロサ〉ことスタニスワフ・ロジェンスキ（一九一九～四三）はクラクフに住む社会党員、ＧＬ＝ＰＰＳ（社会党人民警備隊）の兵士で、ユゼフ・ツィランキェヴィチの命令でカルスキ救出作戦の調整役を務めた。一九四三年ワルシャワにて殺害されたが、その詳しい事情は今も不明。

口絵クレジット

1, 10 © U.S. Holocaust Memorial Museum（米国国立ホロコースト記念博物館）
2, 3, 4, 8, 9, 12, 13 © Musée historique de la ville de Łódź（ウッチ市歴史博物館）
5 © Institut polonais et Musée Sikorski, London（シコルスキ研究所、ロンドン）
6 © Collection du petit-fils d'Edward Raczyński（エドヴァルド・ラチンスキの孫の所蔵）
7 © SPP LONDON
14 © Carlos Osorio/AP/Sipa Press
15, 16 © Wojcizeh Gerwel (2007) pour Céline Gervais-Francelle

訳者略歴
吉田恒雄（よしだ・つねお）
一九四七年、千葉県生まれ。翻訳家。
一九七〇年に渡仏。三十年余りの会社勤務の後、現在は翻訳に専念。
主な訳書にM・スポルテス『ゾルゲ　破滅のフーガ』（岩波書店）、G・ミュッソ『時空を超えて』『メッセージ　そして、愛が残る』（以上、小学館文庫）、J-F・パロ『ブラン・マントー通りの謎』『鉛を呑まされた男』『ロワイヤル通りの悪魔憑き』（以上、ランダムハウス講談社文庫）、E・オルセナ『コットンをめぐる世界の旅』（作品社）他

私はホロコーストを見た
黙殺された世紀の証言 1939-43〈上〉

二〇一二年九月一〇日　第一刷発行
二〇一二年一二月一〇日　第三刷発行

著　者　ヤン・カルスキ
訳　者©吉　田　恒　雄
装幀者　日　下　充　典
発行者　及　川　直　志
印刷所　株式会社　精　興　社
発行所　株式会社　白　水　社

東京都千代田区神田小川町三の二四
電話　営業部〇三（三二九一）七八一一
　　　編集部〇三（三二九一）七八二一
振替　〇〇一九〇-五-三三二二八
郵便番号　一〇一-〇〇五二
http://www.hakusuisha.co.jp
乱丁・落丁本は、送料小社負担にてお取り替えいたします。

松岳社 株式会社 青木製本所

ISBN978-4-560-08234-8

Printed in Japan

■アナ・ノヴァク著　山本浩司訳

14歳のアウシュヴィッツ

――収容所を生き延びた少女の手記

アウシュヴィッツに送られた少女アナは、日々収容所で目にする出来事を、ノートや紙の切れ端、トイレットペーパーなどにひたすら書きとめていく。奇跡的に持ち返られた貴重な資料。

■A・ビーヴァー序文　H・M・エンツェンスベルガー後記　山本浩司訳

ベルリン終戦日記

――ある女性の記録

陥落前後、不詳の女性が周囲の惨状を赤裸々につづった稀有な記録。生と死、空襲と飢餓、略奪と陵辱、身を護るため赤軍の「愛人」となった女性に安穏は訪れるのか？　胸を打つ一級資料！

■キャサリン・メリデール著　松島芳彦訳

イワンの戦争

――赤軍兵士の記録1939―45

ナチ・ドイツに勝利したソ連兵士の「神話」の裏に隠された実態とは？　手紙や日記、二百人の元兵士への取材によって、「戦争の真実」を暴いた画期的な労作。アントニー・ビーヴァー推薦。

■A・ビーヴァー、L・ヴィノグラードヴァ編　川上 洸訳

赤軍記者グロースマン

――独ソ戦取材ノート1941―45

「二十世紀ロシア文学の最高峰」ヴァシーリイ・グロースマン。スタリングラート攻防からクールスク会戦、トレブリーンカ収容所、ベルリン攻略まで、《戦争の非情な真実》を記す。佐藤優氏推薦。

■ヤン・T・グロス著　染谷 徹訳

アウシュヴィッツ後の反ユダヤ主義

――ポーランドにおける虐殺事件を糾明する

戦後ポーランドのキェルツェで起きた、最悪の「ポグロム」（ユダヤ人迫害）の真相とは？　最新研究と戦慄すべき筆致により、「反ユダヤ主義」の核心に迫る、震撼の書。森達也氏推薦。

■ティル・バスティアン著　石田勇治、星乃治彦、芝野由和編訳

アウシュヴィッツと〈アウシュヴィッツの嘘〉

「ガス室はなかった」などの、いわゆる〈アウシュヴィッツの嘘〉はなぜ繰り返されるのか。それらの〈嘘〉を徹底検証しながら、大量虐殺と歴史の偽造を解説していく。各紙誌で絶賛。〈白水Uブックス〉